境外演讲

余秋雨 著

東方出版中心
商務印書館

图书在版编目(CIP)数据

境外演讲 / 余秋雨著. —上海: 东方出版中心; 北京: 商务印书馆, 2018.7

ISBN 978-7-5473-1283-4

Ⅰ. ①境… Ⅱ. ①余… Ⅲ. ①演讲-中国-当代-选集 Ⅳ. ①I267

中国版本图书馆 CIP 数据核字(2018)第 103359 号

境外演讲

出版发行: 东方出版中心　商务印书馆
地　　址: 上海市仙霞路 345 号
电　　话: (021)62417400
邮政编码: 200336
经　　销: 全国新华书店
印　　刷: 上海盛通时代印刷有限公司
开　　本: 890mm×1240mm　1/32
字　　数: 232 千字
印　　张: 10　插页 4
版　　次: 2018 年 7 月第 1 版第 1 次印刷
ISBN 978-7-5473-1283-4
定　　价: 49.50 元

目　录

自序

一

先要对书名做一点说明。

中国一般所说的“境外”，是指中国中央政府直接管辖范围之外的辽阔世界。香港、澳门回归后，管辖权已属于中央政府，但是因为还有“一国两制”的划界，也仍然习惯性地称之为“境外”。

因此，所谓“境外演讲”，是指我在中国内地之外的世界各地发表的演讲选辑。因为已经单独有一本《台湾论学》出版，这本书也就不包括在那里的演讲了。

我不管在哪里演讲，都没有讲稿。有时，主办方会根据录音整理一份记录稿给我，征询能否发表。可惜口头表达和书面表达是完全不同的两回事，这种记录稿绝大多数都无法采用。只有很少几份还算不错，我动手整理，总觉得比另写一篇文章还麻烦。这本书里收集的，就是这些“麻烦文本”。

二

我为什么会在境外做那么多演讲呢？

这有一个重大契机。

大家都知道，我曾经接受香港凤凰卫视的邀请，历险考察了人类绝大多数重大古文明遗址。考察结束时，在尼泊尔的一个小山村，面对着喜马拉雅山的宏伟山壁想了很久。

我想得最多的，是目睹一系列最辉煌的文明发祥地，现在几乎都衰落了，而且都被恐怖主义包围着。我发现，真正激烈的冲突并未发生在文明与文明之间，而是发生在文明与野蛮之间。

特别让我震动的是，我在远方的废墟间想起了中华文化。为什么在其他老者逐一沦亡之后，它却能单独活了下来？我们似乎对它还不太了解，当然，世界对它更不了解。

正好，那时有一位一直关注着我脚步的外国时事评论家远道赶来对我进行“半途拦截采访”。他一见面就急急地问我在世纪之交进行数万公里历险考察所得出的文化结论。我回答他，结论有三方面——

第一，重识中华文化；

第二，质疑文明冲突；

第三，惊觉恐怖主义。

他一听就来劲了，诚恳地要求我在这次万里远行结束之后再来另一次万里远行，那就是满世界讲述这三个结论。他反复向我阐述，这三个结论非常重要又非常及时，如果不讲，是一种失责。

回国后我深入观察了国际文化思维的基本动向，终于明白那位“半途拦截采访”的时事评论家是对的。我确实有责任把万里历险变成万里演讲，向更大的空间、更多的人群，进行论述和提醒。

这就是一大串境外演讲的来由。

三

这本演讲录的第一部分，都与联合国有关。

按照时间顺序，我在联合国发表了以下三个演讲——

2005 年 7 月，在联合国世界文明大会上发表的主旨演讲，主要论述中华文化的非侵略本性；

2010 年 5 月，在联合国发布第一个有关文化的“世界报告”的庆典上，与联合国教科文组织总干事博科娃女士进行对话，我发言的主旨，是反驳亨廷顿教授的“文明冲突论”；

2013 年 10 月，在纽约联合国总部大厦发表演讲，主旨是论述中华文化长寿不衰的原因。这个演讲，一度成为联合国网站的第一要闻。

这三个演讲都有明确的反驳对象，第一个演讲反驳了“中国威胁论”，第二个演讲反驳了“文明冲突论”，第三个演讲反驳了“中国崩溃论”。反驳的似乎是政治概念，但我是在纯粹的文化高度上完成的。因此，当时的现场反应和事后的社会反响都非常热烈。

我本人的生态，离政治十分遥远，一切思考都出自文化本身的逻辑。不小心碰到了政治，只能说明文化对政治具有覆盖能力。

收入本书时，我并未按时间次序排列，而把第三个演讲放到最前面了。原因是这个演讲更有历史的概括性，也是我以前很多思考的总结。很多因繁忙而无暇阅读全书的朋友，可以把它作为首读之选。

四

这本演讲录的第二部分，是对文化本体的总论，只收录了一篇已经很出名的演讲《何谓文化》。这个总论我在世界上很多地方都讲过，反响一直很好，首讲是在澳门。

接下来的第三部分，标明“从纽约到香港”，是对第一部分内容的准备和延续。在美国，我除了在联合国总部演讲外，还到华盛顿国会图书馆、哈佛大学、耶鲁大学、哥伦比亚大学、马里兰大学等地巡回演讲，中心内容还是围绕着对中国文化的解读。

从 2006 年开始，我又在香港凤凰卫视开设了一个《秋雨时分》的谈话栏目，仍然谈中国文化。这是一个每天都要播出的“日播节目”，话语量相当庞大。播出后曾有很多出版社来找我，希望根据录音出书，一本本出下去，而且担保畅销。对此我都没有同意，因为这样的“电视衍生书籍”会损及我心中对出版事业的独立尊严。

直到很多年后，我才从巡回演讲和电视谈话的残存记录稿中剪出一些零星话题收起来，作为一个时期思维痕迹的留底。但事情太多，刚留就忘了。又过了几年，因整理书房，在一个陈旧的纸袋里发现了这些留底，匆匆翻阅，倒是觉得可以印在哪本书里。因为这些思维痕迹呈现了我为联合国演讲所作的“备课”过程。因为是“备课”，读起来可能与那些演讲有点重复。

按照我平素对文章的要求，它们似乎不太合格，很像一串串“思维随笔”和“杂文”。当然，与中国现代文学史上那些攻击性的“杂文”不同，它们包含着环球考察的体验和历史文化的探掘。而且，篇幅也比较长。

这些文章既然已经拉扯成串了，也就有了一些内容上的大致划分。第一串，着重在聊中华文化的生命力优势，例如“汉字”、“空间”、“不极端”、“不远征”之类；第二串，着重在聊中华文化的历史性缺憾，例如在“社会公德”和“实证意识”等方面；第三串，着重在聊中国文人的习惯性心理隐疾，例如“伪饰之瘾”、“整人之癖”、“耻感之痹”等等。此外，还聊到了让人头疼的遗产问题。

看得出来，第一串的内容完全是正面的，第二、第三串则探索了正面背后的一些内容。

我们历来的话语习惯，提倡弘扬正面。但是在我看来，弘扬正面固然不可缺少，而由负深入，以负得正，也是严肃思考者的责任。我既然已经在联合国大会上一再讲述中华文化的种种优点，为什么不能切入负面，使中华文化变得更立体、更完整、更真实呢？

当年罗曼·罗兰读到《阿Q正传》而落泪，是因为他突然发现一个被世界列强百般欺侮的民族也有了自我调侃者，并在调侃中显现了觉醒的可能。现在中国的面貌已与阿 Q 时代有很大的不同，那就更不必再遮盖和掩饰了，尽可以大大方方地坦示一切、讨论一切、思考一切。

我在境外讲述中华文化中的负面现象，多半还是为了回应海外华人，尤其是大批出国留学生的要求。他们见到我之后，谈得最多的是“文化差异”，也就是自己身上已经渗入肌体的文化传统与所在地文化生态的距离。他们有时很沮丧，有时很激愤，有时很自卑，有时很自傲。因此，遥远的海外，已成为中外文化进行比较、过手、嫁接、淘洗的前沿阵地。一切最深层的文化思考，也会在那里产生。我觉得，在那里讨论中华文化的得失利弊，真是再合适不过的了。“家丑不可外扬”的说法已经太老旧，我要用一系列演讲来突破。

在这部分内容中，我自己比较满意的，是对中华文化重大缺憾的探索。其中，尤其是探索了中华文化漠视公共空间，随之漠视社会公德和审美公德的长年弊病。

五

这本演讲录的第四部分，标明“从新加坡到澳门”，汇集了我论述文化的几个专业演讲，演讲地也不止标出的这两处。《第四座桥》是在新加坡讲的，论述了中国文化与外部世界的关系，发表已有二十年。现在中国文化与外部世界的关系，与当时相比已经发生了很大的变化，但基本思路仍可参考。

另有一篇专论城市文化的演讲，是在澳门一个研修班上首次发表的。

六

选编这本书时，我一次次暗自发笑。

尽管书里所收的内容只是我所有演讲的很小一部分，但也已经够多的了。我，一个从小就极其腼腆，开口就脸红的人，怎么敢于在大庭广众之中讲那么多话？

记得十三岁那年我获得了上海市作文比赛第一名，在上海市青年宫举行的隆重颁奖仪式上被指定必须讲话。那天肯定是我的一场大灾难，所有在场的听众都在窃窃私语："这孩子文章写得那么好，怎么完全不会讲话？"

其实，从小学开始，我每天在课堂上都会默默祈求，希望老师不要点到我的名，叫我站起来回答问题。一点到名，就恨不得找个地洞钻下去。老师问的问题我都能回答，怕的只是当众讲话。怕的程度，已经到了不可思议的地步。

但是，终于发生了更加不可思议的事情：过了一些年，我居然成了每一届"国际大专电视辩论赛"的"现场总讲评"，而且受到各国主办单位一致赞扬，很多年都未曾安排第二人选。我也随之被他们称为"最会讲话的中国文人"。

从“完全不会讲话”，一变而成为“最会讲话”，中间有没有经过特殊训练？没有。是否受到特别启发？没有。

不知从哪一天开始，我突然发现自己很会讲话了，而且一上讲台就浑身轻松，听众越多就越是从容。

为什么会这样？我不知道。但是，我却经常用自己的这个例子启发苦恼不堪的年轻人：你感到自己最不行的地方，很可能恰恰是你的特长所在，正像在一个特别贫瘠的沙漠下，藏着一个富矿。

——我借着演讲的话题，顺便说了一点难解的人生悖论，写在自序之尾，供读者一乐。

二〇一七年春于北京

联合国演讲

中华文化为何长寿？

——在纽约联合国总部大厦的演讲

说明：

这是二〇一三年十月十八日我在纽约联合国总部大厦的演讲。演讲刚结束，联合国网站就把它列为当天的第一要闻。那些天世界上正发生着各种大事，各国政要言论滔滔，怎么会让一场文化演讲成了第一要闻？我想，这不是因为我，而是因为这个讲题，这个大家都不太知道却又很想知道的讲题。

回国以后，发现这个演讲的内容，连同我论述中国历史的其他演讲，已在网络上流传，但署名却是别人，而且都是确有其人的名校教授。这是怎么回事？我对什么事情都习惯于从好处着想，觉得这可能是那些教授奉献大名来表达对我的支持吧？这本应感谢，但是他们代我发表的演讲稿错漏太多，可见他们实在是太忙碌。那就由我自己把讲稿拿出来吧，省得那么多人在中间环节折腾了。

各位朋友：

大家下午好！

今天来听演讲的人数，远远超出预计。这在联合国大厦应该是不多的现象。那就闲话少说，立即转入正题。

我以三十多年的时间，系统地探索了中华文化。

探索的方式是，遗址考察、全球比照、典籍研究、跨国演讲。

探索的课题主要分四个方面——

空间意义上的中国文化；

时间意义上的中国文化；

人格意义上的中国文化；

审美意义上的中国文化。

在国际上演讲，常常发生这样的情况：我原定的题目是中华文化，而听众提出的问题大多属于政治范畴，而我，则竭力把它们纳入文化。文化是一种悠久而稳定的集体人格，决定着很多复杂问题的最终选择。而且，从文化来谈，也符合我这个无官无职的独立文化人的身份。

大概在进入二十一世纪之后不久吧，“中国威胁论”和“中国崩溃论”这两种截然相反的论断同时在国际风传，一波又一波。很自然，这也成了我在国外经常遇到的话题。开始是在演讲结束后有听众站起来提问，后来渐渐变成了邀请者事先拟定的演讲主题。

要质疑这两论，既易又难。说易，是因为中国在历史上虽然经济总量长期领先世界却从来没有成为跨地域的威胁力量；同时，虽然屡陷分裂、屡遭侵略却未曾整体崩溃。这两个历史事实，可以启发听众从以往推知未来。说难，是因为历史并不是未来，所以必须挖出不威胁又不崩溃的文化根源。

从文化根源上质疑“中国威胁论”，这件事，我在二〇〇五年七月二十日联合国世界文明大会的主旨演讲中已经作了尝试。这个演讲的记录很快就发表了，后来还收入多本书籍，社会反响不错。

其中的论点和论据，常常被各国要人引用。

但是，我对“中国崩溃论”的质疑却一直没有正式发表。

没有正式发表的原因在我自己，因为我觉得这中间包含着一个重大学术课题，匆忙发表可惜了。

什么重大学术课题？那就是“中华文化为何长寿”。

中华文化为何长寿？这个问题，可以成为我们研究中华文化的基点。

记得我冒着生命危险贴地考察巴比伦文化、埃及文化、希伯来文化、阿拉伯文化时，一路上都在默默对比着中华文化，心中一直藏着这个问题。在不必冒生命危险考察克里特文化、波斯文化、印度河文化、恒河文化时，也作着同样的对比，藏着同样的问题。

至此，我仍然觉得自己的考察还不完整，因此又认真走访了欧洲的九十六座城市。一路上，还是不断对比，不断自问。

考察回来后，发现自己变了一个人。远方的对比，使我更加懂得了自己的土地。我从中华文化的批判者，变成了中华文化的阐释者。当然还会批判，但以阐释为主。

中华文化的长寿，是一个不争的事实。

比长寿更重要的是，在人类所有的古文化中，它是唯一的长寿者。因为只有它，不中断地活到了今天。

唯一的长寿者——这是一个惊人的奇迹，就连一切不熟悉中华文化的人也无法否认。

唯一的长寿者——这是一种横跨几千年的历史韧性，几乎变成了一种历史惯性。不管承受何等风波依然存活，不管经历多少次“将亡”“濒死”依然重生，那就不存在什么侥幸和偶然了，而是展现了一种独特的文化生命。

中华文化长寿的原因，我曾经概括出几十项。今天从中选了八项，用最浅显的大白话，说得尽量简单。

中华文化长寿的第一因：**大山大川中的人山人海**。

一种文化所占据的地理体量，从最原始的意义上决定着这种文化的能量。照理，小体量也能滋生出优秀文化的雏形，但当这种雏形发育长大、伸腿展臂，小体量就会成为束缚。

中华文化的体量足够庞大。与它同时存世的其他古文化，体量就小得多了。即便把美索不达米亚文化、埃及文化、印度文化、希腊文化发祥地的面积加在一起，也远远比不上中华文化的摇篮黄河流域。如果把长江流域、辽河流域、珠江流域的文化地域都算上，那就比其他古文化地域的面积总和大了几十倍。

不仅如此，中华文化的辽阔地域，从地形、地貌到气候、物产，都极多差异。永远山重水复，又永远柳暗花明。一旦踏入不同的地域，就像来到另外一个世界。相比之下，其他古文化的地域，在生态类别上都比较单调。

中华文化的先祖们对于自己生存的环境体量，很有感觉，颇为重视。虽然由于当时交通条件的限制，他们还不可能独自抵达很多地方，却一直保持着宏观的视野。两千多年前的地理学著作《禹贡》、《山海经》，已经表达了对于文化体量的认知。后来的多数中国文化人，不管置身何等狭小的所在，一开口也总是“天下兴亡”、“五湖四海”、“三山五岳”，可谓气吞万里。这证明，中华文化从起点上就对自己的空间幅度有充分自觉，因此这种空间幅度也就转化成了心理幅度。

于是，一种心理上的宏大形成了。

在古代，文化的地理体量由边界来定。中华文化的巨大体量四周，还拥有一道道让人惊惧的围墙和隔离带。一边是地球上最密集、最险峻的高峰和高原，一边是难以穿越的沙漠和针叶林，一边是古代航海技术无法战胜的茫茫大海，这就构成了一种内向的宏伟。

这种内向的宏伟，让各种互补的生态流转、冲撞、翻腾、互融。这里有了灾荒，那里却是丰年。一地有了战乱，可以多方迁徙。十年河东十年河西，沧海桑田未有穷尽。这种生生不息的运动状态，潜藏着可观的集体能量。

由地域体量转化为集体能量，其间主体当然是人。在古代，缺少可靠的人口统计，但是大家都知道自己生活在一个规模巨大的群体中。即便在《诗经》中，也已经可以从字句间感受到浓郁的“人气”。在这个巨大群体中，绝大多数人都吃苦耐劳、积极谋生、长年不停。加在一起，集体能量无与伦比。

现代的研究条件，使我们已经有可能为先辈追补一些人口数字了。先秦时期，人口就有两千多万；西汉末年，六千万；唐朝，八千万；北宋，破亿；明代万历年间，达到两亿；清代道光年间，达到四亿……这中间，经常也会因战乱、灾荒和传染病而人口锐减，但总的来说，中国一直可称之为“大山大川中的人山人海”。

正是这庞大的地域体量和人群体量，中华文化有了长寿的第一可能。

中华文化长寿的第二因：**从未远征，自守自安。**

地域体量、人群体量所转化成的巨大能量，本来极有可能变为睥睨世界的侵略力量。但是，中华文化没有作这种选择。这，首先与文明的类型有关。

世界上各种文明由于地理、气候等宏观原因大体分成三大类型，即游牧文明、航海文明和农耕文明。中国虽然也拥有不小的草原和漫长的海岸线，但是核心部位却是由黄河、长江所灌溉的农耕文明，而且是“精耕细作”型的农耕文明。草原，是农耕文明“篱笆外”的空间，秦始皇还用砖石加固了那道篱笆，那就是万里长城。而大海，由于缺少像地中海、波罗的海这样的“内海”，中华文化一直与之不亲。

游牧文明和航海文明都非常伟大，却都具有一种天然的侵略性。它们的马蹄，常常忘了起点在何处，又不知终点在哪里。它们的风帆，也许记得解缆于此岸，却不知何方是彼岸。不管是终点还是彼岸，总在远方，总是未知，当然，也总是免不了剑戟血火、占领奴役。与它们相反，农耕文明要完成从春种到秋收的一系列复杂生产程序，必须聚族而居，固守热土。这种由文明类型沉淀而成的“厚土意识”，成为中华文化的基本素质。“厚土”，当然会为了水源、田亩或更大的土地支配权而常常发生战争；但是，也因为“厚土”，他们都不会长离故地，千里远征。

二〇〇五年我在联合国世界文明大会上作主旨演讲时，曾经说到了中国航海家郑和。我说，他先于哥伦布等西方航海家，到达世界上那么多地方，却从来没有产生过一丝一毫占取当地土地的念头。从郑和到每一个水手都没有，而且在心底里都没有。这就最雄辩地证明，中国文化没有外侵和远征的基因。

在古代世界，不外侵，不远征，也就避免了别人的毁灭性报复。纵观当时世界别处，多少辉煌的文明就在互相征战中逐一毁灭，而且各方都害怕对方死灰复燃，毁灭得非常残忍。反过来说，哪种文明即便一时战胜了，也只是军事上的战胜，而多数军事战胜恰恰是文明自杀。我曾经仔细分析过古希腊文明的代表亚里士多德的学生亚历山大远征的史迹，证明他的军事胜利带来了希腊文明的式微。文明被绑上了战车，成了武器，那还是文明吗？文明的传承者全都成了战士和将军，一批又一批地流血捐躯在异国他乡，文明还能延续吗？

因此，正是中华文化不外侵、不远征的基因，成了它不被毁灭的保证。当然，中国历史上也有很多内战，但那些内战打来打去都是为了争夺中华文化的主宰权，而不是为了毁灭中华文化。例如，“三国鏖兵”中的曹操、诸葛亮、周瑜他们，对中华文化同样忠诚。即便是那位历来被视为“乱世奸雄”的曹操，若从诗作着眼，他肯定是中华文化在那个时代最重要的传承者。因此，不管在内战中谁败谁胜，对文化都不必过于担心。

把中华文化放到国际对比之中，我们可以遥想一下被希腊艺术家多次描写过的“希波战争”。波斯即现在的伊朗，与希腊实在不近。再想想那个时期埃及、巴比伦、以色列之间的战争，耶路撒冷和巴格达的任何文化遗址，都被远方的入侵者用水冲，用火烧，用犁翻，试图不留任何印痕。

总之，文明的中断常常与跨国远征有关，中华文化基本上避免了跨国远征，因此也避免了中断。

中华文化长寿的第三因：**统裂之间，以统为大**。

一个庞大文明实体的陨落，不会刹那间灰飞烟灭，而总是呈现为逐渐分裂，直至土崩瓦解。

而且，恰恰是大体量，最容易分裂。如果长期分裂，大体量所产生的大能量不仅无法构成合力，而且还会成为互相毁损的暴力。中国历史上虽然也出现过不少分裂时期，但总会有一股强劲的力量把江山拉回统一的版图。中华文化的长寿，也与此有关。

照理，统一有统一的理由，分裂有分裂的理由，很难互相说服。真正说服我的，不是中国人，而是德国学者麦克斯·韦伯。他没有来过中国，却对中国有特别深入的研究。他说，中华文明的生态基础是黄河和长江，但是，这两条大河都流经很多省份，任何一个省份如果要凭借着黄河、长江来坑害上游的省份或下游的省份，都轻而易举。因此，仅仅为了治河、管河，所有的省份都必须统一在同一个政府的统治之下。他不懂中文，但是来过中国的欧洲传教士告诉他，在中文中，统治的“治”和治水的“治”，是同一个字。这样，他也就为政治生态学找到了地理生态学上的理由。从大生态中寻找大理由，往往是文化阐释的起点。因此，我把麦克斯·韦伯看成是一流文化学者。

其实，早在《尚书》、《公羊传》、孟子、墨子、申不害那里，就一再出现过“一同天下”、“大一统”的观念，而从秦始皇、韩非子、李斯这些政治家开始，已经订立种种规范，把统一当作一种无法改变的政治生态和文化生态。其中最重要的规范，就是统一文字。文字统一了，这个方言林立的庞大国家，也就具有了抵拒在文化上分裂的技术性可能。

本来，文字只是语言的纪录，各个方言系统的自立十分自然。但是，当文字统一了，一切官方文告、重要书契就让各个方言系统后退到附属的地位。何况，中华文化的“奠基性元典”《诗经》、《尚书》、《礼记》、《周易》、《春秋》等著作早就树立了文字准则，中华文化也就有了统一的基座。

文化是一个大概念，远不仅仅是文字。因此，秦王朝在统一文字的同时，还实行了一整套与统一相关的系统工程，例如统一度量衡，统一车轨道路，甚至统一很多民风民俗。尤其重要的是，在政治上，又以九州一统的郡县制，取代了易立山头的分封制。这一切，看起来是一朝一帝的施政行为，其实是一种全方位的生态包围，让一切社会行为都很难脱离统一的安排，被韩非子称为“一匡天下”。

必须指出，秦王朝统治者的“一匡天下”，完全是为了建立独家独姓的极权帝制，其间的种种残暴、蛮横令人发指，不应该获得太多颂扬。事实上，他们也早早地断送了自己的生涯。但是，历史还是留下了他们极深的印记，因为他们为了达到自己的政治目的所采取的一系列重大文化措施，改变了历史的走向。他们留下的文化遗产，将哺育此后一个个追求统一的王朝。

在他们身后的两千年间，出现了大批着力于统一和着力于分裂的人，两方面都有很多极为聪明、能干的政治家和军事家。但是相比之下，那些着力于统一的人往往更有远见，因此也更得人心。他们因大器而握大脉，控大局，是统裂之间的“大者”。由于他们，中国一次次由分裂走向统一；也由于他们，多数中国人在文化上养成了作为大国国民的心理适应。

正是这种心理适应，指引着历史的步履，使中国始终没有在分裂的泥潭中沉没。

中华文化长寿的第四因：**“家国同构”的伦理秩序。**

说了统一，接下来必然要说秩序。否则，虽然归于“一盘”

了，却是“一盘散沙”，也就谈不上整体生命力了。

对此，中国古人有先见之明。

早在遥远的古代，当巴比伦人在研究天文学和数学的时候，当埃及人在墓道里刻画生死图景的时候，当印度人在山间洞窟苦修的时候，中国人却花费极大精力在排练着维系秩序的礼仪。孔子奔波大半辈子，主要目的也想恢复周礼，重建秩序。结果，多少年下来，从朝廷到家庭，从祭祀到节庆，处处都秩序森然，上下皈服。

秩序，哪一个文明的主宰者不向往呢？但是，他们之中，只有中国人把秩序的建设当作治理的第一要务。因此，其他文明一一都因失序而败亡，唯中国，始终让传统秩序成为社会经纬。这未必全是好事，却让中华文化因为有序而延寿。

秩序，在中国古代是一种由统治者的整体设计、严格管理所产生的礼仪分际，在社会上形成一种半强制性的整体结构。有了秩序，不管是社会还是个人，都有了前后左右、上下尊卑。这既保持了统治的充分有效，又避免了无序所带来的杂乱互伤。

秩序，必然也会产生很多负面效应。例如，人们必须承受时时顾盼周际的那种不自由，承受无奈服从权势的那种不情愿，承受蜷曲于一大堆规则中的那种不舒畅。因此，长期生活在有序社会的人士，常常要区分什么是老秩序，什么是新秩序，什么是正秩序，什么是负秩序，并努力地去弊立正、除旧布新。但是，惯于有序意识的中国智者几乎不会考虑，完全无序将会如何？

无序，初看是一种解脱，其实是一种恐怖。只要回顾一下当代很多地方发生过的“群体踩踏事件”，再把这样的事件进行放大思考，就会明白从无序到恐怖的必然逻辑。

秩序的建立非常艰难，而无序的开始却非常简单。只需一处无序，就会全盘散架。我曾考察过南亚和西亚一些颇有历史的国家，常常看到大量人站在几十年未曾清除的垃圾堆上无所事事。当时想，如果有官员组织这些人弯下腰来清除脚下的这些垃圾，种上农作物，情况不就改变了吗？但再一想，农业秩序十分严密，如果垃圾清除了，土地空出来了，那么，种子在何方？农具在何方？水渠在何方？技术在何方？运输在何方？若要着手解决其中任何一个问题，又会连带出无数更多的问题。这层层叠叠的问题的逐一解决，才能建立粗浅的秩序，而这种粗浅的秩序又非常脆弱，只要一个环节不到位，前前后后都会顷刻塌陷。所以，我总是面对那些站满人群的垃圾堆长时间出神，默默感谢华夏前辈的辛劳和守护。

中国的儒家特别负责，他们认为，要建立天下的秩序，应该让一般民众先从小处获得体验，建立一个具体可行的有序图像。小处的体验就是对家庭的体验，儒家确信，家庭的有序图像是天下有序图像的起点。

家庭秩序由血缘、辈分、长幼、排行、婚嫁逐一设定，非常清晰。从这种秩序所派生的礼仪、规矩，也是人所共知的。那么，有没有可能把家庭秩序放大、外移、扩散，成为社会秩序和国家秩序呢？

这种构想使儒家学者颇为兴奋。他们本来已经为家庭的亲情伦理做了太多的文章，如果能够扩而大之，那就把“齐家”的计划直接推向“治国、平天下”的大目标了。

于是，一个以“私人空间秩序”比照“公共空间秩序”的工程启动了。这个工程的预想成果，可称为“家国同构”。

实际成果，显然是大大有利于社会秩序和国家秩序。这是因为，原来并不让人感到亲切的社会秩序和国家秩序，经由“家国同构”，获得了通俗化的体认，容易被接纳了。而且，由于家庭秩序、血亲秩序是坚韧的，明确的，可长期持续的，这也使社会秩序和国家秩序变得坚韧、明确、可续了。

《周易·序卦传》中的一段话，集中体现了这种把家、国混成一体的秩序构想：

> 有天地然后有万物，有万物然后有男女，有男女然后有夫妇，有夫妇然后有父子，有父子然后有君臣，有君臣然后有上下，有上下然后礼义有所错。

当然，“家国同构”的工程，也存在很大问题。社会正义不能混同于家庭内规，政治理性不能出自家长判断。明末清初的启蒙学者指出，广大民众没有理由像体谅自己父亲一样原谅朝廷君主，国家要提防滑到“家天下”的泥潭。

确实，在中国古代，“家国同构”中的“国”主要只是指朝廷，而很少考虑辽阔的公共空间。公共空间的问题，后来欧洲解决得很好。因此直到今天，长寿的中华文化还经常在公共空间的问题上让人汗颜。中国旅游者频频在国外的公共空间“举止脱序”，就是小小的例证。

与儒家温馨的“家国同构”设想不同，法家把建立社会秩序，当作了维护专制集权的狞厉手段，当作了“防范天下”的强力展示。这样做当然十分有效，因此很多统治者虽然口头上都是儒家话语，而实际上施行的却是法家权术。于是，秩序建立了，文明延续了，而这种秩序和文明却深深打上了专制集权的烙印，并且同样长寿。在这种秩序下，曾有多少争取自由的灵魂被伤害，被摧残；又有多少社会改革的机遇被排除，被取消。

对于这个弊病，我们在正面肯定秩序的时候，不应掩饰，更不应美化。

前面所说的四个原因，都牵涉到中华文化的宏观选择。接下来还要讲四个原因，则触及文化的本体内容。

中华文化长寿的第五因：**因简易思维而精瘦得寿**。

我的这一概括，一定会引起某种争议，因为很多学者喜欢把中国古代的那些奠基典籍说得非常复杂和艰深。正好那些典籍由于年代久远不易被今天的普通读者轻便解读，这种误导也就成立了。

其实，文化就像一个人，过多的营养，过厚的脂肪，过胖的肚腩，都不利于长寿。长寿的中华文化，从来不愿用自己的肩脖去撑起那些特别复杂的学理重担。它一直保持着精精瘦、乐呵呵的行者形象，从来未曾脑满肠肥，大腹便便。

为什么能够精瘦？因为中华文化一上来就抓住了命脉，随之也就知道什么东西可以省俭，什么东西可以舍弃了。中华文化的命脉就是“人文”，《周易》说：“观乎人文以化成天下。”因此，对鬼神传说，敬而远之；对万物珍奇，疏而避之；对高论玄谈，笑而过之。这与其他文明相比，不知省下了多少卷帙和口舌。

典籍之首，该数《周易》了吧？这个“易”字，第一含义是“简易”，第二含义是“变易”。连在一起，就是以“简易”的方式研究“变易”和“不易”。但这种研究又不付之于抽象，而只是排列卜筮的概率，形成框架。这与其他文明的开山之作一比，显得非常精简和直截。

诸子百家之首，该数老子了吧。然而且看老子的全部著作，只有那五千字，从内容到形式都在倡导“极简主义”。几年前，我在向北京大学的各系学生讲解中国文化史时曾经指出，老子是中国文化史上的“第一清道夫”。他那三个字、四个字如刀斩斧劈的简洁文句，呈示了中国哲学不肯多添一笔、多发一声的极致。由他白发白须又默默寡言地在前面走着，跟在后面的诸子百家，谁也不好意思把话讲多了，把书写长了。

“清道夫”的意义，在于把道路扫除干净。干净的道路方便走路，于是也可以走远了。走远，就是长寿。

再看最有名的孔子，他的传世著述《论语》，是一段段简短、随兴、通俗的谈话，一点儿也没有端出什么理论架势，呈现什么高深形态。

至于庄子，干脆是在写散文诗了。他以轻便而优美的寓言创作，不小心踏入了经典殿堂，受百世敬仰。

说到诗，不能不联想到《诗经》。那是地地道道的诗，而且多数是短诗，带着华北平原的波影和鸟鸣，居然也被尊为“经”，成为中华文化的起点之一。

连端庄的儒家也反复表明，“艺”和“乐”是一切人文设计的重要归结。为此，李泽厚先生曾以“实用理性和乐感文化”来阐述中华文化，颇有见地。我以一部《极品美学》，来呼应。

确实，在根子上，中华文化是简易的，轻快的，朦胧的，优美的。这种特点使它便于接受，便于传诵，便于延续。长寿，显然与此有关。

在学术界，总有一些人士在抱怨中华文化缺少像亚里士多德、黑格尔、康德这样的深度和广度，这是以西方的学术标准，强求华夏风范。有人还说，唐代没有出现像样的哲学家，因此是一个没有重量的时代。这就更错了，唐代的文化重量举世少有，仅唐诗一项，就足以压歪历史的天平。如果一定要把唐诗和哲学作不伦不类的对比，那么我要说，唐诗比当时有可能出现的任何一种哲学，都重要百倍。

宋明理学试图对一些抽象概念如“心”、“性”、“理”等作超验研究，虽有长篇宏论惊动学界，却未能在社会上真正产生影响。原因是，那种庞大的艰深方式，不符合中华文化的性格。事情到了王阳明又好了，他以“心外无理”、“致良知”、“知行合一”等省俭的话语，又让中华文化顺眼顺耳。可惜到了他的学生，那么一些“王门后学”，又不对了。

明代灭亡之后曾有不少学人痛批空泛、高调、重复、玄奥之学，顾炎武认为那种学风只能祸害神州社稷。朱舜水更是明确指出，明朝灭亡，实乃“中国士大夫之自取”。(《中原阳九述略》)

惯于轻装简从的中华文化，一旦被压上重重包袱，一定步履艰难，直至气息奄奄。那些包袱即使藏着不少好东西，也只能是死亡之兆。幸好，中华文化有明智的自省，总能在受苦受累之后把包袱卸除，舒一口气，揉一揉肩。

大道至易至简，小道至密至繁，邪道至玄至晦。中华文化善择大道，故而轻松，故而得寿。

近年来，中华文化又被强加了一个更低劣的负荷，那就是不少人竭力夸大它的阴谋重量，并加以炫耀。无论是书籍、电视、讲座，总是在展示密密层层的阴谋、陷阱、心计，却美其名曰智慧、高策、韬略。我在国外经常遇到一些急于了解中华文化的人士，他们接触那些东西之后总是困惑：从皇上、宫女到平民都是浑身谋略，中国人怎么会阴险成这样？

对此，我总是这样回答他们：中国古代朝廷里确实会有不少阴谋，老是被下一代宫廷史官加油添醋、穿凿附会，但是这一切不管是真是假都与中国的广大民众无关。历史上广大民众多为文盲，连浏览一下这类记述都没有可能，因此不会受到影响。我说，中国人确实没有那么阴险，我自己早年长期在农村居住，深知中国农民几乎无人懂得阴谋。他们身上最常见的弊病，就是比较吝啬，比较保守，不讲卫生，如此而已。农民占中国古代人口的绝大部分，因此也可推知多数中国人并没有负载那么沉重的阴谋文化。

对中华文化，不管是加添艰深还是加添阴谋，都是一种伪造，因为它不是那样。近年来，据说很多地方都举办了收费高昂的“总裁国学班”，开课时拉上厚厚的窗帘，神秘莫测。不知里边在讲什么，我却可以肯定，一定与中华文化基本无关。如果中华文化变成了厚厚的窗帘所遮掩的沉重阴谋，它就来日无多了。

还有一种现象也让人担忧，很多传媒和学校把中华文化误会成一大堆成语和古诗的麇集，鼓励青年学生去大规模地死记硬背。本来背一点也不错，体现某种良性传承，但是背得太多却会壅塞心智，妨碍创造。中国文化的引领者们一直在防范这种弊端，连比较保守的韩愈也提出过一个瘦身原则：“唯陈言之务去。”意思是，只要是老话套话，都必须去除。直到现代，鲁迅还塑造了一个咬文嚼字的专家孔乙己，作为文化儆示。

死而体重，活而体轻。此间玄机，非独适合身体。这些年我在国内讲得最多的题目，是“为文化做减法”。我说，唯瘦身，方见筋骨；唯减重，方有生机。中华文化几千年走下来的生命脉络，切莫迷失了。为此，我特别写了一部《中国文脉》，希望能够启发读者穿过连篇累牍的文化赘余，去握住文化主脉。

当然，就像我在讲述前面几个长寿原因时所表述的那样，一切正面效应都包含着负面隐患。中华文化的简易思维也是一样，它虽然摆脱了不必要的思维重压，却也造成了不少知识分子的浅薄、浮滑、应时、投机。简易思维本该激发更高超的精神定力，结果却在很大程度上取消了很多知识分子的思考功能。在每一个历史转折的关键时刻，人们很少从文化的高度听到有力的指引性话语。结果，中国文化虽然长寿却不太健康，经常得病，有时还相当窝囊。如果能够增加一些思维深度，增加一些选择智慧，它本来可以活得更好。

中华文化长寿的第六因：**以德为帜，淡视输赢**。

中华文化始终崇德，这是大家都知道的。但是一般说来，崇德只关乎文化的内容和品质，怎么会与长寿有关？

是的，有关。

我在《君子之道》一书中，解释了孔子、孟子等人所提倡的德是“与人为善”、“成人之美”、“四海之内皆兄弟”；我在《中国文脉》一书中，又把墨子所提倡的“兼爱、非攻、尚贤、尚同”也归入了德的范畴。这一些仁德标准，只需提起，就能让天下人眼睛一亮、心生温暖，极大地提升了人们对生存的乐观，使大家活得更好、更久，也就是古语所说的“仁者寿”。我今天要进一步说明，中华文化也像人一样，由于崇德而长寿。

为了说明这个问题，我们不妨先作另类设想：中华文化如果不是以德为帜，会以什么替代？

韩非子在《五蠹》中说：“上古竞于道德，中世逐于智谋，当今争于气力。”也就是说，除了道德的旗帜，还可以有智谋的旗帜和气力的旗帜。

韩非子认为，讲道德的年月已经过去，讲智慧的年月还在继续，眼下时兴的是讲气力，凭着气力追利益。

韩非子不同于孔子、孟子他们，并不特别看重道德。他认为古人讲道德，是因为那时人口很少，构不成竞争。后来人口一多，竞争不得不产生，只得讲智谋了。竞争得再激烈一点，讲智谋也来不及了，只能拼气力。这种历史观出于对人性的不信任，勾画了一个由善至恶的三级台阶，与历史事实并不符合。但是，他讲的这三面旗帜，三种价值，三类追求，却可成为我们透析中华文化的视角。

智谋，与前面提到过的阴谋不同，确实可以成为道德之外的另一种号召。当代有人分析，中华文化是一种“德性文化”，西方文化是一种“智性文化”。这是后话，但是，早在诸子百家时代，中国哲人已经触及德、智之间的艰难选择。

智性文化后来在西方发展成了科学思维，对人类进步作出了重大贡献，也折射出了中华文化的弱点。但是，文化的先进性和恒久性并不是一件事，文化的实用性和感召性也不是一件事。就一种文化的恒久性而言，德性文化的时间长度一定会超过智性文化。

智性文化的先进性和实用性虽然令人称道，却是相对的，往往只在一段时间内有效。当智性继续推进，原有的先进性和实用性必然会被超越。在这种情况下，智性只能催促人们继续低头探索，而不能像德性那样，吸引人们永远抬头仰望。

至于韩非子所说的第三面旗帜——气力，那又降低了一个层次。把气力单独拉出来讲述，正说明它是一种摆脱道德、摆脱智谋后的存在。这种气力，有可能让人惊惧，让人服从，却很难让人从心灵深处长久地佩服和尊敬。大家全都明白，气力的形成，往往是因为已经把他人比输，或即将把他人比输。因此，气力与“成功”划上了等号。但是，这中间，极有可能带有道德瑕疵，也就是违反了“与人为善”、“成人之美”、“兼爱非攻”的原则。

由气力的问题延伸，带有道德瑕疵的“成功”，总是很难持久。这是中华文化的基本常识，连普通人也懂得，只是不说出来罢了。祸福相依、凶吉互融、输赢无定的旋转，在几千年前就已经成为一种全民预测。只有一种因素的出现，才能让旋转停息。这个因素，就是德。也就是说，如果让气力服从于道德，让成功依附于大善，一切才可能改观。

德，为什么能生机长存？因为它显示了从“人禽之分”开始的对人类最高标准的追求。感谢儒家，把这个最高标准设定得那么明确：“止于至善。”你看，一切逆转，面对至善也就停止了。

如果要认真地阐释“止于至善”，那么，“止于”，提出了别无选择的精神终点，而“至善”，则提出了道德的终极标准。“至善”是“善良”的最高形态，面对整个天下，无所遗漏。后来，王阳明又为“至善”找到了每个人心底所埋藏的依据，那就是“良知”。这一来，由“至善”激发“良知”，由“良知”抵达“至善”，中华文化建立了一个比其他文化更明晰、更干净的道德构架，使中国人产生了长久的景仰。景仰构成了一个方向，即便缺少实行举措，也减少了其他方向的精神耗损。当景仰变成一个长久的延续过程，中华文化的寿命也随之延续了。

遗憾的是，历代中国的官员和文人很少在提升社会道德方面做较多有效的事，即便满眼污秽，也掩鼻而过。结果在中国，德，更多的是一个古典教诲，并未转化为一套切实可行的道德评鉴系统、品行教化系统、荣辱奖惩系统。德的这种空洞化状况，常常使很多虚德、伪德、诈德大行其道，致使广大民众失去对道德的信任，后果相当严重。这就给后代留下了辽阔的努力空间。

中华文化长寿的第七因：**避开极端,离开悬崖**。

一看标题就明白，我是在说中庸之道。中庸之道我曾多次阐释，这里着重说说它与长寿的关系。

如果对中庸作最简单的解释，那么，中，是指中间值；庸，是指寻常态，因此也是指普通的延续态。

不要小看了，这是一种重要的思维选择。

往浅里说，这是一种办事方式。谋事，总要向前看；但要成事，则要回过头来看看比较正常的一般情形，设法找一条合适的路，恰当的路，可行的路，多数人能够接受的路。要做到这样，就不应该扮演激烈，哗众取宠。

往深里说，这是一种可喜的弹性哲学，一种灵活的松软状态，一种平静的两相妥协，一种灰色的宽厚地带。

中庸，是中华文化几千年来的精神主轴和行动主轴。

对于中庸，历来总是有人赞赏，有人鄙弃，此处且不作深论；我此刻要在这里强调的，是中庸与时间的奇特姻缘。无数事实证明，有了中庸，就能拥有更多时间；反之，放弃中庸，则会让时间中断。

中国的历史那么长，遭遇的灾祸那么多，在很多时候似乎走不过去了，就像世界上其他伟大文明终于倒地不起一样。但是，中国却一次次走通了，越过了灾祸，越过了灭亡，踉踉跄跄地存活了下来。细察每一个生死关口就能发现，正是中庸，在其间发挥了重要作用。

中庸为何能避祸、避亡？原因是，它避开了在关键时刻最容易出现的各种极端主义。

极端主义极有魅力，可惜时间不愿意与它站在一起。极端主义的口号响亮爽利，令人感动；极端主义者就像站在悬崖峭壁边上的好汉，浑身散发着英雄的光辉。因此，总是拥有大量的追随者、崇拜者、死忠者，劝也劝不回。但是，对于广大民众来说，口号不是路标，好汉不是向导，悬崖不是大道。接下来的路，该怎么走呢？

其实已经无路，虽然还会闹腾一阵子，但事情已经结束，时间已经扭头。这就是响亮的短命，激烈的速朽。

极端主义者不仅割断时间，而且也割断空间。他们迟早连追随者的劝告、建言、修正也无法容忍，把这些伙伴当做叛逆者一一驱逐，孤苦伶仃地坚守着越来越局促的“原教旨主义”。于是，空间的局促又加剧了时间的短促，覆灭不可避免。

中庸与他们一比，总是那么平淡，那么家常，那么低调，引不来任何喝彩和欢呼。中庸只在轻脚慢步地四处探问，轻声慢语地商量劝说。但是，过不久，一条小路找到了，一种谅解达成了，一番口舌删掉了，一场恶斗让过了。看起来好像什么也没有发生，只不过大家都可以活下去了，而且是平顺地活下去了。

中华文化在整体上拒绝极端主义，信奉中庸。我在《君子之道》一书中介绍了古代经典在这个问题上的反复教导。这些教导深契大地人心，结果，即便是那些很容易陷入极端主义的外来宗教，一与中华文化接触便减去了杀伐之气，增添了圆融风范。

中国也有一些时段、一些人物受到极端主义之蛊，言行狂悖，却无改全民数千年的集体选择。例如在当代，以“文革”为代表的极左喧嚣，一次次被民众唾弃，又一次次试图死灰复燃。但事实已经证明，而且还将进一步证明，这种极端主义，只是过眼云烟。在中国，数千年的集体选择沉淀成了集体人格，结果，中庸不再是一种权宜之计，而成了一种文化本能。

为什么在各大文明间，只有中国能够全方位地实践中庸？说到底，这还是与农耕文明相关。农耕文明靠天吃饭，服从四季循环，深知世上难有真正的极端。冬天冷到极端，春色渐开；夏天热到极端，秋风又起。这种“天人合一”的广泛体验经由《周易》提升，儒家总结，也就成为文化共识。《礼记》更是明确作出了“君子中庸，小人反中庸”的经典宣判，由此建立了中华文化的基本准则。世界上，其他宗教和哲学，也都有过“中道”的理论，但是，只有中国，让中庸在世俗生活中长久普及，成了一种谁也无法忽略的实践形态。

我作为一个曾经长期研究世界艺术的学者，不能不指出，中庸在美的领域未必总是超过极端。例如，当我面对中国古代戏剧中“悲、欢、离、合”的中庸结构，再对照古希腊悲剧在生命边涯上的极端呼号，就会把审美的心理天平偏向后者。对于这个问题，我在《极品美学》一书的自序中作了说明。但是，对于安定百世社会而言，中庸则利大于弊。

中庸的话题，也会遇到一种最常见的疑问。例如那年我在哈佛大学演讲中国文化精神，就有一位中国留学生当场提问：“中庸之道确实有很多优点，但是，会不会阻碍了创新和突破，降低了文明的高度？”

我回答说，这是一个很好的问题，中庸确实并不完美。当人们遇到某些关键时刻，不得不作出决断割舍、强行处置、单向选择的时候，中庸之道常常会使决策者左右徘徊，错失时机，接受无聊。因此，它不是在任何时刻都是万能无虞的。我们不应该用中庸之道来对抗创新和突破。但是，即便在创新和突破中，它也能提示人们选择可行和安全。例如，中庸之道并不反对登高，只是在珠穆朗玛峰的险峻山道上，希望你尽量走到中间，把脚踏稳，而不要为了影像上的能见度，在悬崖边上摆弄英雄姿态。

处于当代，世界上极端主义越演越烈。不少西方政客为了对付它们，采用的也往往是另一种极端主义即单边主义。结果，总是极端对极端，无休无止。在这种情况下，中华文化实行中庸、拒绝极端的千年本色，应该再度被唤醒。

中华文化长寿的第八因：**一条特殊的缆索——科举制度**。

以上种种长寿的原因，都很重要，但在实际执行中，还必须落实在一个具体项目的操作上。这个具体项目，必须汇集各种导致长寿的原因，而且自己也颇为长寿，有时间陪着中华文化走过千年长途。

应该是一个什么样的项目呢？

终于知道了，这个项目，就是科举制度。

正是科举制度，使中华文化拉出了一条通向长寿的特殊缆索。

对于中国古代的科举制度，我曾写过长文《十万进士》，那就不在这里重复了。我今天只想让大家发出一种惊叹：这是谁想出来的好点子呀，在那么宏大的文化生命工程中，居然发挥得如此齐备，又如此神奇！

齐备到什么程度？神奇到什么程度？且听我略举几端。

第一，其他重要文化的溃灭，首先溃灭于社会乱局。因此，即使仅仅为了文化，也要选取足够的社会管理人才。科举制度，便由此而生。选拔各级社会管理人才，保全了文化的土壤。

第二，其他重要文化也曾在一代雄主的带领下建立过良好的管理系统，但是由于地域大，方位多，各地的管理者容易自立格局，自选下属，时间一长，便产生近似“分封”的裂隙。而科举制度，则全国统一。以统一的标准、统一的机构完成统一的选拔，这就以文化的方式，堵塞了分裂的可能，反过来又保护了文化。

第三，其他重要文化在建立管理系统之后却没有建立代代延续的选拔机制。几代之后，全都出现了管理人才的短缺，文化天地的荒芜。科举制度保证每隔三年提供大量管理人才，源源不断。这是中华文化保持有序延续、有效延续的重要原因。

第四，源源不断的管理人才必须依靠丰沛的备考、应试资源。科举制对此创造了一个千年实践：在中国，不分地域，不分门庭，不分职业，不分贫富，只要是男性，都有资格参加选拔。在唐代，连外国人也能应试。这种全民动员，极大地强化了文化的整体生命力和号召力。

第五，社会上最容易产生焦躁动荡的群体，就是青年男子。科举制度让全国这一群体的很大部分，都成了极为用功的备考人员、应试人员，而且很多人屡败屡考，终身应试。这就让社会大幅度地提高了安全系数，而且安全在文化气氛中。

第六，如此规模的考试，所出试题必然会在很大程度上左右整个国家的文化选择。科举考试越到后来越明确，以儒家经典为主要考试范围。这一来，全国千千万万青年男子，也就为了做官而日夜诵读儒家经典，诵读到滚瓜烂熟，一年又一年，一代又一代。他们的初衷，只为个人前途，但结果是，那些儒家经典受到无数年轻生命的接力负载，变得生气勃勃。这可谓，经典滋养生命，生命滋养经典。后一种滋养，更是让经典永显青春血色，举世无双。

第七，这么多由诵读经典而终于为官的书生，有没有能力参加社会管理？正巧，他们为了应试而天天诵读的，不是旷世玄学，不是古奥经文，不是隐士秘籍，而是“修身、齐家、治国、平天下”的大道理。拿着这些大道理去做县令、太守，大致属于“专业对口”。于是，社会治理和文化传承相得益彰。

第八，科举考试并不看重天才勃发、奇思妙想，而总是安排刻板的格式，后来甚至限定了“八股”模式。这会让李白这样的稀世天才难以进入。但是，由于科举考试的目的只是为了选拔官员，而不是诗人，因此这样的安排并无大错。官员将来要做什么？在多数情况下，也就是在刻板的格式中规矩行事，有所创新也不失前后左右的基本关系。那么，科举考试就是对行政模式的预示。李白不适合从事管理，因此不能以他的缺席来非难科举。科举如果随兴而不刻板，那就长不了，结果也就无法辅佐中华文化走长路。

第九，科举考试总体上公平严格，却也会有一些作弊、造假，史称“科场案”。由于这种案件直击吏治命脉和文化命脉，每次都酷刑严罚，引起社会广泛关注。民众由此明白：为官的入场券只是文化，不能夹杂其他关系；而这种文化入场券却很难获得，因此总会有人要作弊、造假；但是，文化上的作弊、造假，必然会付出生命代价。——这种系统认知，极大地提升了文化对于官场伦理的奠基性价值，这在世界上其他文化系统中看不到。

……

仅此九端，已经足以说明科举制度的齐备和神奇了吧？已经足以说明它对中华文化的长寿所起到的举足轻重的作用了吧？

确实，我环视全世界，没有发现还有哪一种体制，能像科举制度那样发挥如此全面、有效、长续的文化守护功能。不必怀疑，它是中华文化长寿的归结之因。

但是，由于一些在科举考试中失败的文人写了不少批判作品行世，它的名声渐渐受污。在考试内容上，后来它确实也跟不上自然科学和国际政治的迅猛发展，成了一个备受攻击的对象。似乎，中国的落后，全是因为它。

一九〇五年，经袁世凯、张之洞等人的上奏，慈禧太后批准，科举制度在存世一千三百年之后彻底废止。废止之时，异议不多，但在废止之后，渐渐出现了不少反思的声音。有的声音中，还包含着深深的后悔。

梁启超说：

夫科举，非恶制也。……此法实我先民千年前一大发明也。自此法行，我国贵族寒门之阶级消灭；自此法行，国民不待劝而竞于学。此法之造于我国也大矣。人方拾吾之唾余以自夸耀，我乃惩末流之弊，因噎以废食，其不智抑甚矣。吾故悍然曰：复科举便！

《官制与官规》(1910 年)

孙中山说：

现在欧美各国的考试制度，差不多都是学英国的。穷流溯源，英国的考试制度原来还是从我们中国学过去的。所以，中国的考试制度，就是世界上用以拔取真才的最古最好的制度。

《五权宪法讲演录》(1921 年)

钱穆说：

直到晚清，西方人还知采用此制度来弥缝他们政党选举之偏陷，而我们却对以往考试制度在历史上有过千年以上根柢的，一口气吐弃了，不再重视，抑且不再留丝毫顾惜之余地。那真是一件可诧怪的事。

《中国历代政治得失》(1955 年)

但清末却一意想变法，把此制度也连根拔去。民国以来，政府用人，便全无标准，人事奔竞，派系倾轧，结党营私，偏枯偏荣，种种病象，指不胜屈。不可说不是我们把历史看轻了，认为以前一切要不得，才聚九州铁铸成大错。

《中国历史上之考试制度》(1951 年)

这些人都不是保守派、复古派，却都在叹息，科举考试废止得太草率了。钱穆先生明确认为这个制度足以弥补西方政党选举的偏陷，梁启超先生甚至还在呼吁恢复这个制度。

确实废止得太草率了。但是，我对梁启超先生和钱穆先生的意见也不能完全赞同。科举考试呈现了一种与选举制度截然不同的选拔制度。“选举”和“选拔”，虽一字之差，却是距离很大的政治路径。相比之下，前者更贴近民主的本义。因为选举的主体是投票者，在下；选拔的主体是选拔者，在上。对很多中国人来说，虽然科举考试废止了，心中所习惯的还是选拔而不是选举，这就严重影响了民主的正常进程。这一点，显然超出了梁启超、钱穆两位的思维框架。我的主张，中国官员的产生，应该选举和选拔相结合。选举求其合法，选拔求其专业。其间关系，体现政治学的顶级智慧。

由于近两百年的世界局势，中华文化的生命优势几乎全部被掩盖了，甚至被曲解成了劣势。为此，我不能不一次次地呼唤国际的学术良知，请他们重新读一读世界史，尤其是世界史中的中华文化史。

我这么说，并不是出于民族主义的诉求。几年前我在北京大学讲授中国文化史的时候，曾经严肃质疑目前有些人在“国学”名义下操弄“以国家主义实行排他主义”的图谋。这种质疑，大家可以从我的《北大授课》一书中读到。但是，我们今天要说的，却是问题的另一方面，一个比“国学”还要严重的方面，那就是当代世界对于中华文化的无视和无知。

稍稍值得高兴的是，完全熟视无睹的时代好像已经过去。即便在遥远的地方，兴趣的目光也开始向中华文化移动。今天的会场，就是最好的例证。

看来时至今日，中华文化已经逃不过关注、跟踪了。

逃不过就不逃。世界上唯一长寿的超大文化，理应不卑不亢地等待别人的提问，再从容不迫地作一些解答。

我相信随着时间的推移，会有更多更好的解答，超越我今天的解答。

那就不要着急。

一代代解答，一代代倾听。过后，又要有新的解答，新的倾听。

不管到哪一代，中华文化，总在。

（2013 年 10 月 18 日在纽约联合国总部大厦的演讲）

中华文化的非侵略本性

——在联合国“世界文明论坛”上的主旨演讲

主席，各国的学者、专家、朋友：

我作为本届“世界文明论坛”邀请的唯一中国演讲者，准备从文化的视角，对“中国威胁论”提出一点儿异议。

我是一个纯粹的民间学者，坚持独立思维，连任何协会都没有参加。因此，今天也只是从个人的立场来谈中外文化比较中的一个学术问题。

我想从四百年前一位欧洲人的目光说起。

继马可·波罗之后，另一个完整地用国际眼光考察了中华文明的，是意大利天主教耶稣会传教士利玛窦（Matteo Ricci，1552—1610）。

与马可·波罗不同的是，利玛窦在中国待了近三十年，深入研究了中华文明的历史和经典，与许多中国学者有充分的交往。他在晚年所写的《利玛窦札记》第一卷第六章中，表述了他几十年研究的一个重要答案，那就是中国文明的非侵略、非扩张本性。

利玛窦说，虽然中国人有装备精良的陆军和海军，很容易征服邻近的国家，但他们的皇上和人民都从来没有想过要发动侵略战争。他们很满足于自己已有的东西，没有征服的野心。在这方面，他们与欧洲人很不相同……

利玛窦说，当时有一些欧洲学者认为，中国曾经或必然会征服邻国，扩张自己的势力范围。与他同行的一些西方传教士，也有类似的观点。他认为，这种说法是不真实的。他写道：

> 我仔细研究了中国长达四千多年的历史，不得不承认我从未见到有这类征服的记载，也没有听说过他们扩张国界。

他还说，他经常拿着这个问题询问中国博学的历史学家，他们的回答完全一致：从来没有发生过侵略和扩张的事，也不可能发生这样的事。

对于成吉思汗的大范围征服，利玛窦认为，当时中华文明的主体部分也是“被征服者”，而不是“征服者”。

利玛窦的这部札记，由一位比利时传教士从中国带回欧洲，一六一五年在德国出版。后来有拉丁文本四种，法文本三种，德文、西班牙文、意大利文和英文本各一种。

为了在广泛的对比中研究利玛窦论述的可靠性，我本人，经历了长期的研究和考察。甚至，冒险穿越了从北非、中东到西亚这一现今恐怖主义横行的“古文明发祥地”。在这过程中，我还阅读了大量的书籍，仔细分析中华文明和其他文明在这些问题上的思维异同。

我发现，古代的希腊人、波斯人、罗马人、阿拉伯人，近代的西班牙人、葡萄牙人、荷兰人、英国人、德国人、日本人，都在一系列历史文献中留下了征服世界的计划。但在中国浩如烟海的各类典籍中，却怎么也找不到类似的计划。

古代中国虽然对世界了解不够，但也早已通过一些使节、商人、僧人和旅行者的记述，知道外部世界的存在。在唐代，通过丝绸之路，中国对外部世界的了解已相当充分。但是，即便如此，中国在实力很强的情况下，既没有参与过中亚、西亚、北非、欧洲之间的千年征战，也没有参与过近几百年的海洋争逐。

这实在太让人惊讶了。大家都在伸手，它不伸手；它有能力伸手，还是不伸手。大家因此不理解它，不信任它，猜测它迟早会伸手。猜测了那么多年，仍然没有看到，大家反而有点儿慌乱和焦躁。

是啊，这究竟是怎么回事？

产生这种情况的根本原因，是中华文明的本性决定的。

中华文明的主体是农耕文明，与海洋文明和游牧文明很不相同。海洋文明和游牧文明大多具有生存空间上的拓展性、进犯性、无边界性。它们的出发点和终点，此岸和彼岸，是无羁的，不确定的。相反，中国农耕文明的基本意识是固土自守、热土难离。它建立精良军队的目的，全都在于集权的安慰和边境的防守。农耕文明的“厚土观念”、“故乡情结”，上升为杜甫所说的“立国自有疆”的领土自律。结果，中国历代朝野，压根儿对“占领远方”不感兴趣。

万里长城作为中华文明的象征，便是防守型而不是进攻型的证明。我在中东和欧洲见到不少进攻型的城墙，总是围成一个大圈，用的材料是刚刚被破坏的古典建筑残片，里边造了很多马槽，只等明天一开城门，蹄如箭发。经过反复对比，我终于强烈感受到，中国的万里长城是干什么的了。

即使具有马背上的尚武精神，中国军人也主要是为了守护疆土、排除干扰，偶尔有一些边界战争，但也仅止于此。即使有些使者远行万里，也是为了《尧典》所说的“协和万邦”。明代的大航海家郑和七次大航海也是为了这个目的，对于所到之地并无领土要求。从郑和本人到每一个水手，一丝一毫都没有这种念头。而且正如大家知道的，他七次大航海结束后，朝廷又是长期的闭关自守。这与晚他六十年的欧洲航海家哥伦布等人发现新大陆相比，就完全不同了。不同在行动，但行动的背景是文化。

这种非侵略性的特点，也护佑中华文明成为所有人类古文明中延续至今的唯一者。因为在古代，一切军事远征都是文明自杀，或迟或早而已。

这个观点也获得了现代国际学术界的支持。三十多年前，美国学者爱德华·麦克诺尔·伯恩斯（Edward McNall Burns）和菲利普·李·拉尔夫（Philip Lee Ralph）合著的《世界文明史》（*World Civilizations*）第一部分第七章第一节写到中国文明时，曾经这样说：

> 它之所以能长期存在，有地理原因，也有历史原因。中国在它的大部分历史时期，没有建立过侵略性的政权。也许更重要的是，中国伟大的哲学家和伦理学家的和平主义精神约束了它的向外扩张。

我认为这两位学者说得很内行。

漫长的历史，沉淀成了稳定的民族心理。中华文明的内部，为了争权夺利发生过大量的血腥争斗；但是对外，基本以和平自守的方式相处。它大体上是一种**非侵略性的内耗型文明**。国际社会一次次产生的“中国威胁论”，只是一种被利玛窦神父早就否定过的幻觉。

中华文明的固土自守思维，也带来了自身的一系列严重缺点。例如，自宋代以来，虽然屡有边界战争，却对世界上其他文明的了解越来越少，已经很难见到从北魏到大唐的世界视野了。尤其是明代以后，更是保守封闭，朱元璋亲自下达了“片板不许入海”的禁令。朝野都不知道，外部世界在“地理大发现”后，海洋已经开始被划分、被武装。结果，中国失去了原本可以拥有的海洋活力。中国在十九世纪所遇到的一次次沉重灾难，全都来自海上。

偶尔翻书，读到清代晚期主持朝廷外交的李鸿章写于一八七四年的一段话，表示他已感受到中国在这方面的生存危机——

> 历代备边，多在西北。……今则东南海疆万余里，各国通商传教，来往自如，麇集京师及各省腹地，阳托和好之名，阴怀吞噬之计，一国生事，诸国构煽，实为数千年未有之变局。

东南海疆间各种外部势力名为和好，实想吞噬，“一国生事，诸国构煽”的情景屡屡发生，这是李鸿章深感不解的，因此当时几乎束手无策。处于如此狼狈的境地，还被“构煽者”诬陷为“威胁”，中国实在受冤屈了。在这里，请原谅我要借用两个中国成语，来揭示“构煽者”的行为。说轻微一点儿，他们是“以己度人”；说严重一点儿，他们是“贼喊捉贼”。

中华文明在近几百年的主要毛病，是保守，是封闭，是对自己拥有的疆土风物的高度满足，是不想与外部世界有更多的接触。结果，反而频频遭受列强的欺侮而无力自卫。

作为一名文化史学者，我很希望国际同行们能像利玛窦一样，真实、深入地研究中华文化，然后做出合理的判断，而不应该随着某些政客，想当然地来评述一个历史最长、人口最多的文明。现在我们看到的某些书籍，把中华文明的优点和缺点恰恰颠倒了，在学术上真是有点儿可笑。

刚才这位日本学者的观点，我更不能赞同。你说十余年前曾在上海复旦大学做访问学者，正好那时我是复旦大学的兼职教授，有此同校之谊，我也就直言了。

作为日本学者竟然如此不了解中国人的集体心理，我深感惊讶。难道，唐代的船帆、近代的战火、现代的血泊，还不能让你比利玛窦更感知中华文明？我知道我的同胞，他们所要的，不是报复，不是雪恨，不是扩张，不是占领，而只是历史的公道，今天的理性，未来的和平。

今年是美国向日本投掷原子弹并结束太平洋战争六十周年。记得五年前我曾经应邀到广岛，参加八月六日的和平大会。会上，由原子弹的受害者代表、投掷者代表发言，一个是日本人，一个是美国人，都上了年纪。我是第三方发言者，代表被日本侵略国的民众。

我说，我是二战结束后一年出生的，从懂事开始，就知道侵略和被侵略，就知道烧杀抢掠，就知道家国深仇。但到少年时代，整个中国却被一种声音所裹卷，那就是“中日人民要世世代代友好下去”。就连那些死了很多人的家庭，也都艰难地接受了这个口号。我熟知世界历史，从来没有发现另一个地方，另一种国民，能够如此高尚地呼唤和平。带着巨大的伤痛，带着恐怖的记忆，却全然放下，只要和平。

在这种情况下，应该让他们看到对方的真诚。万不能故意再去触动远年的伤疤，还把责任推给他们。

既然你到过中国，我建议，学习利玛窦，更加深入地研究一下中华文明。

这种学习和研究，应该摆脱国际政治“阴谋论”的沙盘推演，而是回归文化，回归由文化所沉淀的集体心理。这种集体心理，也可称之为“集体无意识”，即一种很难变化的心理本能。

中华文明作为一个庞大种族在几千年间形成的精神惯性，早已把和平、非攻、拒绝远征等原则，变成不可动摇的“文化契约”，根植于千家万户每个人的心间。其实，对此存疑的外国人可以到中国乡间，随意询问任何一个地头老农。我保证，谁也不会对远方的土地产生不正常的兴趣。

如果离开了基本事实，离开了历史文化，离开了集体心理，伪造出“中国威胁论”，互拾余唾，不断起哄，那是学术的悲哀、良知的坟墓。

最后，我要感谢大会在讨论中国文化的时候，能够邀请中国学者做主旨演讲。

谢谢！

（二〇〇五年七月二十日，东京）

驳文明冲突论

——对话博科娃

说明：

博科娃女士现任联合国教科文组织总干事，二〇一〇年五月二十一日，她到中国来亲自发布一份有关文化的世界报告。自从联合国教科文组织一九四五年十一月成立以来，发布以文化为主题的世界报告还是第一次，因此，这一天有历史意义。

发布的地点，在上海世博会的“联合国馆”。发布仪式上有一个环节，是我与她的对话。对话的程序很简单：先由她介绍这份世界报告的基本思路，接着由我从文化价值上做一番阐释，最后她表示感谢。两方面并没有出现具体观点上的切磋和讨论。

联合国的总干事，当然是一名大官，而我却没有任何官职，这怎么构得成“对话”的相应身份？主持人为此向各国听众介绍我：“亲自历险数万公里考察了全球各大文明遗址，又拥有最多的华文读者。”我连忙更正：“最多”的统计经常在变，现在已经不是。

下面就是我在发布仪式上对这份“世界报告”所做的六段阐释，根据现场录音整理，并补充了另一场发言的相关内容。

一

尊敬的博科娃总干事，欢迎您来到上海。

由于您亲自到这里来发布联合国有史以来第一份以文化为主题的世界报告，今天的上海特别晴朗。

您刚才反复论述，这份世界报告的宗旨是“文化的多样性”。

这个宗旨，当然非常重要。但恕我直言，大家有可能把它看成一个很平常的提法，谁也不会反对，谁也不会激动。

“文化的多样性”，顾名思义，它的对立面应该是“文化的单边化”，也就是某种文化在当今世界的独霸。但是，现在并没有一种文化宣布这种企图，也没有一个理论家推出这种主张。就连“单边化”嫌疑最大的那个国家，主要也“单边”在国际政治上，它自身的文化则保持着“多样性”。它近年来对伊斯兰文化和中华文化的防范，也总是寻找文化以外的借口。因此，人们很难寻找“文化多样性”的对立面。

那么，“文化的多样性”的提法，究竟是针对什么？

我认为，全部问题的核心是：不同的文化，究竟会必然冲突，还是能互相包容？如果是必然冲突，那就没有多样性。因此，倡导多样性，就是否定必然冲突。

所以，真正的对立面，是以亨廷顿先生为代表的“文明冲突论”。

我相信，您会赞成我以学者的身份，把总干事不便点名的对立面真正点出来。

亨廷顿先生的理论，被当代世界夸张、误读，结果，为各种冲突找到了“文明”的依据，这就使冲突越来越严重了。

正是“文明冲突论”，有可能使文明与文明之间的对话关系变成了对峙关系，互敬关系变成了互警关系，互访关系变成了互防关系。时间一长，每个文明的目光都越来越自我，越来越偏执，这就从根本上背离了我们的“多样性”宗旨。

这，确实值得联合国发布一个单独以文化为主题的世界报告，来正本清源。

我想借用这个机会，对“文明冲突论”进行一次比较系统的批评。

二

亨廷顿先生的《文明的冲突》，发表在一九九四年。一发表，就在世界上产生了极大影响，这是为什么？

那是因为，当时全世界的智者们都开始回顾和总结二十世纪，以便更好地走向二十一世纪。大家一回顾总结，无穷无尽的枪炮血泊又回到了眼前。二十世纪太可怕了，不仅发生了两次世界大战，而且又发生了严重的持续“冷战”。但是，到了二十世纪最后十年，似乎一切都烟消云散。什么同盟国、协约国、法西斯同盟、反法西斯同盟，什么社会主义阵营、帝国主义阵营，都已成过眼烟云，就连后来提出的“三个世界”划分，也很快发生了变化。总之，一切作为二十世纪冲突根源的政治依据，眼看着都很难延续。但是，这并没有给人们带来心理上的安全感，反而，由于不知道新的冲突根源，人们更慌乱了。

大家不喜欢冲突，但更不喜欢那种不知道冲突由来的无准备、无逻辑状态。因此，地球的各个角落，都在期待一种判断，一种预测。否则，就不知如何跨入二十一世纪了。

正是在这种情况下，美国哈佛大学的政治学教授亨廷顿先生出场了。

他说，二十一世纪的冲突，将以“文明”为坐标。他预言，所有古往今来所积聚的不同文明群落，在摆脱别的归类后，将以自己的文明为基点，与其他文明对弈、纠缠、冲突。在所有的文明群落中，二十一世纪最重要的冲突将发生在最重要的三大文明之间，那就是西方文明、伊斯兰文明、中华文明。

这种解释和划分，乍一听，理由比较充分，具有文化含量，又有现实证据，因此一发表便哄传各国，万人瞩目。

有人说，亨廷顿先生的厉害，就是从政治划分回归到了文化划分，而文化确实比政治更稳固、更长久。这就无怪，“文明冲突论”成了二十世纪晚期最重要的人文理论。

但是，从一开始，就有学者指出了这种理论的弊端。

我作为一名东方学者，就于一九九六年至一九九九年多次明确地批评了亨廷顿先生的两大局限——

一是以西方立场来解析文明格局，带有冷战思维的明显印痕，只是以“文明”之名锁定了新的对手。

二是以冲突立场来解析文明格局，淡化了比冲突更普遍的文明交融和文明互置，实际效果令人担忧。

我不能说，从世纪之交开始激化的西方文明和伊斯兰文明之间的越来越严重的冲突，是由亨廷顿先生的“文明冲突论”引起的；

但是，冲突的事实和冲突的理论之间，确实起了“互相印证”的作用。因此，从新世纪开始以来，如何面对这种理论，成了人类文化的一个大课题。

三

二〇〇四年联合国发布的《人类发展报告》，虽然不是专谈文化，却明确地对“文明冲突论”予以否定。

我本人有幸受联合国开发计划署之邀，参加了这个报告的研究和讨论。我和各国学者在研究和讨论中一致认为，“文明冲突论”的错误，在于把正常的文明差异，当作了世界冲突之源。因此，我们必须反过来，肯定差异、保护差异、欣赏差异，让差异成为世界美好之源。在这个意义上，“多样化”这个概念，就成了保护差异的理由和结果。

我记得，在讨论中，使用频率最高的两个英文词是 difference（差异）和 diversity（多样性）。两个 D，后来又增加了一个 D，那就是南非大主教图图那句话的第一个字母：“Delight in our differences”（为我们的差异而欢欣）。

大家看到没有，图图大主教的这句话，就被正式写到了那年《人类发展报告》的前言之中。与这句话一起，还出现了一句果断的结论：本报告否定文化差异必然导致文明冲突的理论。

有趣的是，我在联合国的各种报告中，很少读到这种坚定的结论性语言。

在那次研究和讨论中，我才知道，其实早在二〇〇一年，联合国已经通过了一个《世界文化多样性宣言》。后来，二〇〇五年，在联合国“世界文明大会”上，又通过了《保护和促进文化表现形式多样性公约》，作为对二〇〇一年那个宣言的补充文件。我又一次应邀参加了这个大会并发表了主题演讲，以“文化多样性”的原理提醒国际学者，应该更深入地了解非常特殊的中华文化，不要以自己的文化逻辑妄加猜疑。

今天发布的世界报告还是一如既往，从“多样性”出发来否定文明冲突论。但是，与过去的宣言和公约相比，它又大大进了一步，从学术深度上指出了亨廷顿理论的“三大错误假设”。在我看来，这在同一问题的思考深度上，达到了前所未有的高度。

因此，请允许我稍稍花一点儿时间，对这“三大错误假设”做一些解释。

四

亨廷顿先生的“文明冲突论”，就像历史上很多哄传一时却站不住脚的理论一样，立足的基础是一系列假设。学术研究是允许假设的，但亨廷顿先生未能诚恳地表明是假设，显然是一种理论错误。

“文明冲突论”的第一个假设，是粗糙地设想人类的每一个文明群落在文化归属、文明选择上，只能是单一的。事实上，全部世界史证明，这种归属和选择都是多重的，叠加的，互相依赖的。因此，那种看似“正宗不二”的单色、单线、单层、单调，只是一种假设，一种出于幼稚而懒惰的思辨方便而进行的“想象式提纯”，与实际情况相距甚远。

“文明冲突论”的第二个假设，是武断地设想不同文明之间的边界是一条条封闭式的断裂线。事实上，所有这样的边界都是多孔的，互渗的，松软的。其间，总是混沌地包括风俗、语言、婚姻、祭祀、歌舞等生态文化的不可分割元素。即使某些地方出现了区划，仔细一看也是异中有同、同中有异，甚至大同小异。因此，那种以邻为壑式的所谓文明边界，其实也只是一种不真实的理论切割，为的是让双方找到“冲突的身份”。这很不应该，因为绝大多数“冲突的身份”，是自欺欺人的虚构。

“文明冲突论”的第三个假设，是鲁莽地设想每种文明的传承都是保守的，凝固的，复古的。事实上，世界上的多数文明都在忙着创新改革、广采博纳、吐故纳新。我走遍全世界，看到一切活着的文明都很不确定，一切健康的文明都日新月异。因此，它们都不可能拿着千年不变的模式去与别的文明冲突。在学术上，把不确定的活体说成是僵化的实体，那就是在为冲突制造理由。

以上所说这三个“错误假设”，是“文明冲突论”所隐藏的三个理论支柱。今天发布的世界报告明确指出了这一点，我很希望世界上有更多的人能够看到。如果大家都明白了各种文明之间都具有“三性”，也就是归属的叠加性、边界的模糊性、内容的变动性，那么，信奉和执行“文明冲突论”的人群就会大大减少。

五

在这个问题上，我还想谈谈个人的感受。

前面提到，我很早就对“文明冲突论”提出异议。这种异议，后来又比较系统地见之于我在考察世界各大文明时沿途所写的书籍《千年一叹》和《行者无疆》中，也见之于我花了两年时间在香港凤凰卫视所作的谈话专题《秋雨时分》中。

照理，我贴地考察了当今世界冲突最严重的中东、北非、中亚、南亚地区，最能呼应“文明冲突论”，为什么却反对了呢？

我在那两本书里写道，看来看去，确实到处都在发生冲突。但是，所有的恶性冲突都发生在文明和野蛮之间，而不是发生在文明和文明之间。因此，当今世界应该划出的第一界限，是文明和野蛮的根本区别。

那么，什么是“当代野蛮”呢？我在书里一再指出的是七项，那就是：恐怖主义、核竞赛、环境破坏、制毒贩毒、极端霸权、极端民粹，以及面对自然灾难和传染病无所作为。从事这些“当代野蛮”的人，散布在不同的族群里。如果有人硬把文明和野蛮的冲突解释成文明与文明之间的冲突，那么，他们就有掩饰自己野蛮行径的嫌疑。

我在几本书里反复表述了这样一个意思：

> 几万里历险告诉我，“文明”之所以称为“文明”，互相之间一定有共同的前提、共同的默契、共同的底线、共同的防范、共同的灾难、共同的敌人。这么多“共同”，是人类存活至今的基本保证。如果有谁热衷于在文明族群之间进行挑唆，那就势必会否认这么多“共同”，最后只能导致全人类的生存危机。

在这么多“共同”下，文化差异就必须被保护、被欣赏了，并由此产生文化的多样性。

对于守护文明的共同底线，我们的态度是严峻；对于保护文明范围内的多样差异，我们的心情是喜悦。

在这里，我必须遗憾地指出，在文明课题下轻重颠倒、敏感挪移、是非混淆、悲喜错置，一直是由一批文化人在操弄。他们的文化地位和社会影响，造成了浓重的人文迷雾，使很多人失去了正常的判断。

由于文明与文明之间的差异被他们夸张成了你死我活，我们经常可以听到激烈的文化自守言论。对此，我还是只能以自己为例来做一些分析。

我在华文读者中的形象，是中华文化的搜寻者和捍卫者，因此那些激烈言论也总是在我身边鼓荡，希望由我进一步来带头强化。但是，只能让他们深深失望了，因为我的看法完全不同。我写道：

> 不错，我是中华文化的忠诚阐释者，但是，我完成这些思考的基础逻辑，是欧几里得几何学给予我的；我文化思维的美学基础，是黑格尔、康德给予我的；我的现代意识，是荣格、爱因斯坦、萨特给予我的。我从来没有觉得，这些来自欧洲的精神资源，曾与我心中的老子、孔子、屈原、司马迁产生过剧烈冲突。
>
> 既然一个小小的心灵都能融汇那么多不同的文明成果而毫无怨隙，那么，大大的世界又会如何呢？

确实，我一直认为，当我们在讨论世界不同文明之间的关系的时候，真不如把自己的内心贮备，当作一个参照范本。

但是，我看到很多文化人却走了相反的路。我可以用一个真实的案例，来说明他们的基本行为方式。

例如，上海这座移民城市的一个社区，一百年来聚居着来自北方、南方和本地这三拨居民，早已互相通婚，相融相依，难分彼此。一天，忽然来了几个文化人，调查三拨居民百年来的恩怨情仇。他们问：偷盗事件以哪一拨为多？群殴事件以哪一拨为多？又发生过多少次跨族群仇杀？折腾过多少次法庭诉讼？这一切，与三拨人的地域传统有什么关系？这三拨人的后代，在今天的处世状况如何？……这样的调查，经过几个月，拟成了初稿印发，结果，这个社区对立横起、冲突复萌，再也无法友爱和平了。

难道，文化人为了“学术研究”和“社会调查”，就应该起这样的作用？

扩大了看，我觉得“文明冲突论”和其他许多类似的理论，也或多或少进入了这样的模式，必须引起警觉。

文化和文明，不管在任何情况下都应该从它们的“研究需要”回到人文道德的伦理本体。二十一世纪，随着传媒技术和互联网系统的突飞猛进，那种以“文化”的名义造成恶果的可能性，比过去任何时代都大大增加了。

六

二〇〇五年四月十五日，我应邀在哈佛大学演讲。演讲结束后，又两度与该校二十几位教授长时间座谈，话题频频涉及“文明冲突论”。春夜别墅林苑的温煦话语，令人难忘。听教授们说，那些天亨廷顿先生不在波士顿，否则他们就把他也请来了。我倒是很想与他当面切磋一番。

二〇〇八年夏天，在中美两国学术界朋友的策划下，准备在美国举办一个论坛，邀请亨廷顿先生与我对谈，时间定在二〇〇九年春天。一切都已经安排就绪，但遗憾的是，亨廷顿先生却在二〇〇八年十二月廿八日去世了。一代学人，语势滔滔，竟戛然中断，溘然离去，实在令人不舍。

从他最后两年发表的文章看，他已经知道国际间有人批评“文明冲突论”诱发了冲突，他为此感到委屈，进行了自辩。

我愿意相信，这位学者并不存在点燃和扩大冲突的动机。但遗憾的是，一切理论的初始动机和实际效果并不一致，而更应该重视的却是后者。

亨廷顿先生表现出来的问题，是很多西方学者的习惯性思维。因此，即便在他逝世之后，我们也不妨再探讨几句。

一种出于西方本位论的自以为是，使“文明冲突论”在论述其他文明时只停留在外部扫描，而没有体察它们的各自立场，以及它们实际遇到的痛痒。

例如，亨廷顿先生把儒家文化看成是二十一世纪“核心中的核心”的三大文化之一，说了不少话，并把亚洲“四小龙”的经济发展往事也与之相连。但是，他对儒家文化的了解实在是太少、太浅、太表面了，说来说去，基本上是“行外话”。因此，立论于一九九四年的他，并没有预见到中国经济的快速崛起。而在同样的时间，曾任美国威斯康星大学经济研究所所长的高希均教授，由于他自身的文化背景，却准确地做了这种预见。

根据亨廷顿先生和很多西方学者的立场，其他文明即使获得了不小的经济发展，在“精神价值”和“制度文化”上也应该归附于西方文明。如果不归附，他们就无法进行阐述，因此在他们的内心认知上就是“麻烦”，冲突在所难免。

由此可见，“文明冲突论”表面上气魄雄伟，实际上仍是西方本位论面对新世界的一种新表述。因此，事情不能推到亨廷顿先生一个人身上。

可以肯定，文明与文明之间的课题，将会在二十一世纪被反复讨论。本来，我准备在与亨廷顿先生对谈时向他提供一些有关中国文化的素材。例如，就“文化”中处于重要地位的“制度文化”而论，西方建立于近三百年间，而中华文明却已实际延续了四千多年而未曾中断；这四千多年，中华文明成就可观，且基本上没有与其他文明发生过严重冲突。

这个素材与冲突有关，应该会引起他的重视。

好了，我今天的发言就是这一些。

历史将证明，今天发布的这个报告，和联合国长期以来在文化上所做的种种努力一样，是人类理性和智慧的当代展现。它虽然显得低调，却非常重要。我们这代人的使命之一，就是让这种重要，真正成为重要。

谢谢总干事。谢谢诸位。

文化总论

何谓文化

——在接受荣誉博士称号后的学术演讲

简目

一、 文化到底是什么

二、 文化的最终目标

三、 中国文化的特性

四、 中国文化的弊病

五、 近三十年的进步

六、 当前的文化隐忧

尊敬的许敖敖校长，各位前来祝贺的教育界贤达，各位教授和同学：下午好！

感谢澳门科技大学授予我荣誉博士称号。这份荣誉，不仅仅来自称号本身，更来自一起获得这个称号的其他名字。

这中间，有名震国际的水稻专家袁隆平先生，有贡献卓著的运载火箭和卫星技术专家孙家栋先生，有指导全国抗击了 SARS 灾难的医学专家钟南山先生，有领导绕月飞行而被称为“嫦娥之父”的航天专家欧阳自远先生，有很早被聘为美国大学校长的华人科学家吴家玮先生，有第一个被聘为英国大学校长的中国科学家杨福家先生……这些科学家，有的我早就熟识，有的则是新交的朋友，几天来有机会长时间交谈，很是兴奋。

我历来认为，人生最大的享受，不是华宅美食，而是与高人相晤。但是，科学高人们总是极其繁忙，又星散各地，很不容易畅叙。为此，我要再一次感谢澳门科技大学为我们创造了这个机会。

与这些科学家不同，我这次获颁的是“荣誉文学博士”，因此我今天的演讲也就推不开文化的话题了。但是在这里我首先要向科学家们叫几句苦：讲文化，看起来好像比你们讲科学容易，其实并不。原因是——

第一，科学有定量、定性的指标，文化没有。

第二，科学有国际标准，文化没有。

第三，科学家很少受到非专业的评论，但在当前中国文化界，非专业的评论者在人数上是文化创造者的几百倍，在言论上都非常激烈。

这三个原因，已经造成文化话语的烟雾迷茫。本来，社会转型的终极目标是文化转型，但是，正当社会各部门纷纷向文化求援的时候，原来处于滞后状态的文化领域反过来充当起了老师。结果就产生了一系列反常现象，例如，最需要改革创新的时代却推崇起复古文化，最需要科学理性的时代却泛滥起民粹文化，最需要大爱救灾的时代却风行起谋术文化，最需要发掘人才的时代却重捡起咬人文化，等等。正是这些反常的文化现象，使国际间和我们的下一代对中华文化产生了更多的误读。

这种误读的后果是严重的。

我想用一个比喻来说明问题。现在的中国就像一个巨人突然出现在世界的闹市区，周围的人都知道他走过很远的历史长途，也看到了他惊人的体量和腰围，却不知道他的性格和脾气，于是大家恐慌了。阐释中国文化，就是阐释巨人的性格和脾气。如果我们自己的阐释是错乱的，怎么能够企望别人获得正见？

有一个对比，我每次想起都心情沉重。你看，德国发动过两次世界大战，本来国际形象很不好。但是，当贝多芬、巴赫、歌德等人的文化暖流不断感动世人，情况也就发生了变化。中国在世界上，并没做过什么坏事，却为什么反而一直被误读？

我想，至少有一半原因，在于文化的阻隔。

既然问题出在文化上，我们也就应该完整地对它做一些思考了。

一、 文化到底是什么？

你们如果到辞典、书籍中寻找“文化”的定义，一定会头疼。从英国学者泰勒（E. Burnett Tylor， 1832—1917）开始，这样的定义已出现两百多个。那两百多个定义，每一个都相当长，我敢担保，你们即使硬着头皮全部看完，还是搞不清楚文化到底是什么。请记住，没有边界的国家不叫国家，没有边界的定义不是定义。

文化定义的这种毛病，让我想起了美国文化人类学家洛威尔（A. Lawrence Lowell， 1856—1943）发出的叹息：

> 在这个世界上，没有别的东西比文化更难捉摸。我们不能分析它，因为它的成分无穷无尽；我们不能叙述它，因为它没有固定的形状。我们想用文字来定义它，这就像要把空气抓在手里：除了不在手里，它无处不在。

文化确实很难捉摸。因此，我们的传媒在讲述文化的时候，也只是说它有可能发挥的效果，如“凝聚力”“软实力”“精神家园”等，都是比喻，至于文化本身是什么，还是没说明白。近来又有不少地方把文化等同于“创意产业”，这又把两个不同的概念混淆了。因为文化中那些最经典、最高尚的部位，早在千百年前就完成“创意”，更难以变成“产业”。

按照我的学术经验，对于那些最难下手的大题目，可以从它的裂缝处下手。你看，文化在这里就露出了它的一条裂缝：我们身边有很多跨国婚姻一一离散，离散的原因大多是“文化差异”。然而仔细一问，男女双方既不在“文化界”，也不是“文化人”。可见，“文化”的含义远远大于文化部门和文化职业。这条裂缝，可以让我们窥知文化的真正奥秘。

我们现在所关注的文化，既不能大到无限广阔，又不能小到一些特殊的部门和职业，那它究竟是什么呢？看来，还要想办法给它一个定义。三年前，我在香港凤凰卫视的《秋雨时分》谈话节目中公布了自己拟订的一个文化定义。我的定义可能是全世界最简短的——

文化，是一种精神价值和生活方式。它通过积累和引导，创建集体人格。

对于这个定义中的几个关键词需要解释一下。我前面说到不少跨国婚姻因“文化差异”而离散，其中一个例子，就是作为丈夫的华人每年清明节必须从美国的公司请假回故乡扫墓，使他的美国妻子觉得难以理解。这就在“精神价值”和“生活方式”上，说明了

“文化差异”是什么。

文化是一种时间的“积累”，但也有责任通过“引导”而移风易俗。在这个动态过程中，渐渐积淀成一种“集体人格”。中华文化的最重要成果，就是中国人的集体人格。

瑞士心理学家荣格（C. Gustav Jung， 1875—1961）说：“一切文化都沉淀为人格。不是歌德创造了浮士德，而是浮士德创造了歌德。”他在这里所说的“浮士德”，已经不是一个具体的人名，而是指德意志民族的集体人格，也就是德意志文化的象征。这种集体人格早就存在，歌德只是把它表现了出来罢了。

在中国，自觉地把文化看成是集体人格的是鲁迅。他把中国人的集体人格，称作“国民性”。他的作品《阿 Q 正传》、《孔乙己》、《药》、《故事新编》等，都在这方面做出了探索。因此，他还是高出于中国现代的其他作家。

当文化一一沉淀为集体人格，它也就凝聚成了民族的灵魂。必须注意的是，民族的灵魂未必都是正面的，从歌德到鲁迅都曾经深刻地揭示过其间的负面成分。

按照我所拟定的文化定义，今天中国文化在理解上至少有以下六方面的偏差：

第一，太注意文化的部门职能，而不重视它的全民性质。

第二，太注意文化的外在方式，而不重视它的精神价值。

第三，太注意文化的书面形态，而不重视它的生态呈现。

第四，太注意文化的积累层面，而不重视它的引导作用。

第五，太注意文化的作品组成，而不重视它的人格构成。

第六，太注意文化的片段享用，而不重视它的整体沉淀。

所以，大家看出来了吧，我的定义虽然简短，内涵却是不小。

这不是我的功劳，而是文化在本性上的必然诉求。

由于文化是一种精神价值、生活方式和集体人格，因此在任何一个经济社会里它都具有归结性的意义。

十几年前，在纽约召开的“经济发展和文化转型”的国际学术研讨会上，各国学者达成了一系列共识，值得我们参考。

例如：

> 一个社会的发达和不发达，表面上看起来是经济形态，实际上都是文化心态。
>
> 经济活动的起点和终点，都是文化。
>
> 经济发展在本质上是一个文化过程。
>
> 经济行为只要延伸到较远的目标，就一定会碰到文化。
>
> 赚钱，是以货币的方式达到非货币的目的。
>
> 赚钱的最终目的不是为了衣食，而是为了荣誉、安全、自由、幸福，这一些都是文化命题。

说这些话的人，大多是企业家和经济学家，而不是文化学者。他们不深刻，却是明白人。

二、文化的最终目标

我们已经从定义上说明文化是什么，但还没有指出它的最终目标。不管是精神价值、生活方式，还是集体人格，总会有一个正面、积极、公认的终极指向吧？它究竟是什么呢？

我刚刚引述的在纽约国际学术研讨会上诸多企业家和经济学家

的发言，都强调了文化在经济活动中的重要地位，却都没有说明他们追求的文化目标是什么。

他们所说的文化，如果按照上述定义来解析，那么，在精神价值上，很可能是指理想、荣耀、成功；在生活方式上，很可能是指游学、交际、冒险；在人格修炼上，很可能是指崇敬、反省、乐观。诸如此类，都很不错。但是，还缺少终极指向。“理想”的内容是什么？“成功”的标准是什么？“反省”的基点是什么？

在这里我想举出美国企业家贝林先生的例子来说明问题。我曾为他的自传写过序言，与他有过深入的交谈。

他对我说，他原先为自己定下的文化目标是“展现个性的成功”。其中，又分了三个阶段。第一阶段，他追求“多”，即利润多，产业多；第二阶段，他追求“好”，即质量、品牌都达到国际一流；第三阶段，他追求“独”，即一切都独一无二，不可重复。他说：“当这三个阶段全都走完之后，我还不到六十岁。我感到了前所未有的无聊，甚至觉得连活着都没有意义了。”

直到二○○一年三月，一个偶然的机会，他在亚洲某地把一把轮椅推到一个六岁的残障女孩前，女孩快速学会运用后两眼发出的生命光辉，把他的生命也照亮了。几年后，在非洲，一个津巴布韦青年背着一位完全不认识的残障老妇人，用几天时间穿过沙漠来向贝林先生领轮椅，贝林先生看着这个青年独自向沙漠深处走回去的背影想：“我一直以为有钱才能做慈善。他让我明白，我这一生把梯子搁错了墙，爬到顶上才发现搁错了。”

现在，贝林先生成天在世界各地忙碌，早已没有一丝无聊之感。他在做什么，我想大家一猜就明白。

这是一位六十岁之后才找到了文化的最终目标的大企业家。

他明白了，**文化的最终目标，是在人世间普及爱和善良**。

贝林先生与我们一样，当然从小就知道爱和善良，并把它们看成是道德之门、宗教之门，却很少与文化联系起来。文化，似乎主要是来制造界限的：学历的界限、专业的界限、民族的界限、时代的界限、高低的界限、成败的界限、贵贱的界限、悲喜的界限、雅俗的界限……在这重重叠叠的界限中，人们用尽了才华和智谋，编制了概念和理由，引发了冲突和谈判。这一切，似乎全都归属于文化范畴。贝林先生原先争取的“个性”、“成功”、“多”、“好”、“独”，也都是因为一条条诱人的界限而被误认为是“文化追求”。

贝林先生在六十岁之后获得的转变，是他摆脱一重重“小文化”的界限之后所发现的“大文化”。这种“大文化”，居然是他从小就听熟的词汇：爱、善良。

爱和善良超越一切，又能把一切激活。没有爱和善良，即便是勇敢的理想，也是可怕的；即便是巨大的成功，也是自私的。相反，如果以爱和善良为目标，那么，文化的精神价值、生活方式和集体人格，全都会因为这个隐藏的光源而晶莹剔透。

一个最复杂的文化课题，立即变得不复杂了。

中国儒家说：“仁者爱人”，“爱人者人恒爱之”，“与人为善”，“止于至善”。他们都把爱和善良看成最高德行，最后原则。

回溯远古历史，最早所说的“文化”，就是指人活动的痕迹。当这种痕迹集中起来，“文化”也就是人类在特定时间和空间上的生态共同体。但是，这样的共同体应该很多，为什么只有很少几个能在极其恶劣的条件下生存下来，而其他却不能？过去的解释是，能生存，只因为强大。其实只要稍稍研究一下比较严重的自然灾害和传染病疫就能明白，人类在巨大而突发的破坏力面前，一时的所谓强大并没有用。如果不能互相救助，反而互相争夺，那么，谁也存活不了。因此，存活之道，繁衍之道，发展之道，必然包含着大爱之道、善良之道。

从大说到小，就连我们每一个人的生命能够存在，也必定是无数前人善良的结果。我曾在一篇散文中写道：

> 唐末一个逃难者在严寒之夜被拉进了一扇柴门，宋代一个书生涉江落水被路人救起，这很可能是我的祖先。一场灭绝性的征剿不知被谁劝阻，一所最小的私塾突然在荒村开张……这些事情，也都可能远远地与我有关。因此，我们区区五尺之躯，不知沉淀着多少善良因子。文化是一种感恩，懂得把它们全部唤醒。

我不否认，历史上更多地存在着“弱肉强食”的丛林原则。但是，正是在血泊边上的点滴善良，使人类没有退回丛林变为动物，这就是动物所没有的“文化”。世间很多最初原理都会变成终极原理，善良也就由此而成了文化的最终目标。

在这个问题上，儒家文化宣示得非常堂皇却分析不多，而佛教文化却建立了一个更精密的精神架构。

佛教的逻辑出发点，倒不是善，而是苦。人为什么有那么多苦？因为有很多欲求。而细究之下，所有的欲求都是虚妄的。世间种种追求，包括人的感觉、概念、区分，都是空相。在快速变化的时间过程中，连自己这个人也是空相。由此，得出了“无我”、“无常”的启悟，可以让人解脱一切羁绊。但问题是，处于早已蒙恶的世间，“独善”的自己已不真实。那就应该解救和引渡众人，在“精神彼岸”建立一处净土。这一来，对于整个人间，都要用善良和慈悲的情怀拥抱和融化，所谓“无缘大慈，同体大悲”，就是这个意思。

包括佛学家在内的很多哲学家都认为，人之为人，在本性上潜藏着善的种子。灌溉它们，使它们发育长大，然后集合成一种看似天然的森林，这就是文化的使命。

对于这一点，我本人，是从中国民众一次次自发救灾的壮举中才深深体会到的。因此我曾多次说，我的文化课程，部分完成于课堂，部分完成于书房，而更重要的部分，则完成于一个个遗迹废墟和一个个救灾现场。

德国哲学家康德曾多次表示，对于人类最终的善良原则和道德原则，不可讨论，也不必讨论。它们像星座一样高耀头顶，毋庸置疑，必须绝对服从。

雨果又补充一句：

> 善良是精神世界的太阳。

当然，不管是星座还是太阳，并不能取代一切。文化的天地辽阔而多变，接受善良的光照会有很多不同的层面和方式。例如，思索人生过程，寻找审美形式，表达震惊、恐惧、怜悯、软弱、无奈，都是以珍惜生命为起点，因此也在善良的坐标之内。呐喊、诅咒、谴责、揭露，也都与此有关。即便是纯粹描写山水，创造美的形态，也都是对人类感觉的肯定，对居息星球的探询，皆属大爱范畴。

因此，以爱和善良为终极目标，并不会缩小文化的体量。

三、 中国文化的特性

讲了文化，就要缩小范围，讲中国文化。

中国文化的特性究竟是什么？很多学者发表了各种意见，我大部分不赞成。原因只有一个，他们所找出来的“特性”，并不是区别于其他文化的真正独特性。

例如，“刚健有为”、“自强不息”、“海纳百川”、“尊师重教”、“宽容忍让”、“厚德载物”等成语，一直被轮番用来概括中华文化的特性。看起来好像并没有错，但一旦翻译成外文就麻烦了，因为世界上绝大多数民族的经典中都有类似的说法，我们只不过是用汉语来表述罢了。

这表明了中国文化和世界文化的可贵一致，却也表明，我们不能以这些一致性来说明中国文化的独特性。

更重要的是，这些美好的语汇，大多是古代思想家对人们的教诲和儆示，并不能说明大家已经投之于实践。有一些，恰恰古代思想家是看到大家没有做到，才提出这种训诫的。因此，所谓文化特性，还必须具有广泛而长久的实践性。

按照**独特性**和**实践性**的标准，我把中国文化的特性概括为三个“道”——

其一，在社会模式上，建立了“礼仪之道”。

其二，在人格模式上，建立了“君子之道”。

其三，在行为模式上，建立了“中庸之道”。

用这三个“道”来说明中国文化与别的文化的根本区别，外国人能接受吗？

我从六年前开始，就应邀分别在美国哈佛大学、耶鲁大学、哥伦比亚大学、马里兰大学、华盛顿国会图书馆以这样一条思路进行演讲，反响十分积极。每次演讲之后，我照例还会与当地的教授、学者做一些讨论。大致可以肯定，这样的思路比较容易被国际学术界认可。

下面，我想用最简单的话语，对这三个“道”略作说明。

先说“**礼仪之道**”。我们的祖先早已发现，文化虽软，但要流传，必须打造出具体的形态。从原始社会传下来的各种民间文化，大多是以陋风恶俗的强硬方式来推行的。那么，思想精英们试图推行的仁爱、高尚、温厚、互敬、忍让的秩序，也不能流于空泛，而必须设计出一整套行为规范，通过一定的仪式进行半强制化的传扬。例如，出于亲情伦理的孝文化，年幼的孩子尚未获得深刻认知时，也必须学会每天向父母亲请安。这种请安就是半强制化的行为规范，也是孝文化得以延续的缆索。因此，所谓“礼仪”，就是一种便于固定、便于实行、便于审视、便于继承的生活化了的文化仪式。

设计者们相信，只要规范在，仪式在，里边所蕴藏着的文化精神也就有可能存活，否则，文化精神只能随风飘散。因此，荀子说，“礼者，人道之极也”。意思是，礼仪是人文道德的根本。礼仪当然也会给每个人带来很多不自由，这一点孔子早就看出来了，因此说“克己复礼”。正是孔子和其他先师们的努力，使中国在不少时候被称为“礼仪之邦”。

把“礼仪”当作社会模式，也使中国文化在几千年间保持着一种可贵的端庄。缺点是，“礼仪”太注重外在形式和繁文缛节，限制了心灵启蒙和个性表达，以一种陈旧的集体桎梏损害了社会的多元活力。

再说“**君子之道**”。儒者企图改造社会而做不到，最后就把改造社会的目标变成了改造人格。起先，他们设定的行为程序是“修身、齐家、治国、平天下”，修身是出发点，谁知辛苦到后来，治国、平天下的计划基本落空，因此，出发点又变成了目的地。他们修身的模型，就是君子。

把君子作为人格理想，是中国文化独有的特征。在这里我们不妨做一个宏观对比：在这个世界上，有的民族把人格理想定为“觉者”，有的民族把人格理想定为“先知”，有的民族把人格理想定为“巨人”，有的民族把人格理想定为“绅士”，有的民族把人格理想定为“骑士”，有的民族把人格理想定为“武士”，而中华民族的人格理想，则是“君子”，不与它们重复。

我们的祖先没有给君子下一个定义。但是比下定义更精彩的是，他们明确设定了君子的对立面——小人。而且，在一切问题上都把君子和小人进行近距离的直接对照。这种理论方式，形象鲜明，反差强烈，容易感受，又朗朗上口，非常便于流传。

你们看，历来中国人只要稍有文化就能随口说出“君子坦荡荡，小人长戚戚”、“君子求诸己，小人求诸人”、“君子喻于义，小人喻于利”、“君子泰而不骄，小人骄而不泰”、“君子和而不同，小人同而不和”，等等。结果，两千多年说下来，君子和小人的界限成了中国文化的第一界限。只要是中国人，即使失败了也希望失败得像个君子，而不希望转变为成功的小人；即使被别人说成是坏人，也不愿意被别人说成小人。如此深入人心，证明古代儒者确实已经把一切政治之梦、礼仪之梦凝缩成了君子之梦、人格之梦。

最后说“**中庸之道**”。简单说来，就是中国文化在本性上不信任一切极端化的诱惑。“中庸之道”认为，极端化的言辞虽然听起来痛快、爽利，却一定害人害己。因此，必须警惕痛快和爽利，而去寻求合适和恰当；必须放弃僵硬和狭窄，而去寻求弹性和宽容。

“中庸之道”是一种整体思维方式。它反对切割，而提倡整合；它希望清晰，却又容忍混沌；它要求结果，却也承认过程；它知道是非，却又肯定转化……它认为，互补、互动、互易的整体，是世界的真相，而极端化思维则是虚假思维。

中国历史上也出现过不少极端化事件，就近而言，像义和团、“文革”等，但时间都不长。占据历史主导地位的，还是基于农耕文明四季轮回、阴阳互生的“中庸”、“中和”、“中道”哲学。这种哲学，经由儒家和道家的深刻论述和实践，已成为中国人的基本行为模式，与世界上其他地方一直在痴迷的各种极端主义和单边主义形成鲜明的对照。我认为，中华文明之所以能够成为人类几大古文明中唯一没有中断和消亡的幸存者，有很多原因，其中最重要的秘密就是“中庸之道”。“中庸之道”在一次次巨大的灾难中起了关键的缓冲作用、阻爆作用和疗伤作用，既保全了自己，又维护了世界。例如，中国的主流文化不支持跨国军事远征，这就和其他那些重要文明很不一样。这种区别，连很多来华的西方传教士也过了很久才弄明白，发觉根源就是“中庸之道”。二〇〇五年我曾在联合国世界文明大会上发表演讲，从历史真相和文化哲学上批驳了“中国威胁论”。

好了，三个“道”，社会模式、人格模式、行为模式齐全，而且组合严整，构成了一种大文化的“三足鼎立”。这尊文化之鼎，既是中国人精神凝聚的理由，又是中国人在地球上的一个重大建树。别人如果不承认，那是他们自己没有见识。

有些人，直到今天还经常拿着西方近代建立的一些社会观念贬斥中国和中国人。不错，那些西方观念都很优秀，很值得我们学习，但我稍稍也有一点儿不服气。因为在那些观念产生之前，中国文化已经相当刚健地存活了至少五千年。活出了诸子百家，活出了秦汉唐宋，活出了人丁兴旺。活得那么久，活得那么大，难道就没有自己的精神价值么？

几个月前在台北，我与一位美籍华人政论者产生争执。他说："西方的价值系统，是我们讨论全部问题的起点和终点。"我说："是不是终点，你我都没有资格判断。但是，我有资格肯定，起点不在那里。"

四、中国文化的弊病

说了中国文化的建树，那也就有必要讨论一下它的弊病了。

中国文化体量大、寿命长，弊病当然很多。我为了与前面讲的三个"道"对应，也选出了三个"弱"。

中国文化的第一个弱项，是疏于公共空间。

"公共空间"（Public Space）作为一个社会学命题是德国法兰克福学派重新阐释的，却是欧洲文化自古至今的一大亮点。中国文化对此一直比较黯然，历来总是强调，上对得起社稷朝廷，下对得起家庭亲情，所谓"忠孝两全"。但是，有了忠、孝，就"全"了吗？不。在朝廷和家庭之间，有辽阔的"公共空间"，这是中国文化的一个盲区。

你看，古代一个官员坐着轿子来到了某个公共空间，前面一定有差役举出两块牌子："肃静"、"回避"。这么一来，公共空间一下子又不见了。那么，似乎只好让知识分子来关心公共空间了，但是中国文人遵守一个座右铭："两耳不闻窗外事，一心只读圣贤书。"这里边所说的"窗外"，就是公共空间，他们不予关注。他们有时也讲"天下兴亡"，但主要是指朝廷兴亡。

这个毛病，与德国哲学家康德的一个重要论述对比一下就更明显了。康德说，知识分子的崇高责任，就是"敢于在一切公共空间运用理性"。

我在国外游历时，经常听到外国朋友抱怨中国游客随地吐痰、高声喧哗、在旅馆大堂打牌等低劣行为，认为没有道德。我往往会为自己的同胞辩护几句，说那个高声喧哗的农村妇女，很可能收养过两个孤儿。他们的失态，只能说明他们不知道公共空间的行为规范。责任不在他们，而在中国文化。当然，这样的事说到底确实也与道德有关，那就是缺少公德。

现在，中国文化的这个缺漏只能靠我们当代人来弥补了。很多城市提出要建设"文化强市"，我认为，最重要的支点不在于推出多少作品，而在于重建公共空间。

公共空间是最大的文化作品，同时又是最大的文化课堂。广大市民的集体人格和审美习惯，都在那里培养。

中国文化的第二个弱项,是疏于实证意识。

已故的美籍华人史学家黄仁宇教授说，中国历史最大的弊端是"缺少数字化管理"。他故意幽默地用了一个新词汇，来阐述一个老问题，那就是实证意识的缺乏。

实证意识的缺乏，也就是科学意识的缺乏。这种倾向，使中国文化长期处于"只问忠奸，不问真假"的泥潭之中。其实，弄不清真假，其他一切都失去了基础。现在让人痛心疾首的诚信失落，也与此有关。假货哪个国家都有，但对中国祸害最大；谣言哪个国家都有，但对中国伤害最深。这是因为，中国文化不具备发现虚假、抵制伪造、消除谣言的机制和程序。

多年来我发现，在中国，不管什么人，只要遇到了针对自己的谣言，就无法找到文化本身的手段来破除。什么叫“文化本身的手段”？那就是不必依赖官方的澄清，也不必自杀，仅仅靠着社会上多数民众对证据的辨别能力，以及对虚假的逻辑敏感，就能让事实恢复真相。对此，中国文化无能为力，不少文人助纣为虐，几乎所有后果最坏的谣言，都是文人制造出来的。本来，传媒和互联网的发达可以帮助搜寻证据、克服谣言，但事实证明，它们在很大程度上反而成了谣言的翅膀，满天飞舞。

总之，中国文化在这个问题上形成了一个奇怪的局面，我曾用八个短句进行概括：造谣无责，传谣无阻；中谣无助，辟谣无路；驳谣无效，破谣无趣；老谣方去，新谣无数。

由此联想到社会大局，什么时候只要有人故意造谣生事，一定会引发一场场难以控制的人文灾难。我这些年在香港，惊讶地发现那里很多文人都固执地相信直到今天汶川地震的现场还“哀鸿遍野、民不聊生”，我怎么用亲身见闻来反驳都没有效果。对照世界上其他遭遇自然灾害的国家，救灾行动远远比不上中国，却并没有这种谣言。因此我不能不认定，这里确实隐藏着中国文化的一大毛病。

中国文化的第三个弱项，是疏于法治观念。

我不是从社会政治的角度，而是从文化的角度来论述这个问题的。中国至今最流行的文学，仍然是武侠小说。武侠小说在艺术手法上颇多佳笔，但在文化观念上却一定在颂扬“法外英雄”。这种英雄国外也有过，如罗宾汉、佐罗，但文化地位远没有在中国文化中那么高。在中国文化中，“好汉”总是在挑战法律，“江湖”总是要远离法律，“良民”总是在拦轿告状，“清官”总是在法外演仁。这类“总是”还可以不断列举下去，说明中国历来的民间灵魂大多栖息在法制之外，或者飘零在边缘地带。

当然，这也与中国法制历来的弊病有关。相比之下，与中国的“水浒好汉”几乎同时的“北欧海盗”，却经历了从“家族复仇”到“理性审判”的痛苦转化过程。中国的这个转化迟至现代才开始，但在文化上恐怕还没有真正开始。这个问题，我在《行者无疆》一书中讨论北欧海盗的那些文章，有较详细的论述。

中国文化对法律观念的疏淡，滋生了大量层级不高的民粹文化、寻衅文化、暴力文化，荼毒颇广。与此相呼应，很多官员则在忙着表演离开法治程序的所谓“亲民”举动，把上访替代起诉，用金钱抚慰非法，结果，法律被贬，正义蒙尘，凶者得利，善者受损。更严重的是，不少活跃在传媒和网络上的文人还把自己的喧闹当作“民间法庭”。其实，中外历史都证明，世间一切“民间法庭”都是对法律的最大破坏。

中国文化的弱项还有很多，例如缺少终极思辨，缺少文化自立，缺少人本关怀等，我曾在香港凤凰卫视中很系统地讲过一年。今天由于时间有限，无法一一展开了，仅举上述这三点。但是，仅此三点已经够沉重的了。要克服，恐怕要经过好几代。

五、近三十年的进步

在整体上，我对中国文化的现状并不满意，作品虽多，绝大部分器识低下、创新薄弱、审美平庸。但是，由于我对文化的定义是精神价值、生活方式、集体人格，因此也发现近三十年在一些基座性的文化理念上取得了很大进步。这不是指文化界，而是指全民。

第一，由于三十年来“注重经济建设”“改善人民生活”的成功实践，比较充分地普及了**“民生文化”**。

这种民生文化，已经成为当代社会的思维主轴，改变了整个社会的精神重点，与以前没完没了的斗争哲学划出了时代性的界限。以这种民生文化为坐标，过去流行的“宫廷兴亡史观”也在渐渐被“全民生态史观”所替代。目前，这种民生文化正在向更健全的服务体系、更良好的生态环境、更有效的脱贫攻坚等重大目标推进。这一切，看似经济事件、社会事件，但在我看来，都是重大文化事件。以全民的实际生态打底，文化就有了最朴素、最正派的根基。

第二，由于改革开放，文化视野开拓，比较有效地普及了**“多元文化”**。

所谓多元文化，其实也是包容文化、差异文化、对峙文化。绝大多数中国人比以前更能容忍和欣赏许多异域、异己的艺术形态，新生的一代更愿意把创造的前沿放在熟悉和陌生之间，为今后更自由的创新拓宽了地盘。这对于长期处于“大一统”传统之下的中国文化而言，实在是一大进步。

与广大民众相比，倒是有些官员对多元文化的理解大为落后，仍然固守着保守观念。但从总的发展趋势来看，这已经不成气候，多元文化的观念已经推向了全社会，退不回去了。

第三，由于一次次全民救灾的行动，在中国史无前例地普及了**“生命文化”**。

在我看来，全中国上上下下从心底呼喊出“生命第一”的声音，这是一次非常重大的文化转型。因为类似的情景在中国历史上没有出现过。有了“生命第一”的观念，人性、人道的命题都可以一一确立，大爱、大善的行为也可以进一步发扬，直逼我在前面所说的文化的最终目标。显然，这是中国文化从精神上站立起来的最重要标志。

大家可能已经从香港的报纸上看到，我在5·12汶川大地震之后，与海内外那些热衷于编织谣言的奇怪人群展开了激烈争论，核心问题就在于：全民救援生命的事实，要不要肯定？重建中国的文化精神，是靠爱，还是靠恨？我认为，中国社会沉淀的恨已经太多，好不容易迸发出了普天大爱，应该珍惜，不容糟践。

除了这些奇怪人群之外，不少文化人对于民生文化、多元文化、生命文化的了解也明显不如广大民众。这也难怪，由于以前的文化包袱太重，他们大多还沉溺于书牍文化、职称文化、评奖文化、潮流文化、整人文化里边，我们应该帮助他们走出昔日的泥淖。

六、当前的文化隐忧

当前中国文化遇到的问题，比它的历史弊病还要复杂。

因此，我今天的演讲要在这个话题上停留一点时间，把几个隐忧坦陈出来。

第一个隐忧，复古文化正在冲击着创新文化。

前面刚刚讲过，我不赞成拿着西方文化的两百年来压制中国文化的五千年。这话本该说得理直气壮却很难理直气壮了，因为最近几年，国内突然风行起复古主义，使事情失去了另一番平衡。

其实，任何文化的生命力都在于创新，而不是怀古。要怀古，比中国更有资格的是伊拉克和埃及。但是，如果它们不创新，成天向世界讲述巴比伦王朝和法老遗言，怎么能奢望在现代找到自己的文化地位?

很遗憾，打开我们的电视、报纸、书刊，不断在大做文章的还是一千年前的枭雄心计、七百年前的宫门是非，以及古人之夺、古墓之争、古诗之赛、老戏重拍。

本来，做一点儿这种事情也未尝不可。但是，在文化判断力有待提高的现代中国，社会关注是一种集体引导，传播热点是一种心理召唤，倚重于此必然麻木于彼。几年下来，广大民众心中增添了很多被大大美化了的历史累赘，却没有提升文化创新的敏感度，这不是好事。

复古文化在极度自负的背后隐藏着极度的不自信。因为这股风潮降低了中国文化与世界上其他文化进行平等对话的可能，只是自娱自乐、自产自销、自迷自醉。

这股复古思潮，还包括对近百年文化的过度夸耀。例如在我生活时间较长的上海，一些人对二十世纪二三十年代的“夜上海”“百乐门”的滥情描述，以及对初涉国际的“民国学人”、略有成绩的“民国作家”的极度吹捧，就完全违背了学术和文学的基本尺度，贬损了一个现代国际大都市的文化格局。不仅是上海，据我所知，这些年各地已经把很多处于生存竞争过程中的民间艺术、地方戏曲，全都不分优劣地当作“国家遗产”保护了起来，把它们称作“国粹”、“省粹”、“市粹”，顺便，还把上年纪的普通演员、老一代的民间艺人一律封为不可超越的“艺术泰斗”、“文化经典”。这在文化史上闹了大笑话，还阻断了文化艺术亟待新陈代谢的自然选择过程，反而恶化了文化生态。

保护，对破坏而言，是一个正面概念；但对改革而言，则很可能是一个负面概念。今天世界上的“贸易保护主义”，就意味着倒退。

尤其值得警惕的是，当陈旧的文化现象被越吹越大，创新和突破反倒失去了合理性和合法性。

中外历史已经无数次证明，一个国家的文化兴衰，完全决定于能否涌现大批超越传统的勇敢开拓者。

第二个隐忧，民粹文化正在冲击着理性文化。

我前面曾经说到，康德认为知识分子的责任是“敢于在一切公共空间运用理性”。这句话的关键词，除了“公共空间”就是“运用理性”。但这些年来，理性文化还没有来得及被广泛运用，却受到民粹文化的严重冲击。民粹和复古一样，都是在设定虚假信仰。任何虚假信仰，都是文化欺骗。

每一个正常的现代社会都应该重视民众的呼声，但是，这种重视必须通过高度理性的必要程序来实现。应该承认，世上许多重大课题，一般民众是感受不到，也思考不了的。例如，在我的记忆中，如果三十年前拿着“要不要改革开放”的大问题进行民意测验，肯定很难通过。因为这会使很多“铁饭碗”保不住，而一般民众又无法预计中国经济后来的发展。又如，现在如果拿着“禁猎”、“限牧”、“休渔”等问题交付民意裁决，情况也会很不乐观。

如果“民意”就是最高原则，那么，人类为什么还需要那些苦苦寻求真理的文化大师，而且他们都那么孤独？孔子流浪十几年，一路上没有什么人听他的，除了身边几个学生；老子连一个学生也没有，单身出关，不知所终。如果让当时的民众来评判，他们这些默默赶路的人什么也不是。民众追捧的，是另一类人物。

民粹很像民主，却绝对不是民主。民粹对于民主的损害，甚至超过专制。因为专制让人向往民主，民粹让人误解民主。

民粹主义表现在文化艺术上，就是放弃应有的等级和标准，把部分底层观众的现场快感当作第一坐标。

不管是东方还是西方的美学都告诉我们：快感不是美感，美是对人的提升。一切优秀的文化艺术本是历代大师辛勤架设的提升人们生命品质的阶梯，民粹主义拆掉了所有的阶梯，只剩下地面上的一片嬉闹。

当然，嬉闹也可以被允许。但是应该明白，即使普通民众，也有权利寻求精神上的攀缘，也有权利享受高出于自己的审美等级。

今天我要请在场的同学们冷静下来设想一下，如果把人类历史上所有第一流的艺术大师都一一交给当时当地的民众来"海选"，结果能选上哪几个？我可以肯定，一个也选不上。"海选"，是社会上部分爱热闹的年轻人的短期游戏，与艺术的高低基本没有关系。最有精神价值的作品，永远面对着"高贵的寂寞"。虽然寂寞，却能构成夜醒之人的精神向往，如黑海的灯，远山的塔。

总之，不管在哪个时代、哪个国家，文化艺术一旦受控于民粹主义，很快就会从惊人的热闹走向惊人的低俗，然后走向惊人的荒凉。

第三个隐忧，文化的耗损机制仍然强于建设机制。

现在经常有人提出这样一个尖锐的问题："中国的经济发展举世瞩目，却为什么迟迟不能出现真正被海内外公认的文化成就？"

答案，必定与文化的耗损机制有关。

耗损有不同的类型，我要先讲一讲"惰性耗损"。

“惰性耗损”是一种体制性的毛病，这种毛病耗损了文化的活力，浪费了文化的资源，使“恶性耗损”乘虚而入。

今天中国文化的“惰性耗损”，主要耗损在官场化、行政化的体制之中。这种耗损，比在经济领域严重得多。因为经过三十年的改革开放，连官场也懂得经济了，但是，不少管理文化的官员还基本不懂文化内在的活力结构。

目前处于文化创建前沿的，是年轻的一代。他们天天遇到的障碍、挑战、挣扎、乐趣，是文化领域的官方机构和半官方机构无法比拟的。这中间的差异，就像“野战军”和“军人俱乐部”之间的天壤之别。现在的体制似乎把“军人俱乐部”太当一回事，错把大量的国家文化资源和荣誉资源都给了他们。而在真实的战场上，却风沙扑面，蛇蝎处处，缺少支援。

这就引出了“恶性耗损”。

我们应该检讨，在“文革”之后清除流毒的过程中，对于祸害极大的“革命大批判”，当时只是否定了它的具体内容，却没有否定它的行为模式。于是，几十年一过，当“文革”灾难渐渐被人淡忘，大批判的行为模式又沉渣泛起了。

这种大批判的行为模式，永远是通过捕风捉影、断章取义、上纲上线、鼓噪起哄，给文化环境带来巨大的不安全。因此大家都看到了，不少文化人为了安全起见纷纷寻求官方背景。没有获得这种背景而又有较大名声的文化创造者，就成了“恶性耗损”的重点对象。正是这种耗损，危及了中国当代文化的命脉。

这中间，很多传媒起到了极为关键的负面作用。

它们为什么敢于如此？那是因为，这些传媒都顶着权势“喉舌”的光环，不存在体制上的对立面，更没有法律上的担忧。因此，即使暂时没有受到它们伤害的文化创造者也只能天天如履薄冰、如临深渊。这，就是重大文化成果寥落的主因。

在文化领域，任何恶性耗损几乎都不必支付最低的成本和代价。时间一长，文化耗损者的队伍大大扩充，文化建设又何从谈起？

近两年，很多地方都在为缺少文化人才而着急，准备放宽政策、重奖重赏、多方引进。其实，在我看来，只要阻止了“惰性耗损”和“恶性耗损”，文化人才就会成批地站在眼前了。真正杰出的文化人才居无定所，永远在寻找着能够守护文化等级和文化安全的地方。

讲了当前中国文化遇到的三个隐忧，可能会引起大家的不少烦恼。这些问题发作的程度已经不轻，什么时候能够缓释？什么时候能够解决？

对此我想做一个让大家宽心的判断。

我认为，复古文化的热潮迟早会渐渐降温。原因是人们已经发觉那些老句子、老谋略，重复太多，陈腐浅薄，与现实生活非常隔膜，当然会产生厌倦。

同样开始引起人们厌倦的，是那种“恶性耗损”机制。大家渐渐发现，虽然这种机制每次发动进攻时都哄传一时，但到最后都疑窦重重。时间一长，连幸灾乐祸的起哄者都疲顿了。更重要的是，互联网的兴起使那些专事诽谤的传媒日渐落寞，而法律也已开始管得到他们了。

我感到悲观的，反倒是那些看起来危害不大的“惰性耗损”。那么多争权夺利的协会，那么多假大空的晚会，那么多早已失去公信的评奖，那么多近似于“楼堂馆所”的“文化精品工程”，什么时候能够大刀阔斧地收拾一下呢？不少官员也看出了其中的虚耗成分，但觉得反正有钱，用文化做点儿“面子工程”也未尝不可。但是，事实证明，这种“惰性耗损”越热闹，真实的文化创造就越难产。

说到这里，大家已经明白我为什么在演讲一开始就在叫苦了。文化，当它以自己的身份争取尊严的时候，一点儿不比政治、经济、科学简单。文化又大又难，在文化上即使终身不懈，能做的事情也不会太多。因此，进去的人流总是浩浩荡荡，出来的成果总是寥寥无几。这种情景，与科技领域完全不同。

我很抱歉向年轻的同学们说了这么多沉重的话题。我想，与其让你们自己去一点点吃惊地发现，还不如早一点把真相告诉你们，相信你们能够面对。

最后，我想改变气氛，缩小话题，提振情绪，对在场的同学们留几句鼓励的话，来作为演讲的了结——

同学们，不知你们听了我的演讲后，还喜不喜欢文化。但是不管怎么说，你们逃不开它。那就不要逃，主动投入吧，文化也需要你们。投入文化就是投入创造，就像我们的祖先刻第一块玉，烧第一炉窑。你们还那么年轻，应该立即命令自己成为一个文化创造者，而不仅仅是文化享受者。

作为一个文化创造者必须是善良的，绝不会伤害别人、指责别人，而只会帮助别人，把最好的作品奉献给别人。他的每一项创造，都是出于大爱。文化创造者的精力永远不够用，因为他们要探寻全人类和全民族的终极价值和重大忧患，还要探寻最佳的艺术形式，使每一个作品都能提升人们的生命体验。

作为一个文化创造者必须是诚恳的，不会假装“复古”来掩饰自己在现代性上的无能，也不会假借“民意”来遮盖自己在主体性上的乏力。作为一个文化创造者又必须是超逸的，既不会屈服于学历压力、职称压力、舆论压力、官位压力，也不会屈服于同行嫉妒、文人耍嘴、痞子泼污、传媒围攻。只有这样，我前面所说的诸多弊病、种种隐忧，才会被逐步冷落和化解。

中国文化的前途取决于像你们这样年轻的创造者。既然一切文化都沉淀为人格，那么，你们的品行、等级、力量、眼界、气度、心态，就是中国文化的未来。

就讲到这里吧。整整一个下午，大家听得那么专注，那么安静，让我感动。对于在座的名誉博士和各位教授，我实在要说“不敢当”，请你们多多包涵、指正；对于在座的那么多学生，我要说的是，你们能够如此诚恳地面对文化课题，真让我欣慰。

谢谢！

（二〇一〇年三月二十七日首讲，根据录音整理）

从纽约到香港

汉字

一

各位朋友，大家下午好！

从今天开始，我将讲述自己对中华文化的一些重大感受。每天讲一段，会讲很长时间，至少整年，可能还会延续，不知道诸位有没有耐心坚持听下去。

讲座的组织者事先向大家征集了大量感兴趣的问题，我整理、归纳了一下，再以自己的思路串络在一起，便构成了全部讲座的基本内容。今后，还希望大家随时提出问题。

好，下面我就开始讲了。

很多年来，我就一直在研究中华文化的生命力优势体现在哪些方面。

后来发现，研究这个问题的人已经越来越多，而且很快得出了很多结论。但是，全部都是古人说过的那些四个字、四个字的抽象提法和空泛概念，大多是祖先对后代的期望。而且，一经翻译便可发现，各国都有近似的提法。

一种重大文明的生命力，不可能只是一种抽象的理念，而必然会表现出各种各样实实在在的存在状态。

所以，我们最好不要着急地强迫人家接受中华文明有几大优点，还是回到它的存在状态上来具体地讨论。这也是当代研究与过往研究的重大区别，国际研究与封闭研究的重大区别。

既然讲的是生命力优势，与时间相关，那么，我们所说的存在状态，应该是长续的、普及的、历久不衰的。

此刻，我眼前就出现了一种极具生命力的真实存在，它极小又极大，几乎笼罩着中华文化的全部过程，那就是汉字。

二

不错，汉字。我们一笔一画从小写到大的汉字。它自己是一种存在，又佑护着中华文化的其他存在，因此，我们不妨把它看成是中华文化的第一存在。

我对这种自己早就习以为常的文化手段，有一次震撼性的发现。

那天我在埃及卢克索的太阳神庙考察，久久凝视着巨大石柱上的很多象形文字。因为是象形，似乎不难破解，但问来问去，连那里的专家学者也不认识。

古代战争一结束，胜利者总是严令废除被占领地的文字。因为文字包含着历史，隐藏着尊严，意味着沟通。废除文字等于废除一国的文化传承，这比杀戮它的百姓、抢夺它的财物还要严重得多。但是，这么严重的事情做起来却很方便，因为古代识字的人本来就不多，把他们消灭只是举手之劳。如果占领者特别仁慈，只是把识字者例如埃及的那些祭司驱散，让他们脱离文字，等他们相继去世，废除文字的目的也就达到了。虽然文字还在，刻在石柱石碑上，但谁也不认识，那也就是废除了。

埃及卢克索太阳神庙石柱上的那些象形文字，像鸟，像雨，像虫，但它们曾经是有意义的，表达了人类的崇高祝愿。现在，这些鸟、鱼、虫早已失去自己的文化意涵，回到了自然意义，在人们茫然的目光中僵硬千年。

希腊克利特岛的线形文字也无人能够读懂了，因此克利特文明的秘密至今无法解读。伊拉克巴比伦时代的楔形文字，已经有一些考古学家可以翻译出来，但是，这种翻译，也只是对一具文化木乃伊的探测，无法改变的事实是，探测的对象已死亡很久。

这么一想，那天我在尼罗河边突然对《诗经》、《论语》、《道德经》产生了一种几乎想流泪的亲切感。同样是两千多年，我们读着它们，仍然像读乡下外公的来信。但显然又不是乡下外公，因为其中散发着一种醇化了数千年的越发优雅、高贵的气息。

这就叫活着，一种活了两千多年而从未死亡的文化。

不要再把汉字仅仅看作书法工具。它是活着的图腾，永恒的星辰。

在人类文明史上，梵语、希腊语、拉丁语、阿拉伯语、希伯来语都曾产生过巨大的传播力度。曾经有一些西方学者认为，这些语言，包括古代人类的一切语言，都能在两河流域找到共同的源头。这种说法显然有误，因为他们无法掩盖这样一个事实，与这些语言隔着一道世界屋脊，有一种与它们的源头关系不大的独立语言，表现出了与它们完全不同的生命力，那就是汉语，以及它的书写形式——汉字。

汉语、汉字与其他古代语言相比，包藏的文化意义更丰富、更复杂，因此也就更灵活、更能在混沌中伸缩绵延。中华文化遇到过很多低落期、荒凉期、危机期，但只要汉语、汉字还在，渗透在它们里边的基因也还在，那么中华文化总会一次次出现“野火烧不尽，春风吹又生”的情景。

汉语、汉字的这种再生功能，一直处于隐潜状态。它们本身不发表任何宣言，因此不会在一次次改朝换代的纷争中成为剿灭的对象，反而成为一切战胜者都要沿用的工具。谁知这种工具埋藏着无可限量的文化基因，直到一代代战胜者相继死亡，中华文化还在默默地延续。因此，我们切莫小看了今天的学生能够阅读孔子这件事。问题不在于学生是不是接受儒家观点，而在于能够阅读。

三

汉语、汉字的长存，除了它的自身优点外，还有一个政治权力方面的原因：秦始皇统一文字。

秦始皇当时并没有想得那么远，他只是为了中央集权而清理文化障碍。但实际效果却是惊人的，这个举动使汉语、汉字避免了死亡。

我们可以设想一下没有统一文字的情景。如果山西和山东各是一种文字，那么，哪一年山东把山西打败了，一定会强迫山西改用山东文字。不要很久，山西文字没人懂了，以前以山西文字写的历史也就成了无解天书。但是，又怎么能保证，山东不会被别的地区打败呢？山东文字和山东历史，不会像山西那样彻底消失呢？试想，如果这么打来打去都成了互相之间的文明断送，那么，中华文明的整体延续又怎么可能？

好了，秦始皇统一了文字，这种情况就不会发生了。汉字由此成了一种“通码”，谁也消灭不了谁。山东能打败山西，却不能消灭它的文字，因为战胜者和战败者的文字是同一种。结果，连战败者的历史也不能消灭了。

这实在是一个惊人的奇迹。大家想一想，中国的地域那么大，东南西北的地理环境那么不同，边境交往的情况那么复杂，各地的风土人情又那么悬殊，居然文字始终统一。即使方言很多，差别很大，也不影响文字的统一，连方言的差别也获得了一种文本控制。世界上人口最多的人种，竟然一直保持着“同文”。而且，正像我们经常讲的“同文同种”，因“同文”而保持“同种”，这实在是一件旷世罕事。正是这件旷世罕事保障了另一件旷世罕事，那就是一种数千年古文明的唯一存活。

我对中国历史上的很多“大一统”专制始终保持着严格的审视态度，因为由此产生的消极面太大了。但是，对于文字统一却完全给予正面评价，因为它是一种伟大文化始终没有失去的“人文共同体”的基座。为此，我写过，我在尼罗河边的芦苇丛中曾经对秦始皇产生感念。

我还写过这样一段散文诗——

又一个中国古代战场。战旗猎猎，喊声震天。天上的战争之神睁大了眼，而文化之神却闭起了眼。因为战旗上写的都是汉字，喊叫的都是汉语，他没有什么好担心的。

四

汉语、汉字的漫长生命力，也决定了它们必须经常调整自我，改变形态。如果自古以来始终不作调整，就活不了那么长。身段柔软，是一切长寿者的特点。

无论是中国书法史、中国语言史还是中国音韵史，都能划出好几个演变时期。恒中有变，才能不朽。中国文化在整体上给人一种保守的印象，但事实上，中国文化的实际发生方式却是可以随机应变的。

在这里，我想特别对台湾朋友说一说大陆简体字的问题。很多台湾朋友对大陆推广简体字非常恼火，一直认为是对中国语言的一种破坏。他们总是举出一些在繁体字里不混淆，在简体字里却容易产生混淆的例子，来说明汉字简化是在制造混乱。由于我在台湾出版的书是繁体字，加上我所说的都是古代的事，因此台湾朋友总以为我也是只写繁体字、不写简体字的，他们预设了我反对简体字的立场。

其实，我是支持汉字简化的，理由有以下五点：

第一，自汉代以来，汉字每一代都在简化；

第二，二十世纪汉字简化的起因，是很多学者认为中国在教育、科技上落后于西方的原因之一，是汉字太复杂，难教难学，因此提出过废除汉字、实行拉丁化的主张。汉字简化，既改变了它的难教难学，又防止了过激的拉丁化；

第三，一九三五年国民政府就公布过第一批简体字三百多个，大陆后来的做法只是延续；

第四，大陆的简化，并不出于凭空乱想，而是集中了历代书法家在写行书、草书时的简笔方式和民间生活中长期合理使用的简笔方式。因此，这次简化曾经受到身在美国的胡适先生的高度赞扬；

第五，事实证明，大陆的那次简化对于扫除占全国人口九成以上的文盲，起到了极大的作用。

因此，中国大陆在二十世纪五十年代实行的这次汉字简化，是中国文化“变而守本”的一个成功范例。只有这样的变，才能保全汉字不必走向拉丁化而获得普及。请台湾朋友不要小看五十年代大陆“扫除文盲”的运动，没有那个运动，也就没有今天大陆经济突飞猛进的可能。中华文化，由于文字改革的原因又一次扩展了生命。

中国语言的柔韧特性，除了表现为变化外，还表现为亲民。结果，由于渗透到了民间，也就必然地渗透进了时间，这也成了它长寿的原因之一。

中国语言不管说什么都是富有表情的，历来注重民众的接受，而不太注重漠然的深刻。这一点，只要对比一下古埃及文化和古印度文化就能明白。它们的文化，有很大一部分内容是与天神对话，因此语言文字间也沉淀了大量封闭、神秘的特点，从一开始就建立了一个又一个故意不与民众沟通的“秘语系统”。金字塔就是这种“秘语系统”的物化象征，直到今天，我们还是不知道它的来历、功用和建造方法。其实，即使在当初，它也是向民众守秘的，一派不要让人知道的冷漠，在沙漠荒洲间固守下去。这种神秘，在古印度有过之而无不及。

与这种“秘语系统”相反，中国的先哲们却坐着马车、牛车在四处游说，说的是修身、齐家、治国、平天下的道理，人人都能听懂。而且，中国的一切先哲都有诗人气质，都让自己的论述染上艺术色彩，结果，不仅使中国语言通体亲切，而且诗化多情。它从来不是一种僵硬的工具。

如果用科学主义的西方语言学来分析，中国语文常常带有多义性、整体性、浑沌性、不确定性和易变性的特点，这对自然科学和社会科学的研究来说，确实是一种缺点，应该改革。但从更宏观的视野来看，却渗透着中华文化和中国人的本性。它在浑沌中亲民，在模糊中出没，在多义中隐约，结果，反而是它走得最远。其他比它更规范、更刻板的同路人，早就牺牲在半路上的某一个冲撞处。

总之，面对一个个、一排排、一页页大家从小就熟悉的汉字，我们经常低估了它们在中华文化延续上的伟大作用。做一个不恰当的比喻，就像一个家庭的后代面对一群侍候过几代人的老仆人，原以为他们只是供差遣的，但时间一长才明白，家族的秘密和荣衰，全都维系在他们身上。

蕴藏深厚而又像没有蕴藏，身段柔软而又像没有身段，身份重要而又像没有身份，这就是汉字。

五

对于文字与文化的生死关系，我在伊拉克考察的时候感受得特别强烈。

底格里斯河和幼发拉底河的两河流域，是世界最早发明文字的地方之一，有人还认为那里是人类各种文字系统的共同源头。但是，这个文字的故乡一直处于战乱之中，直到今天。文明破碎了，这是人人看到的，但更让我痛心的，是文字的破碎。

那里产生的楔形文字，值得全人类膜拜，而且那种文字也已经能够部分解读。但遗憾的是，我在新修复的巴比伦城墙前惊喜地看到的楔形文字，却是一句现代政治口号。当外交官顾正龙先生翻译给我听时我大惊失色，因为这显然失去了对古文字起码的尊重。当古文字成了现代政治的奴仆，那么，这种不懂轻重、不顾辈分的现代政治，还会有希望吗？说实话，就在那句以楔形文字写出的现代政治口号前，我预感到了这个地方的凶兆。

另一个让我深感凄楚的场面，也与文字有关。那天我采访了巴格达的一所贵族小学，小学里的语言课也是政治口号课，这倒不必再说；问题是，小学里学生不多，而校门外失学乞讨的儿童却成千上万，他们都不识字。

我看到顺着学校围墙有两个小男孩拉着一辆很大的板车过来了，就上前询问。哥哥十三岁，弟弟九岁。问他们为什么不上学，哥哥的回答很简洁： 爸爸死于战争，妈妈卧病在床，还有妹妹。这种简洁让人心酸，我打算送一点小礼物给他们。

当时的伊拉克政府自尊心很强，不允许人民接受外国人的钱财馈赠，我们多次掏钱，都受到各方面的严厉阻止，因此只得在口袋里摸索小礼品。终于摸到两支圆珠笔，我就立即塞到两兄弟的手上。两兄弟拿在手上一愣，不知道这是什么。就在这时，我心里浮起了一段话。我想说：“小兄弟，这叫圆珠笔，你们没有上过学，不识字，这对你们没有什么用处。但是我希望你们拉车空闲里拿出来涂画几笔，因为你们的祖先，是全世界最早创造文字的人。”

其实我心里还有一段更重要的话——

一个民族的贫困和战败，都不是最后的失落。

民族的最后失落，是尊严的失落；尊严的最后失落，是文化的失落；文化的最后失落，是文字的失落。

空间

一

如果说，汉字是中华文化的承载手段，那么，不妨再来看看中华文化的承载空间。

据冯天瑜先生在《中华文化史》中的统计，埃及文明的活动地域，不超过四万平方公里，包括上埃及和下埃及；两河文明，即美索不达米亚文明，它的活动地域，伸伸缩缩，总共也就几万平方公里；印度文明的活动地域从印度河流域一直扩展到恒河流域，加在一起二十多万平方公里吧；希腊文明的活动领域很小，一直没有超过一万平方公里。把这些文明活动的地域全部加在一起，估计就是三十万平方公里。

那么，中华文明的活动地域有多大呢？光是黄河流域就有七十万平方公里，加上其他众多的文明滋生地，总面积接近于五百万平方公里。这个数字，说明中华文明的活动面积，比世界上其他所有重要文明的活动面积的总和，还要大出十多倍。

当然，大并不永远都是好的。因为不少文明的精致化、成熟化的过程，往往是在一个不大的地域里边完成的。但是请注意，在一种文明开疆拓土、格局初定的起点上，地盘的大小对于体格的大小就至关重要，而体格的大小对于生命力的强弱又至关重要。

古代文明的地域和四周的蛮荒之地相比，就像绿洲和沙漠相比。如果绿洲的规模很小，不管它一时多么滋润，还是非常容易干枯，干枯于水系的变迁，甚至干枯于一夜的沙尘暴；如果反过来，绿洲的面积很大，情况就不一样了，水流的变迁很可能就发生在它的范围之内，它本身已经自成气候，构成了一个比较完整的生态链。它当然也会遇到各种问题，但是要它完全消亡就比较困难了。

同样的道理，中华文明的生命地盘之大，就成了它生命力的重要秘密。多出十几倍的地域优势，转化成了多出几千年的延续优势。如果要用一句现代话来表述，那就是：空间和时间出现了“能量转换”。

其实，地盘之大、体格之大，最重要的是，它造就了一种精神规模。这种精神规模本身就具有吞吐方圆、贯通古今的力量，这在我们每个人身上都存在着。

在中国的文化话语里边，从来离不开空间视野，总是一开口就是三山五岳、五湖四海、四极八荒、六合九州。“秦王扫六合，虎视何雄哉”，这样的诗句，最容易让中国人动心；“先天下之忧而忧，后天下之乐而乐”，这样的文句，最容易让中国人动情。反之，只要是说“小鼻子小眼”、“小家子气”、“小肚鸡肠”、“鼠目寸光”、“井底之蛙”，永远是中国文化的贬斥之词。“好男儿志在四方”、“读万卷书，行万里路”，在每个朝代都是励志之语。大空间，永远是大空间，这就成了中华文化的一种精神规模。

这样的精神规模，有时候也会给人一种空泛不实的感觉，但是每当麻烦产生，它确实能够构成一种力量。李白就不必说了，即使像杜甫这样看上去很本分的文人，也总是生活在辽阔的精神空间之中。遇到危难的时候，杜甫想到的是“国破山河在，城春草木深”；遇到孤独的时候，杜甫看到的是“窗含西岭千秋雪，门泊东吴万里船”。请注意，这都是他纯粹的个人心理倾吐，没有任何矫饰打扮的成分。因此，我们可以不必怀疑地得出结论，中华文化确实是在辽阔的生存空间中构建起了宏大的精神规模，而且产生了一种力量。

辽阔的生存空间怎么会转化成生命力？我想有以下这么几个原因。

第一，这种把“万里”装在自己心里的精神规模，从来不相信天下会顷刻灭亡，因此中国智者即使面临死亡也不会绝望，总是以遗书、遗诗、遗言来昭示后代还要努力；

第二，这种精神规模又容易使天下各地的力量构成一种默契，使异地、异时的文化伦理责任变成一种避免局部溃散的力量。这在每次蒙受外侮的危难时刻都会隐隐显现；

第三，这种精神规模又带有“天人合一”的色彩，使得名山大川全部都成了中华文化精神的见证和象征。

二

空间之大，除了可以构建精神规模之外，还可以给文化的流动提供可能，避免一头扎在死胡同里的悲剧。

世界上很多曾经非常重要的文明奇迹不知道怎么就突然消失了，考古学家猜测，可能是战争和自然的原因。它们遇到这种灾难以后，有的就地衰败，有的逃到了无法寻找的远方。

中华文化由于地盘大，较少产生这样的情况。一种地方文化如果陷入了生存危机，那就迁移。迁移到一个地方，本来就属于华夏文明的滋生范围，很容易落地生根。从汉代到宋代，中华文明从北方向南方迁移的过程，就是例证。

中华文化的重心由西北向东南的迁移，有很大一部分原因是气候，以及和气候有关的水土流失。当然也有战乱，比如像永嘉之乱、安史之乱等。也有一些，是小规模的“意图性移民”。政府的意图，开发的意图。不管是哪一种迁移，都给这个人口众多的国家带来了新的生路。据统计，西汉时期北方和南方的人口比例是八比二，北方是八，南方是二；到了唐代，是平分秋色；到了南宋，北方和南方的人口比例已经是三比七了，北方少，南方多得多了。

人口比重的挪移，也带来了文化重心的挪移。在我的印象中，西汉时中国文化教育的重心是在山东，东汉时是在河南，隋唐以后有了科举制度，那我们就可以凭借好多科举的资料来说明这个问题了。科举当然不是全部文化，却也称得上一个坐标。从资料上看，唐宋时期，北方籍的状元有六十八名，南方籍的状元四十四名，显然是北强南弱，北宋时期进士最多的省份还是今天的河南省。但是，到了元明清三代，北方出状元二十六名，南方出状元一百六十八名，比例不仅倒了过来，而且差距很悬殊了。处在最前面的，是江苏和浙江。

这证明了什么呢，证明中国文化是在一个巨大的空间范围之内，平和地完成了重心转移。这就是中华文明通过空间流转获得延续的一个重要例证。

让我们再来看一看历代文学家的分布。早在魏晋南北朝之前，文学家一直是北多南少，到了我最为向往的魏晋南北朝，北方和南方的比例倒了过来，变成了北三南七。但到了隋唐年间，北方的文化又复苏了，比例还倒了过来，变成了北六南四。宋代以后，文学家的比例偏重于南方。元代呢，北方的文化兴盛了，比如我研究的元杂剧，但是北方的比例还是压不过南方。到了清代，北方文学家的比例降低为一成五，南方升为八成五，差距就很大了。

如果再从文学界扩宽开来，看看在各个领域里作出过杰出贡献的专家分布情况，那么，根据缪世鸿先生的统计，在唐代的排序，大致是河南、陕西、河北、江苏；在宋代的排序，大致是浙江、江西、河南；在明代的排序，是浙江、江苏、安徽、江西；在清代的排序，是江苏、浙江、安徽。现代的排序，是江苏、浙江、湖南、北京、天津、福建、四川。可见，重心的变化很大。

挪移，无非是原来的地方困顿了，堵塞了，生病了。人会生病，文明也会生病。医生总是劝病人“易地疗养”，可惜有好多病人没有这个条件。然而，中华文明有这个条件，湿润的暖风治好了高原风寒，后代也就在那儿繁殖了。当然，后代也有可能感受到了南方的弊病，再回到北方去获取另一种强悍的生命力。

三

辽阔的空间，也使中华文明经常会遇到一个躲不过的麻烦，那就是，历代统治者生怕在大范围内不好治理，鞭长莫及，总会在思想文化上采取极权独断的措施。对此，高层的学术文化界一般不做直接的冲撞，而是利用空间之大、地域之远，在不同的地区保存下不同的文化潜质。

比如，在程朱理学作为官方哲学的时代，同在理学这个门内，就有“濂、洛、关、闽”这四家。作为学派标志的这四个字，都是距离很远的地名，指向着今天的湖南、河南、陕西、福建。这四家，后来又引出了江西的陆派和浙江的王派。大家算一算，仅仅一个哲学门类里居然就生发出了那么多与自己的地域紧紧相连的派别，九州大地几乎都在围绕着一个哲学派别各说各的，而且都说得那么精彩。文化集权的实际效果到底有多少，就很值得怀疑了。

如果我们把眼界进一步放宽，就会发现，中华文化在哲学、历史学、文学、艺术上的展开，更是紧紧地和东南西北的地名连在一起，就像是埋伏在辽阔空间中的交响乐章。我现在随口就能说出一大堆以地名打头的文化流派，比如：江西诗派、公安派、竟陵派、浙西词派、常州词派、吴派经学、皖派经学、浙东史学，还有桐城派、吴门画派、金陵八家、扬州八怪……如果再把这个范围扩大到书法、篆刻、古琴、陶瓷、刺绣、建筑等门类，地方性就更明显了。作为综合艺术的戏曲，则完全是由地方戏曲在支撑着基础架构，宫廷剧目都由地方戏曲发展而来。

如果把这个特点和其他文明比较一下的话，差别就非常明显。其他文明所产生的文化项目，更多地集中在首都和其他极少数的经济中心，从来没有像中华文明这样，四面开花，八方收获，并且到处调节着丰收和歉收，避免整体性的匮乏。

在中国大地上旅行，不管时世如何，总会在大山深处突然发现一所简陋的小学，里边有孩童的书声传出来；你到一个偏僻小镇的茶馆里闲坐，悠然听到旁座有人在轻声谈论某个古代的经典。这种渗透到了千里万里之间的文化，被大地的每一个皱褶接受了，那么，这种文化确实能与大地同寿。

四

在人类文明的总体版图上，有些古代文明的所在地也很辽阔，为什么不能长久地覆盖更大的区域？我经过长时间的实地考察得出结论，那就是：生态方式的稀薄和阻隔。

很多古文明的所在地，生态方式以游牧为主，在两个聚居点之间没有停歇地，因此，那种大空间其实只是地理上的大而不是文化上的大。我所考察的中东和中亚的很多土地，都是这样。另外有一些地方也可以称得上是农耕文明，但是那个农耕十分粗放，可以称之为“广种薄收”吧，只是随意地撒一些种子，后来又随意地收割一点。这样的区域极为分散又相当贫困，农民的孩子如果要接受教育，必先争取到城里居住的机会。例如，我所考察的尼罗河流域和印度河流域就是这样。在这样的地区，辽阔对它们来说只是跋涉中的旷野，城墙外的荒原，与文明关系不大。

和这些遥远的地方相比，中国农民在从事的，是极为精细的耕作行为。他们非常重视水土资源的寻找和比较，一旦选定，就对自己家的土地进行全方位的深度开发。那就必须聚族而居，日出而作，日落而息，讲究每一道生产程序，由此构成真正的“精耕细作”。这种生产方法，能够产生很高的生产效益，出现比较富裕的农家，于是也就可能进入文化层面，出现一批批所谓的“耕读之家”。这样的家庭，散落在河边田间，形成了城市之外极其辽阔的文明滋生地。这些地方产生文人学士的比例，并不比城市低。

因此，从地理的意义上来说，各大文明的面积是可以计算的，而从文化的意义上说，精耕细作、聚族而居、耕读传家的中华文化，才有真正意义上的广阔。

不极端

一

中华文化在生命力上的一个重大优势，是小心翼翼地避过了极端主义的长期肆虐。

前面讲到，中华文化的生存基础是那种精耕细作、聚族而居的农业生态。正是这种生态，促使中华文化与土地建立起了一种深度粘连关系，随之建立起一种熨帖大地的“厚土观念”。

这种生态，需要最恭敬地来服从天象气候、水文潮汐，追求风调雨顺；这种生态，需要整个家庭协调配合、前后延续，还要与相邻的农户保持友好关系。总之，要求每个人无条件地处理“天时”、“地利”、“人和”这三者之间的和谐关系。不能单向突进、陷于一端，也不能撕裂关系、得罪四周。

如果陷于一端了，虽然也能图一时的心理痛快，却没有办法完成一年的春种秋收、五谷丰登。完不成，那也就无法实现家人的温饱、家门的尊严、家庭的繁衍。按照这个最简明的思路，中华文明在本性上总是顺乎天理，合乎伦常，不会长时间陷于极端主义。

中华文化的核心哲学就是中庸之道，它正好是极端主义的一个对立命题。我们的祖先真是厉害，那么早就预计到极端主义最有可能成为荼毒后代的一种思想迷幻剂，所以做出了如此简明扼要的理论防范和实践防范。

我在考察人类古文明遗迹的长路上，见到的种种灾难、悲剧、不幸，绝大多数都与极端主义有关。时至今日，极端主义已经使那些地区，十分疲惫，十分狼狈，但是还在强打精神搞极端，怎么也拉不回来，实在让我们这些旁观者着急。历史已经表明，过去很多文明的灭亡，就是这么造成的。明知极端主义是一堆火，那些飞蛾还是一批批地扑过去。

为什么几千年的教训都没有吸取？这只能归因于文化了。文化，让清醒的更清醒，让糊涂的更糊涂。中国文化有很多糊涂的地方，但是在认识极端主义的危害上，却往往比别人清醒。

二

极端主义的危害，连一个普通的中国老农也明白，但是世界上却有那么多聪明的政治家深陷其间拔不出来，一代又一代。

中国老农明白一些什么呢？他们明白，冬天的“极端”是春天，夏天的“极端”是秋天，天道总是那么平庸，那么寻常，那么重复而安静地循环。

他们还明白，你种下了豆，不管多么努力，多么呼喊，收获的总是豆；你种下了瓜，不管多么轻视，多么拒绝，收获的还是瓜。任何异想天开的赌咒，都不能让天地言听计从。

他们更加明白，揠苗助长是死亡，浇水过多是死亡，超常密植是死亡，施肥失度是死亡。人们即使不是极端，只是在行为上着急了一点，也会造成灾难。

所以我认为，中庸之道在本性上，是一种以农民立场顺应天地自然的实用理性。乍一看，无论是中庸之道还是实用理性都显得相当平庸，容纳不了杰出人物的特殊意志和雄才大略，呈现不了惊世骇俗的复仇计划和称霸宏图。因此，它们总是一再地遭到鄙弃和嘲笑。但是，几千年的事实证明，正是这种平庸，延续了历史。

对于这个问题，我本人在历险考察的长途中，一直承受着一种内心的矛盾。当我以现代艺术创造者的立场放眼一路，必然会敏感地关注那些不留余地的誓言，那些一身戎装匆匆消失在晨雾中的身影，那些踏破沙漠夜色的马队，那些在燃烧的土地上透明而愤怒的眼神。艺术喜爱偏激，艺术欣赏极端，艺术追慕着孤注一掷的生命。记得那一年看一家国际电视台正在播出的美国攻打伊拉克的新闻，很不经意地插播了一小段音乐片，一个当地男人衣衫褴褛地在战火中用歌声向苍天发问："我到底是英雄还是魔鬼？他们为什么总是这样对待我？"我一看就热泪盈眶。这与我对新闻的立场完全无关，只是内心的艺术灵魂突然被点醒了。

大家可以想象，作为长久沉浸在艺术中的我，内心不会十分喜爱中庸之道和实用理性。但是，艺术之外还有一个我，一个文明思考者的我。这个我，终于在战火连天的长途中，选择了自己祖先的哲学。

三

如果说，避免极端主义是一种土生土长的实用理性，那么，要让这种实用理性变成一个庞大民族的文化精神，还必须经过智者的提炼和传播。

早在《周易》中，华夏先人已经确认宇宙是一个流动过程，一种对立统一。因此,《周易》提供一个套子，让天下万物在里边游刃有余。这种早期智慧，从根子上把极端主义嘲笑了。

这种智慧到了老子那里，终于获得了最简洁的叙述。后来中国人都知道的像无为而治、道法自然、物极必反、祸福相倚等说法，都来自老子。老子的哲学已经远远超出了农耕文明的老农智慧，成为乱世中对于天下万物的最高思考。我曾经在希腊雅典的一条小巷子里与当地的哲学家贝尼特博士长时间地讨论过中国的古代哲学，贝尼特博士对老子的评价最高。老子已经成为世界级的智慧，可惜那些慷慨激昂的极端主义者一直没有入门。

老子有点神秘，事情到了孔子那里就变得明白了。孔子认为，不走极端的中庸之道是一种最高道德。因为只有中庸，才能吸纳一切人“和而不同”；因为只有中庸，才能够以中正适度的方式避免一切欠缺和过头，维持住应有的标准。也就是说，中庸之道虽然没有呈现道德说教，却用一种思维方式减少了社会上的互相伤害，增加了人群间的互相包容，因此产生了最广泛的道德效果。

中庸并不是那种不分是非的折中。要达到中庸的境界，其实很难，这也就是很多极端主义分子无法入门的原因。

儒家认为，要达到中庸必须经历五个步骤，一是博学，二是审问，三是慎思，四是明辨，五是笃行。极端主义分子做不到，不是因为他们没有听到过中庸，而是因为他们一时还做不到通向这个中庸的五个步骤。

这就像走路，中庸之道并不是像走在大路中间那么简单，而是在时时有可能倾覆的情况下，走在一条平衡木上。由于它的平衡，启动了社会的平衡。

四

我在历险考察中所遇到的极端主义，有很大一部分与宗教有关。

其实任何伟大的宗教在创立的阶段，都不会过于极端，因为过于极端就不可能在千家万户的日常生活中扩充体量。但是，宗教在以后的发展过程中又最容易走极端，这有几个原因。

第一，一个大宗教很可能构成一种精神的封闭体，自足自享，这就具备了产生极端主义的可能性；

第二，很多宗教都曾经设定过“异教徒”的概念，为了生存竞争把异教徒说成是魔鬼，这就成了极端性分裂的思维起点；

第三，任何宗教都有团队，而团队的成员又都会心甘情愿地把自己的思维选择权利交给宗教领袖，结果造成了一个人数很多却缺少逆向辨析的信徒群，使极端更加极端；

第四，宗教极端主义一旦形成，就把极端主义当作了宗教，造成了更大的盲目性和危险性。

奇怪的是，任何宗教到了中国，往往就不极端了。这证明，中国民众中有一种强大的文化背景，可以磨损极端主义的锋棱。

这里我可以举自己非常崇敬的佛教为例。我曾在尼泊尔和印度各地，虔诚地考察过释迦牟尼从出生到创教、传教的大部分行迹，还到过他创教前修行多年的洞窟。那种修行的方式还带有明显的极端倾向，由于日进粒米，变得骨瘦如柴。这种做法令人震惊和感动，但毕竟还没有被广泛接受的大宗教的气象。后来释迦牟尼终于下山，在尼连河边吃了东西，洗了澡，向那棵菩提树走去。我按照他的路线走了一遍，知道这是对一种极端方式的摆脱，回到了正常方式并由正常走向伟大。

但是，在释迦牟尼之后，佛教的传播又出现了繁琐论辩的极端化倾向，大量智慧的头脑加重了佛教的学究性、门派性，结果只能渐渐衰落。然而一到中国就不一样了，佛教融入了敦煌式的色彩和舞蹈，融入了名山大川的美景，融入了儒雅学者的潇洒而成为禅宗，又融入了中国式的伦理观念而走进千家万户。甚至，像我祖母这样连一句佛经也读不懂的妇女，全都成了虔诚的佛教徒。这在基本教义派看起来，简直是太不“认真”了，我以前对此也产生过疑惑。但是，当我到了事事都极端认真，认真得经常都在打架的中东，才明白，中国确实未必需要中东式的“认真”。

五

极端主义的思维模式，乍一看确实是非常纯净，一尘不染。他们主张，“离佛一尺即是魔”，这句话里边包含三层意思：第一，这个世界上要么是佛，要么是魔，不存在中间地带；第二，佛的要求很高，因此地盘很小，一尺之外都是禁区；第三，既然稍稍离开就是魔，那就要用极端的方式来消灭。这三点就是极端主义的思维方式。

中国式的寻常情理正好相反，主张“离魔一尺即是佛”。也就是说，任何人只要敢于离开邪恶一步，就立即成了光明世界的一员。佛的门槛不高，佛的天地很大，人人都可以进入。这种思维，不在乎极端意义上的佛和魔，只取中道，而且由中道来协调整个世界，使之和谐。

这种思维，显得宽厚而仁慈，甚至对“魔”也产生了一种召唤，让他们跨出一步，改恶从善。所谓“回头是岸”、“立地成佛”，就是这个意思。相反，极端主义的思维对于真正的佛也产生了顶到鼻子底下的威胁，逼得佛不能越雷池半步。

相比之下，模糊而宽容的哲学有可能团结和拯救最大多数的人，因此十分慈善；反之，那些极端主义虽然纯净，却因大量树敌而变得最不道德。

直到今天，世界上还有不少年轻人，包括一些妇女，无怨无悔地浑身绑着炸弹成为自杀袭击的工具。这不仅对大量无辜的民众是不道德的，而且对于这些人本身的生命也是不道德的。是什么力量使他们成了人类公义的敌人？是极端主义。极端主义的诱惑力，实在不能小看了，尤其是对年轻人。

大家可能记得，我在考察人类古文明的那本日记《千年一叹》中留下了一些我和阿拉伯小孩和以色列小孩一起拍的照片，我在照片下面写道：“难道这些孩子，几年以后注定要匍匐于战场？”这正是我一路最大的不忍。因为我看到，比他们年纪稍稍大一点的年轻人，已经要拿着枪上街吃饭了。

是的，他们的目光是那么的单纯，因此他们最容易接受极端主义。相比之下，中国的孩子可能复杂一点，或者说油滑一点，不能心甘情愿地去做自杀炸弹。那么，我要说，宁肯如此。

六

我说中华文化生命力的优势之一是不极端，估计很多年长的朋友会疑惑，因为他们对极左的年代还记忆犹新。而且，早在这个极左年代之前，中国近代史和现代史上也出现过很多极端主义的例子。所以不少学者经常发表这样的论断：“中国人最大的毛病就是喜欢走极端。”那么，应该怎样来解释这种现象呢？

我的回答是这样的——

第一，从晚清开始，尤其是中日甲午战争之后，国破家亡、列强侵略、朝廷腐败、哀鸿遍野，这样的事实使大批救亡图存的志士仁人，走上了激进主义的道路。从太平天国、义和团，到后来的一批批革命派都是这样。甚至我们到孙中山先生的故居去参观，还能发现制造暗杀炸弹的房间。但是在漫长的中国历史上，即使是一百年也只是一小段。而且，在这一百年当中，对每件事情做出最终化解的，一定不是极端主义。即使是最近一次极端主义大泛滥的“文革”，也以极端主义的失败告终。

第二，中国近百年来的极端主义，总是以不同的形态交替出现，每一轮存活的时间都不过一二十年。而且，它们常常以否定上一次极端主义的方式出现。这个事实证明，中国这片土地虽然也能滋生极端主义，却又很容易厌弃，除非它一次次改头换面。这与世界上有的地方对一种极端主义连续痴迷数百年的情况，很不相同。

第三，极端主义最容易出现在历史转型时期的一些“边缘人”身上，这是世界各国相同的。中华文化因为在本性上与极端主义缘分不深，因此“边缘人”在反抗这种主流本性时也会变得格外的激烈。但是这种格外的激烈，正反衬了主流本性的强大，而且每次都以他们的失败进一步张扬了主流本性。

因此，结论也就清楚了：与中华文化发展的主体相比，极端主义只是正剧之间的一段段过场锣鼓。

可惜有些学者可能离舞台太远，耳朵又不大好，只听得见一段段热闹的过场锣鼓，就把它们连缀成了全部中国历史。

我们这一代，是在极端主义的过场锣鼓中“幕间入场”的，因此对于正戏和过场戏的区别，非常清楚。

我在回忆录中曾经凭着自己的切身见闻描述过极端主义的一些逻辑困境，今天不妨再介绍几句，供今天的年轻人参考。

在“文革”造反派里，既有温和派，也有极端派。当时在群会运动的乱局中各种势力争夺权力，比什么呢？就是比谁的嗓子响，比谁的调子高。因此，那些极端派最容易赢得欢呼。

他们最极端的思维是什么样的呢？我近距离地研究过。他们居然认为，每一个年长的教师都可能是反动的，推理的逻辑听起来义正辞严：“你在沦陷时期有没有见过街上的巡逻的日本兵？为什么不去杀了他们？因此你是汉奸！”“你在国民党统治时期为什么不去延安，只是留在上海？因此你是国民党走狗！”“你在民不聊生的时代为什么还每月去领薪水，而不把这些薪水捐给劳苦大众？因此你是吸血鬼！”

总之，每一个没有成为烈士而活着的人，都只能是坏人，或者是叛徒。因此他们顺势提出了一个响亮的口号叫作：“老朽滚蛋！”他们为老朽定的年龄界限，是四十岁。

但是这一来，他们已经陷入一个逻辑困境，那就是，他们自己的父母亲也属于必须立即滚蛋之列。如果真是这样，他们自己也就失去了自己的生命起点的尊严，同时也失去了此时的衣食来源，因为当时的学生造反派的生活费用还是全靠父母供给。

由此可见，一切听起来非常痛快的极端主义，在逻辑上都是很难延伸的，一延伸就进入荒诞。

正是在这个关口上，中华文化优势就悄悄地呈现了。当造反派否定历史、否定老人、否定父母的时候，中国人正常的伦理价值就强大地堵在面前。造反派突然觉得自己撞到了南墙，声音立即就小了下来。这也显现了中华文化的根基——亲情伦理，对于极端主义有一种强大的控制力。

七

前面讲到，中华文化中的极端主义有一个特点，往往是为了对付前一种极端主义产生的。曾经有过一种说法，叫作“矫枉必须过正”，很能代表这个模式。其实，既然是“过正”，那迟早会用另一种“过”来纠正这个“过正”，那么接下来呢？永远是一次次地“过”，剧烈摇摆，怎么也“正”不了。

按照中庸的原则，不管对象多么“过”，我们也要保持不偏不倚的中正。只有这样，天地才有秤砣，世间才有定力。即使看起来做对了的事情，我们也要避免用“彻底”“全部”“毫不”“绝对”这样极端性的词汇。因为用力一过，秤砣一摆，天地也就晃荡了，对错是非也可能被颠倒。

因此，中华文化一般不会把一时的目标口号放在首位，因为这都可以因时因地而改变，却把中庸之道看成是最高标准，并把中庸之道和人伦大道联系起来。这一点，真值得我们后人好好学习。我们总是被一时一地的目标口号搞昏头了，忘记了中国人头上还有真正的大道。

这里可以谈谈我自己的一个深重的教训。年轻的时候虽然已经读了不少中华文化的典籍，却不知道中华文化的要旨是什么，一直被种种“外道”和“偏道”所迷惑。比如我在“文革”的时候，父亲被关押，全家衣食无着，我作为大儿子照理是应该明白解救父亲、解救全家的人伦大道。那么，我就应该向掌权的造反派求情，而且不妨相信，他们也是能够沟通的。但是，我当时认为自己和他们是原则分歧，不能去沟通，更不能去求情。直到几年前我父亲去世，我才在他的遗物中发现，他自己倒是写了很多恳求造反派解救生计的纸条，但是由于在押，无法起到作用。我没有被关押，如果去沟通和求情，情况一定会不一样。而且后来很多事实证明，无论是我单位的造反派首领，还是我父亲单位的造反派首领，也未必全是坏人。可见，一旦采用中庸之道，就能修护人伦大道，而像我这样以极端对付极端，除了延长痛苦，没有任何别的结果。

如果把家庭的事情扩而大之，世界的文明也是这样。生机在中庸，危机在极端。

古人说，后退一步，海阔天空。按照我们的说法就是，若能从极端主义的火线上撤离，你就立即能拥有时间和空间。

三十年前，中国又一次做到了。

八

说到以极端方式对付极端方式，我们不能不想到美国的单边主义。

美国是现代人类文明的重要汇聚地，它的财力、活力、包容之力，真是无与伦比。去年，哈佛大学有一批退休的华裔老教授约我在波士顿近郊的一座森林别墅里聊天，问我对美国的评价。我说，我能花很长的时间讲出美国的几百条优点，但是，近年来所实行的单边主义，却能让中华文明把它看低一眼。

单边主义，其实也是另一种极端主义。一切极端主义的特征它都具备，只不过呈现出一种居高临下的审判态度。而一般极端主义，则呈现出一种一意孤行的抗争状态。

美国的单边主义，来自对人类文化多样性的轻视，并由此而试图以自己的价值系统来重组世界。但是，这样做下去，一定会让它失望，而且也会使世界对它失望。

美国这样做，除了对自身力量的自信之外，还因为它年轻。它未曾感受过几百、几千年的沧桑，因此无法体会时间留下的最高智慧。

要说强大的话，无论是古代的埃及王朝、巴比伦王国，还是波斯帝国、罗马帝国，都曾经纵横万里，雄霸一时，但是当它们企图把自己的价值观念强加给远方的时候，麻烦就产生了。强大的帝国不管是输还是赢，都会给人类文明增添血泪和仇恨。而且，这些血泪和仇恨都是种子，任何时候都可能开花结果。

更严重的问题是，美国的单边主义一定会引发更多的极端主义。单边主义点了火，却根本无法熄火，这是这几年人人都能看到的事实。

其实，这个结果，中国古人早就看到了。这些年所发生的一切，我们都可以从中国古代哲学家的书本中找到劝诫话语。

不远征

一

中华文化生命力的另一个优势，乍一看像是弱势。

那就是：不远征。

这也是我在历险考察中得到的结论。在那些远方重大文化的废墟上，可以看到各种文明互相侵略的遗迹，却总是找不到中华文化留下的军事印痕。一次又一次，一处又一处，永远找不到。有时，也会发现一些商贸交流和文化相融的证据，却总是与军事无关。

中国有漫长而激烈的战争史，但仔细一想，几乎全是内战，而不是跨国界、跨文化的对外侵略。也有过一些边界战争，却只是围绕着领土、藩属等方面的主权争执，而不是远征。

要判断一个文化的本性，必须经过漫长的时间考察。中华文化的寿命实在够长，这场考察也称得上严格了。终于，我们可以理直气壮地宣布：中华文化有一种非侵略、不远征的本性。

长寿，证明了这个本性；反过来，正是这个本性，保证了它的长寿。

我很想从这个视角，来重新认识世界史。

二

在世界古代，任何远征都没有好结果。胜败得失都只是一时的荣辱，而结果一定是双方文明的破碎。这个规律一直延续到大概十五世纪“地理大发现”之前，十五世纪之后世界秩序发生了新的变化。这个规律至少保证了不远征、不侵略的中华文化完整平安地延续到十五世纪。对比之下，曾经与它同时存在于地球上的其他重要的古代文明，都没有在原地延续到十五世纪。

我在希腊，一次次路过希波战争的战场，有的在陆地，有的在海洋。希波战争，也就是公元前五世纪波斯帝国侵略希腊城邦的一场战争，延续了四十几年。后来大家一直以马拉松赛跑来纪念，其起源也就是希波战争中发生的故事。古代波斯，也就是现在的伊朗，从那里远征到希腊，按照现在的地理概念也很遥远。但是在两千五百多年前已经打成一团，结果，失败者是远征者波斯帝国。

在希波战争结束的一百多年以后，希腊哲学家亚里士多德的学生、马其顿国王亚历山大开始了更大规模的远征，不仅征服了埃及，而且声称要征服整个亚洲。结果，他确实征服了巴勒斯坦、叙利亚、两河流域，扫荡了巴比伦、苏萨和波斯帝国的首都波斯波利斯。这些地方我都去了，而且我还在印度、巴基斯坦看到了亚历山大的部队留下的踪迹。在世界古代，一个君王的荣耀就在于他征服了多少别的国家，在这方面，亚历山大堪称首屈一指。

我一直在研究，亚历山大远征和文明破碎的关系。不错，他是世界古代史上最神奇的大征服者，纵横万里，百战百胜，但是，他留给自己国家马其顿的是什么呢？显而易见，这次大规模远征的人力资源主要来自马其顿，除了出发时的大量征召，后来又一批一批地征召了好几拨援军。据记载，士兵很少能够活着回来，这不仅仅造成了马其顿的人口的锐减，更重要的是，整个民族失去了自己最强壮、最年轻、最灵活、最聪明的族群。这种失去，使文明严重倒退。倒退了很长时间，可能一直延续到近代和现代。

其实被战胜的国家更是如此，我读到过当时波斯的一些记载，当年这个“战争国家”在战后留下来的，只是一些从体能到智能都很低下的人群。

亚历山大三十三岁时病死在行军途中。由于连年的侵略，他的帝国表面上已经很大，但是在他死后很快就瓦解了。后来，连马其顿也被罗马所灭。

我为什么对亚历山大的远征特别予以关注呢？很重要的原因，是他是古代西方最博学的人文学者亚里士多德的学生。亚历山大对他的老师亚里士多德一直很尊重，据说他掌权以后曾经为亚里士多德派过好几十名学术助手。那么，他的远征有没有为亚里士多德学说的传播带来推进作用呢？答案并不乐观。

至少有以下两个原因：

第一，侵略战争的基本行为是非理性的。例如亚历山大占领波斯的首都波斯波利斯以后，放火烧掉了可能是当时世界上最辉煌的宫殿建筑。我曾经到那个废墟徘徊很久，心想不管按照哪一种文明的标准，这种焚烧都是一种最原始的野蛮，更不要说什么亚里士多德了。

第二，为了对被占领地区进行有效的统治，亚历山大不得不装扮出对当地文化的极度尊重，比如他在埃及就自称是埃及天神阿蒙之子，在巴比伦又重建了当地马都克神庙，还大规模地祭祀；在波斯，他还与被征服的国君的女儿结婚。这一来，他身上的希腊文明，也就被战争的实用主义肢解了。最后人们对他印象是什么？居然是埃及天神阿蒙之子。

从以上两方面来看，要让一场侵略战争来推进文明的进步，完全是一种空想。反而，会带来文明肌体的衰弱和文明理念的肢解。不仅是被征服地文明的衰弱和肢解，而且也是出发地文明的衰弱和肢解。

有一位历史学家曾经说过，人类历史上最大的征服者亚历山大，在文化上很快成了一个流浪者。我很赞成这种看法。你看，他成了埃及天神阿蒙之子，为此拥有了统治埃及的权利，但他的雄心却在亚洲。在亚洲，他一会儿祭拜这个神，一会儿祭拜那个神，态度都非常虔诚，目的是让人们忘记他原来的文化背景。在成为波斯帝国王室的女婿之后，据说，他的岳母还认为他是几个女婿当中表现最好的一个。这一切，乍一看是随处生根、左右逢源，实际上使他成了一个失去文化基点的人，哪一种文化都与他貌合神离。

他的老师亚里士多德看出了这个问题，曾经为他写过两篇文章紧急送去，一篇叫作《君道》，一篇叫作《上亚历山大论殖民地疏》。学生已经成为一代雄主，亚里士多德的恭敬态度可以想象。这两篇文章现在已经找不到了，但是后一篇的内容我们也许能猜出一个大概。亚里士多德显然已经担心他的学生在征服过程当中对于被征服地区的文化过于照顾，从而丧失希腊文化的传播权威，因此他告诫亚历山大，要坚守殖民观念，不要把希腊文化和当地文化同等看待。亚里士多德的观念我们当然无法接受，但是他的担忧也是可以理解的。事实证明，亚历山大虽然尊重亚里士多德，却没有照老师的书生之见来行动。因为文化的征服要比军事的征服困难得多。历史学家终于指出，希腊文化在那些被征服的国家的渗透，并非整体精神，只是技术碎片。

这些技术碎片有的也很重要，比如我本人花费不少精力考察过的位于现在巴基斯坦境内的犍陀罗艺术，就与亚历山大的东征有关。这种艺术把佛教教义与希腊雕塑结合起来，使佛教艺术在造像上进入了一个新的时代，对中国佛教的佛像、佛雕也产生了巨大影响。但是，这显然早就脱离了亚里士多德企图固守的希腊文化。

不错，战争有的时候也会促使某种文化交融，但是总的说来，对于维护和传播战争发动地的文化，好处不大。我们已经看到了，最大的征服者亚历山大没有办法，最博学的亚里士多德也没有办法，连他们两人加起来也没有办法。

老师的高深学问，交由学生的马蹄去播撒。结果，老师叹息了，学生失踪了。他们几乎同时死去。

三

在世界古代，亚历山大的远征还算留下了一些正面话题，而更多的远征是互相报复，或者是旁观者插足，几乎都是对文化的摧残。造成这种结果，与“文明的悖论”有关。

文明为什么称为文明？这是与周边的蒙昧和野蛮相比较的结果。蒙昧和野蛮都会眼红文明，因此迟早都会来侵犯。一侵犯，蒙昧也变成了野蛮。文明在一般情况下是打不过野蛮的，是弱者。为了自卫，身为文明也必须让自己激发起野蛮的力量。这种被文明组建过的野蛮特别强大，因此原先是弱者的文明迟早都会着迷于这种无往而不胜的暴力，结果必然造成了文明与文明之间的互伤。明明互伤了，但任何一方都不这样来看，都把对方说成是野蛮。

这种悖论，在人类文明史上无数次重复。在我考察途中，印象最深的莫过于古代巴比伦即现代伊拉克所在地，不知道被多少次的战争洗劫过，每次洗劫都声称是对野蛮的报复。即便是亚历山大烧掉波斯波利斯，也是借口在很多年以前波斯的军队烧毁过希腊的巴特农神庙。后来，耶路撒冷又成了一次次报复、一遍遍洗劫的对象。这种报复和洗劫，每次都很彻底，都想在大地上铲除和消灭被占领地的任何一点文化痕迹。

记得在巴比伦的遗址，当地历史学家曾经告诉我，有的占领者在抢劫和焚烧之后还会泄放底格里斯河的河水来冲洗，目的是要把伟大的巴比伦的最后一丝气息冲刷掉。我看到，没有冲刷掉的只有几千年前留下的一小段斑斑驳驳的沥青路面。几千年前就用沥青路面了，这是一种多么早熟的文化！所以大家就要洗刷掉它高于旁人的文化等级，并把这种等级看成是罪恶。

在耶路撒冷，有的占领者在把所有一切都烧光之后，还要挖土三尺，把地面全部铲除。这一些极其过分的行为并没有产生正面效果，相反，它们变作仇恨深埋心间，多少年以后又成了加倍报复的理由。

可见，很多军事上的胜利者恰恰是文化上的失败者。当他们要用挖土和水淹的方式来消除原有文化痕迹的时候，他们显得那么胆怯、脆弱和惶恐。这分明是一个紧接着胜利仪式之后的失败仪式。

那个时候中国在干什么？当时正是战国时期，张仪、苏秦等人都在忙着“合纵连横”，商鞅已经牺牲，屈原已经长大，秦国已经崭露头角。百年以后，中国将完成一次重大的内部整合。

内部整合的过程中也会包含大量残暴，但与巴比伦和波斯波利斯所发生的事情相比，完全不可同日而语。一个是试图统一门庭，执掌门庭，一个则是试图灭门灭族，而且要灭去门族的记忆，这是两种性质。

中国历史上发生过无数次执掌门庭之争，却从来没有人要全然抹去有关中华文化的全部记忆。因此，可以说，中国几千年来从来没有遇到过根本性的文化存废危机。造成这种情况的原因很多，其中之一，就是中国从未因远征侵略而遭到过毁灭性的报复。周边一些少数民族入主中原，也无意消灭文化主体，因此变成了一个文化大家庭之内的事情。

那么，中华文化为什么不发动远征和侵略呢？我认为，一是心理原因，二是地理原因。归根结底，都变成了文化原因。当心理原因和地理原因都可以超越的时候，文化原因还在起作用，直到今天。

这就牵涉到中华文化的一个核心价值了，或者说，一个最难为别人理解的核心秘密了。是啊，这么大的一个国家，人口全球第一，经常也会出现国力鼎盛的时期，居然完全没有向外扩张的意图，这确实是别人难以理解的。更难以理解的是，每当国力鼎盛的时期，军事装备也十分可观，如果不是为了远征侵略，那又是干什么的呢？这些问题，直到今天，还会有一些西方世界的政治家、军事家一再地提出。在我看来，这就是因为他们不了解中华文化的本质。他们只有最简单的逻辑推理，因此既读不懂中国的历史，也读不懂中国的现实。

四

不管中国古代的统治者多么骄横，他们都无法超越这片土地的文明基点，那就是农耕文明。农耕文明所造成的一系列社会心理又必然有力地左右着朝廷的统治心理。

农耕文明和游牧文明、海洋文明构成了极鲜明的对比。最大的对比点，在于对自己脚下的土地和远方陌生的土地的看法。

对于游牧文明来说，生存空间的概念是辽阔和模糊的，那些马背上的勇士，在不同的季节寻找水草丰美的地方，这地方很可能很远，也可能只是一个方向。他们的家园在马蹄下，一切都在运动中。

对于海洋文明来说，日常的起点就是扬帆起锚，航行的目标就是彼岸。彼岸可以是已知的，也可以是未知的。而且，此岸和彼岸都不具备稳定的含义，永远互为终点和起点。航行，才是生命的基本行为。

与这两种文明相比，农耕文明就不一样了。脚下的土地就是生存的基点，而且是祖祖辈辈延续的生存。春种秋收在这里循环，生产程序要求聚族而居。很少有人离家出走，一旦出走也总是在日日乡思，夜夜乡愁，只等待什么时候能够衣锦还乡。还乡是为了承担一个男子的伦理责任，完善一个家庭的基本结构。正是这种文明的生态方式，决定了这种文明不尚远行的集体心理。

这种集体心理，连很多早就脱离农业生产的中国人也无法摆脱，因此也就成了一种真正意义上的大文化。

在中国古代，要让中国人离家远行，是一件天大的事情。早在秦始皇时代，修筑万里长城需要征集大量的劳役，由此产生了“孟姜女哭长城”的故事和戏剧，流传千古。我在二十世纪八十年代曾经做过调查，历来在全国范围演出最广泛的是哪一个傩戏片段？答案是孟姜女。人们千万遍地重复观看着夫妻相别后妻子千里送寒衣的悲剧，每次都感同身受，全场流泪。演出的时候，总会增加村子里各家农民托孟姜女捎带东西给自己儿子的情节，采桑的人家、打鱼的人家、磨磨的人家……每个行当都是从农耕文明里衍生出来的。每当演出到这种场面，农家都会像真的一样回家拿出各种东西交给演孟姜女的演员，真真假假地组成了一个民众仪式。这个仪式的主题是反对壮丁远行服役，构成了几千年来的全民心理。

我到西安看秦代的兵马俑，觉得他们就是无数孟姜女的丈夫。考古学家说，兵马俑身上常常刻着制作者的籍贯，其实也可看作是兵马俑的家乡。家乡，既是他们的起点，又是他们的终点，他们的全部目的就是尽早返乡。我们知道，最终燃起起义之火而终于使秦朝垮台的陈胜、吴广，也就是那些在外服役的“兵马俑”，孟姜女的丈夫们。

中国古代有一些广为传诵的英雄，可以暂时地把家庭搁置在一边，比如“三过家门而不入”、“匈奴未灭，何以家为”。但细细品味一下，在这些话里边，家，显然是一个最高坐标。这些人只是把这个最高坐标暂时放松，就立即震天撼地。甚至，直到现代，人们为了某次战争，也会把“保家”放在“卫国”前面。

由此，中国文化产生了一种浓重的“厚土”意识。一个不从事农业生产的文人即使在京城已经住了大半辈子了，也只说是“客居京城”，心中必然要回归那个他并不熟悉的家乡。

正是这种“厚土”意识，使任何长时间的跨国远征的计划几乎不可能在中国实行。

五

前面说到，修筑万里长城，伤及了千家万户的伦理结构，并由此验证了中华文明抵拒远徙的心理基础；进一步讲，万里长城是干什么的呢？这完全是一个防御型、固守型的巨大工事，并不具备进攻功能。

这就从两个层次上说明了中华文化的本性：为了大范围的百姓安居，筑一个大大的围墙，但是，为了修筑这个大范围的围墙又会损害小范围的百姓安居，因此人们还是深感痛苦。这就是说，不管是大范围还是小范围，中华文化都是呈现出非侵略、非远征的本性。

我曾经一再地告诉外国朋友，如果万里长城是中华文化的第一造型，那么，这个造型再清楚不过地表明了中华文化非侵略的防御本性。我说，中华文明即使有再多的缺点，你们也不能否认它非侵略、非远征的本性，因为除了历史记载，还有物证。物证，就是万里长城。

为此，我每次看到万里长城都很感动，总觉得这是一位只想用自己的躯体保全儿孙安生的老人。这位老人对于城墙外面的利益兴趣不大，只关心是不是有狼烟马队向自己靠近。

我在小亚细亚一带见到过不少进攻型的城堡，是十字军东征或是其他战争留下的。进攻型的城堡四面围合，而不像我们的长城那样单面一堵，完全向后面开放。进攻型城堡的中间是安置战马的，有大量马槽、马栓，而且又有不小的饲料仓库和刀枪库。城堡的建筑材料，大半是刚刚被毁坏的宫殿的残料。这样的进攻型城堡是一个接着一个往前修筑的，既步步为营，又长驱直入。我们的万里长城，完全不是这个结构。

现代人类划分农耕文明和游牧文明的科学界线是四百毫米的降雨量，大于它的，是农耕文明，小于它的，是游牧文明。惊人巧合的是，万里长城正好和中国北方的四百毫米降雨量界线基本重合。因此，它所卫护的，确确实实是一种春播秋收、年年循环的农耕文明。只是卫护，只是固守，只是防御。

六

中华文化的非侵略本性，既表现在农耕心理不愿意离开土地和家庭，也表现在对远方的土地不感兴趣。农民对土地，更在乎“熟地”，而不是“生地”。我从小在农村长大，熟悉这种心理。中国农民对远方土地有一种近乎本能的心理抵拒，其中还包括对远方风土人情、语言方式等一系列陌生因素的不愿进入。这种心理有力地左右了很多中国人的生态方式。保守、自大、狭隘，对自己不熟悉的东西都有点瞧不起，对自己没去过的地方也缺少向往。

当然，中国也有不少雄才大略、志趣高远的人，很想了解更辽阔的世界，例如那些边塞诗人、佛教行者、万里商贾就是这样。但是，他们虽然不是农民，农耕文明的集体心理还是暗暗地裁定了他们的深层思维，他们走得再远，也不想占有远方的土地。一支无形的文化指挥棒，使他们几乎没有对异国他乡的领土欲求。

有学者说，中国古代对于外国没有领土要求，可能与国力不济有关。这一点我就更不同意了。中国的国力，长期都居于世界领先地位。落后西方，那是在十七、十八世纪之后。但在长期领先的情况下，始终没有侵略欲望。相反，有一些弱得多的国家，却一再成为热衷远征的侵略力量。比如曾经长期占领过我们领土的葡萄牙和荷兰，在实际国力上哪里比得上它们的侵略对象大明王朝？但是，想侵略也就来侵略了。为此，我在欧洲一些国家旅行的时候曾经感慨万千。有些国家，从来也没有真正富裕过，到了亚洲居然还那么嚣张。例如葡萄牙，一直多灾多难，一会儿是里斯本大地震，一会儿是全国瘟疫，每次都是死伤过半，哀鸿遍野，有时候遭到外敌入侵，整个朝廷都流亡到南美洲去了，但竟然还一直占领着中国的澳门。由此可见，远征和侵略，未必与国力有关。中华文化的非侵略、非远征本性，不必再找到别的原因了，最终，还应该归因于文化。

七

我们要面对一个难题了。尽管中华文明的主体是农耕文明，但它又长期和北方的游牧文明相邻，中间有和有战，还一再地发生游牧民族入主中原的事实。那么，这个事实有没有改变中华文化的非远征、非侵略本性呢？

游牧民族的冲击和加入，损害过中华文化的某些传统，也激发了中华文化的生命力。所以我不赞成台湾有一些学者认为中华文化因为北方蛮族的入侵而沉沦这个观点。应该看到，游牧民族在冲击和加入中华文化之后，基本上都逐渐接受了中华文化的一些基本原则，其中包括非远征、非侵略的本性。

成吉思汗就是一个很典型的例子。作为游牧民族的杰出代表，他领导的蒙古军队纵横万里，西征中亚、西亚直至欧洲，当时的中原大地也是他征讨的目标。他的征讨过程，明显地体现了游牧文明的特征，就是前进、扫荡、夺取，而不在乎夺取以后的真正占领。他对行动的着迷，远远超过对土地着迷。正是在这种情况下，他遇见了中国道教的宗师丘处机，也就是长春真人，并通过丘处机了解了中国道教和儒学的一些基本思想。更重要的是，他又在熟悉儒学的耶律楚材的劝诫下，逐步改变了自己的行为方式。他去世之后由子孙开启的元代，仍然以耶律楚材尊重中原文化的路线制定朝廷的规则，使游牧文明与农耕文明产生了融合。

至于后来清朝统治者在马背上执掌中原后一心学习中华文化的事迹，那就更多了。我曾经在好几篇文章中说过，仅仅以康熙皇帝为例，他居然比明代的历朝皇帝更热爱、更精通中国传统文化。大凡经、史、子、集、诗、书、音律，他都下过很大工夫，尤其是对朱熹哲学钻研最深。他还组织编成了《古今图书集成》、《康熙字典》、《佩文韵府》等大书。那就证明，这些马背上的占领者，快速地成了中华文化核心部分的合格成员。他们因这种文化融合，取得了充分的统治资格。

他们跨下马来恭敬学习，时间一长，千里草原与千年书声渐渐相融。

八

中华文化的非远征、非侵略的本性，还与地理空间有关。这一点，我在论述“空间”时已经有所提及，这里还需要补充几句。中国很大，但在地理环境上却处于一种比较封闭的状态，无论是别人打进来还是自己打出去，都非常不容易。请看，中国的西部，从西北到西南，天山、昆仑山、帕米尔高原、喜马拉雅山、冈底斯山，中间还有茫茫沙漠。这些自然障碍使得中国与中亚地区的沟通相当艰难。虽然，自古以来有“天山北道”和“天山南道”这两条丝绸之路，但是随着东汉以后沙漠化过程的加剧，那儿的生活和行走也就越来越不容易了。那么东边呢，中国的海岸线虽然很长，但缺少像地中海、波斯湾、波罗的海这样便于航行的内海，只有一个不大的渤海湾。按照古代的航海技术，直接面对无边无际的太平洋，完全无法通行。所以中国的沿海居民只能在近海取得一些晒盐或者捕鱼的利益。因此，无论是山还是海，中国的这部“山海经”，是内向的。

也有一些人千辛万苦地走通了这些路，比如谋利的商人和求经的僧人，但是要展开大规模的军事行动，就不大可能了。这种不可能，使农耕文明的厚土意识具有了更充分的理由，因此也就更坚固了。

巨大的地理障碍，使农耕文明理所当然地把“山海经”之外的土地看成是天地尽头、世间绝路。或者，看成是一种神怪世界。如果要对这样的世界进行征讨，在广大中国民众的心中，是一件异想天开、不可思议的事情。

即使是脑子清楚的统治者，并不相信神怪世界，却也不会幻想军事穿越。我在伊朗德黑兰时曾经对在那里工作的中国劳工做过一次演讲，我讲到中国唐代的时候波斯国王因为遭到政治危机曾经向唐王朝求援，但是中国朝廷怎么可能派大军穿越帕米尔高原前去支援呢？那就只能运用中国智慧，在唐境内设立“波斯都护府”，给予极高的物质待遇和心理待遇，让波斯王室前来“避难”。

这种不远征的思维，后来就成了定式，成为中国人文化人格的一部分。即使天山打通了，帕米尔高原可行了，这种文化人格还不会溃散。山海之外的远处，可以观光，可以经商，可以建设，可以谋生，却永远不可能是中国人的战场。

九

中华文化有这么明确的非远征、非侵略的本性，为什么会经常被漠视，甚至于被否认，直到今天？我认为有以下四个原因：

第一，中国历史上内战频繁，边界摩擦不少，容易让人产生一种夸张的推理；

第二，中国很早就拥有的《孙子兵法》这样哄传世界的兵书，又有“三十六计”等著名计策，很容易让人联想到中国“善战”，然后再由“善战”推理到“好战”；

第三，中国文化在实际传播过程中常常以“术”压“道”，尤其在一些低下层级的文人笔下，最容易崇尚权谋、权术，这就严重地改变了中国文化的“大道”形象；

第四，中国历来人口众多，又经常处于有效的集权管理之下，在国力强盛之时容易给人产生“暴力必将外溢”的错觉，造成哪一天“千军万马，纵横海外”的心理幻想。

鉴于以上四个原因，中国自从与西方世界交往之后，一直让西方世界担心，总有不少人预言中国有可能对外实行军事扩张。也就是说，所谓“中国威胁论”实在是一个陈旧的老版本。

但是，也有一些严谨的思考者认真地研究中国的历史以后，否定了“中国威胁论”。我印象最深的是十六世纪来中国传教的意大利传教士利玛窦。他来的时候，正是张居正、海瑞、戚继光、王阳明的时代，明朝国力不弱，军事阵仗也不错，不少别的传教士按照欧洲的逻辑，都认为中国很快就会威胁世界。但是，利玛窦下苦功学会了中文，花费二三十年的时间广交中国的朝野学者，研究中国的典籍，最后在《中国札记》中明确地宣布，强大起来就会扩张的逻辑，在中国不适用。他说，他问过大量最智慧、最博学的中国知识分子，中国有没有可能远征？这些天南海北的学者一致否认，认为从皇帝到将士，都没有这种想法，而且也不可能产生这种想法。他说，中国国力和军力强大，小半是为了防御，大半是为了炫耀。炫耀什么呢？炫耀“盛世圣朝”、“国富民强”、“国泰民安”、“四方朝拜”等。

2005 年，也就是利玛窦得出这个结论的四百年之后，我应邀在联合国世界文明论坛上发表专题演讲，我的讲题就是《利玛窦的结论》，正式发表时改为《中华文化的非侵略本性》。

我不知道利玛窦的考察结论说服过多少当时的西方人，却在四百年后深深地感动了我。因此我要再用他的话，去说服今天的西方人。

我在那次演讲中说，利玛窦以三十年的时间深入一种文化的精神，值得我们认真学习。因为直到现在为止，人们对别的文化还习惯于“城门外的观望和猜测”，没有进城。

因为这次世界文明论坛是在日本东京召开的，因此我在专题报告中还专门讲了这么一句话：我本人几十年来也阅读了不少世界各国典籍，发现在希腊、波斯、罗马、阿拉伯、西班牙、葡萄牙、荷兰、英国、德国和日本的著作中都有“征服世界”的计划。但是，中国的典籍浩如烟海，我到今天还没有读到过这样的计划。

我的这句话，引来了一片寂静，紧接着是一片掌声。我想，这是世界各国代表在为我们的祖先鼓掌。

但是，在这次世界文明大会上，我没有进一步论述，这种不外侵的本性，也是中华文明历几千年而没有衰亡的重要原因。老子说：“夫唯不争，故天下莫能与之争。”这话已经被历史印证，印证了两千五百年。

这么漫长的时间，对有些国家来说几乎不可想象。记得有法国人嘲笑美国人历史太短，说美国人一说到祖父一代的血缘就搞不清楚了；美国人反唇相讥，说法国人太风流，说到父亲一代的血缘就搞不清楚了。当然，这是笑话，但很多现代国家确实目光太浅，它们不理解一个古老民族历几千年而始终坚守的文化原则。在这一点上，它们显现了文化上的幼稚。

任何国家和民族都没有必要倚老卖老，但是，几千年来未曾远征的事实也确实不允许被他人抹煞，或被子孙遗忘。

想起罗素

一

我在论述中华文化生命力的优势时，常常会想起二十世纪英国最伟大的思想家罗素。他在二十世纪二十年代初曾到中国考察了九个月，很快出版了一本书叫《中国问题》。那时候，中国可能是历史上最被世界瞧不起的时期，因此他的看法尤其引人注意。

当时的中国，几乎无力抵御一切外来的侵略者，因此各国势力都可以在中国肆意妄为，而国内的军阀，又在不断混战。逃难、逃荒、饥馑、病疫、毒品、凶杀、匪患、抢掠，是整个中国的基本生态。对于自己的文化优势，不仅无法向国外申述，而且也无法向自己的国民说明。中国似乎成了没有历史、远离文明、不可理喻的一盘散沙。这种状态，很容易引来大量嗤之以鼻的外来评论，因此也考验着一切外来评论者的文化等级。

罗素毕竟是罗素。他来中国的决心，居然是在苏俄下的。当时俄国发生了如火如荼的社会主义革命，而罗素并不反对社会主义革命，因此他逆着西方的主流观念去了苏俄。一去，他产生了复杂的心情。他显然不喜欢苏俄的状态，却又没有回到西方的主流观念。这究竟是怎么回事呢？

二

举一个例子就明白了。

当时苏俄建立布尔什维克的苏维埃政权才几年，由于广受西方反对，当权者非常在乎罗素的来访。他们选了一群布尔什维克的文化人、理论家、宣教者陪着罗素在伏尔加河上航行，这样就有机会对罗素进行长时间讲述了。

一天天过去，罗素发现了一个很奇特的情景。

这些人每天热闹而快乐地高谈阔论，认为自己已经掌握了能够解释天下一切事物的思想体系。他们能对人类命运的各个方面做出结论，又能对各种非常复杂的问题提供最简单的答案。

“对各种非常复杂的问题提供最简单的答案”，这是一切“革命动员”的基本特征。革命，要让绝大多数文化程度不高的民众一起来响应革命口号，投入行动，必须尽量把事情变得简单，而且简单得十分响亮。这本来是一种宣传的需要，但时间一长，宣传者本人反倒把自己说服了。他们讲了很多遍之后，自己也信奉了自己口上的逻辑，于是天下也就没有复杂问题了。他们对世上的一切都能解答，解答得干脆利落。

这样的宣传，我们在极左时代都遇到过。这样的宣传人员，我们更是非常熟悉。但是，毕竟让罗素吃惊了。

罗素还发现，船上有些文化人觉得，既然世界上的一切都已经获得全部的结论和答案，因此连滔滔不绝的高谈阔论都省略了，每天只是昏昏欲睡，或者寻欢作乐。

船上的这些文化人，上船时知道罗素是谁，但一讲述，就把罗素当作了一个普通的听讲者。几天一过，他们就渐渐有点搞不清罗素是谁了。当代最重要的哲学家就在眼前，但他们的讲述系统把自己封住了。这就像我们经常看到的一些“宣传干部”，对着文化学者大谈文化，对着历史学家大谈历史，对着著名作家大谈创作一样，他们习惯于“物我两忘”。除了老一代宣传干部之外，新一代媒体狂人也是这样，他们总觉得自己站在整个地球最高的讲坛之上。

罗素在几天惊讶之后，就不想理他们了。

罗素虽然还在船上，但心思已经不在船上的话语系统。他只是打量着伏尔加河，以及河两岸的真实生态。他觉得，真正的俄罗斯文化就在那些真实的生态中。

一天深夜，船停泊在一个荒凉的沙洲，罗素独自登岸，发现这里栖息着一个奇怪的游牧人群。他们从远方逃荒而来，却不愿意逃到别的国度。树枝点燃的火，照着胡子拉碴的男子、刚强的女子和镇定的孩子，但所有的人都很麻木，静静地唱着忧伤的歌。这个景象使罗素非常震撼。他知道，这就是他要找的文化。但这种文化不会高谈阔论，即便是有关它的刚强和忧伤，也只能猜测。

就在那天晚上，就在这个沙洲边上，罗素想到了中国。罗素认为，船上的那些左派理论家的教条主义支配欲望，完全无视流浪者们的自然文化生态，于是支配欲望也就变成了支配权力。

支配权力，就是罗素最需要拨开的雾障。正是在这一点上，他想到了当时很多列强都想获得支配权力的目的地中国。他认为流浪者不应该被教条支配，中国也不应该被西方支配。于是他写下了这么一句话：“正是带着这样一种心境，我开始了中国之行。”

三

罗素在中国逗留了整整九个月，考察了香港、上海、杭州、南京、长沙，最重要的是北京。他在北京发表了五场正式的演讲，讲题分别是他的专业：数理逻辑、物的分析、心的分析、哲学问题、社会结构。另外，他又开了一些讲座，介绍唯心论、因果论、相对论、万有引力等。罗素的演讲场场火爆，听讲者中，有青年毛泽东和周恩来。

罗素在离开中国以后说："我在中国讲课，但后来越来越发现，我从中国学到的东西，比中国向我学到的东西要多得多。"他说："很多长期住在中国的西方学者，都有与我同样的观点。"

罗素在一九二二年出版的那本《中国问题》一开头就说，在今后两个世纪，不管中国是变好还是变坏，都将对世界产生决定性的影响。

那么，决定好坏的关键是什么呢？罗素讲了一句更重要的话，他说：**"不管中国还是世界，文化最重要。只要文化问题能解决，无论中国采取什么样的政治体制和经济体制，我都接受。"**

出于这样一个高度，罗素成了中华文化的真正知音。我读过很多西方学者论中国文化的著作，像莱布尼茨、歌德、伏尔泰、黑格尔、韦伯、斯宾格勒，有的评价高，有的评价低，但让我感到最知心就是罗素。例如，你听听他的这句话：**"进步和效率使我们富强，却被中国人忽视了。但是，在我们骚扰他们之前，他们还国泰民安。"**这真是大师之言。

令人不无惊讶的是，罗素对二十世纪前期中国的观感，远远高于对苏俄的观感。原因在于，当时中国向他呈现的，是自然生态的文化，而不是高谈阔论的宣传。

罗素原来就读过不少研究中国的书，但他主要的结论来自亲身体验。他对中华文化的很多正面评价，都是从一些具体事情获得的。

比如，一九二一年初夏的一天，罗素在一批中国友人的陪同下坐轿子登山。那天天气突然很热，山道又非常崎岖，因此轿夫们都很辛苦。终于爬到了最高峰，大家休息一会儿，这些轿夫坐成一排，取出烟管乐滋滋地抽着，开始互相取笑。好像世间万事，在他们的笑声中全无牵挂了。罗素看到这个景象就想，这个事情如果换了别的国家，那些轿夫一定会抱怨酷暑难当，要求增加小费。而像自己这样的欧洲人到了山上也不会全无牵挂，而一定会担心下山以后的交通工具等。但中国人一有空闲就取笑逗乐，那实在是另一种文化。由此联想开去，罗素发现，同样介绍一个居住的地方，欧洲人会首先告诉你这个地方的交通设施等实用信息，而中国的陪伴者则会告诉你最不实用的事情，比如说古代某个诗人曾经隐居在这里。

罗素当然不会简单地裁定这样的事情到底是好还是坏，却十分公平地让人家感觉到，西方文明并不是唯一的坐标。

对于我曾经反复论述的中华文化的非侵略的本性，罗素说得比我有趣得多。他说，**白种人有强烈的支配别人的欲望，中国人却有不想统治他国的美德。正是这一美德，使中国在国际上显得虚弱。其实，如果世界上有一个国家自豪得不屑于打仗，这个国家就是中国。如果中国愿意，它能成为世界上最强大的民族。**

这是罗素的话。请注意，说这话的时间，是中国被列强宰割的一九二二年！我引述这些话，并不是出于浅薄的民族自尊心，而是出于对一种最高层级文化观念的赞叹。

罗素的这些结论，都来自野外所见。

山顶抽烟取笑的轿夫，与半夜沙洲栖息的群落一样，都不会被记入史册。因此，一切书斋学者都听不到他们的笑声和歌声。

真正的大学者总在书斋之外，关注着这些“琐碎之事”。

四

罗素在肯定了中华文化的庄严价值之后，也指出了中华文化的毛病。

罗素说，中国是我接触过的最好的国家之一，现在受到列强如此虐待，我要对这些列强发出最严重的声讨。中国人也有缺点，他们对我不薄，我不想掐他们的短处，但为了真理，也为了中国，我不能隐瞒。在我离开中国的时候，一位中国作家要我指出中国人的主要弱点，我说了三点，他不但不生气，还认为评判恰当。

罗素说，中国人有三种普遍的缺点。一是贪婪，二是胆小，三是冷漠。

他把贪婪看成是中国人的第一个缺点。他说，中国人除了少数人之外，很多人一有机会就会贪污腐败，甚至为很少的钱都敢于去冒险。政界人士接受贿赂，已经成为中国难于有力地抵抗列强的原因之一。他好心地希望，等到中国经济发展，道德水平也许会随之提高。

他认为中国人的第二个缺点是胆小。他说中国人能够被动地忍耐，缺乏主动的勇敢。在战争中，常常两方面都不认真，还没怎么打起来就溃不成军。他说，这在爱好名誉的欧洲人看来是不可想象的。但罗素又好心地补充道，这种战争都是军阀混乱，雇佣兵不卖力是可以理解的。如果遇到真正的大灾难，中国人可能还是勇敢的。

他讲得最多的是第三个缺点，叫作冷漠。他说，中国人缺少人道主义的冲动，很少去做慈善赈灾的事情。他说，更不可原谅的是，在中国的街道上，如果一条可爱的狗被汽车撞伤了，多数路人都会觉得好笑。在民间，别人的灾难往往会激发快感，而不是同情。

除了这三个缺点，罗素还分析了中国的一些其他毛病，比如，缺少前进的动力和效率，司法疲弱和混乱，爱面子，等等。到他离开的时候，他已经深切地体会到中国的改革者们试图改变中国的惰性所产生的无力感，并由此产生了自己置身于亿万中国人中无可逃遁的无奈感。但是直到这个时候，他对中国文化的基本面，仍然非常欣赏。

借着罗素极有魅力的思维曲线，我也找到了话题过渡的扶手，可以从中华文化的强健讲到它的隐疾了。就像半夜沙洲上的那首歌，从刚强转调到了忧伤。

谢谢罗素。

社会公德

一

罗素仅仅考察了九个月就能得出那么多有关中国的精彩论断，实在让人叹为观止。旁观者清，而且又是这么一个杰出的旁观者。

罗素说了，只要文化问题能解决，不管中国采取什么样的政治体制和经济体制，他都能接受。也就是说，他坚信文化最重要。他所谓的文化问题的“解决”，是指文化基座的建立，文化共识的取得，文化创造的重启。

受罗素的启发，我们在勘探了中华文化的几项优势之后，也必须挖掘它的缺憾。我们未必有罗素的慧眼，但我们毕竟在中国生活了远远不止九个月。而且，在生命基因上，又与这片土地血脉相共。

我认为，中国文化最明显的一个缺憾，是对“公共空间”的漠然。

上顾朝廷，下顾家庭，这在中国古代的文化观念中，称得上“忠孝两全”了。但是，这真的“全”了吗？在朝廷和家庭之间，还有辽阔的公共空间，中国文化虽然偶尔也有说及，但整体疏漏了。那些偶尔说及，也只是大话、空话而已，缺少实实在在的文化布置。

由于疏漏了公共空间，随之也就疏漏了社会公德。

说起来，中国文化是最讲“德”的，但这“德”，主要是指忠君之德、行孝之德和君子私德，都不是社会公德。

文人中也有一些高谈社会公德之人，却不明白社会公德究竟是什么。这样的例子，随便一想，就数不胜数。

二

几年前的一天，我应邀参加一个有关重建当代公民道德的座谈会，有几所大学的人文学科教授参加。其中有两位中年教授的发言让人一听觉得高不可攀，他们提出，当代中国青年的道德风貌，应该是汉代儒生、魏晋名士加英国绅士这三种人品风貌的结合。

对此，三位白发苍苍的老年教授强烈反对，他们主张，当代中国青年的道德风貌，还是应该以现代革命战争年代的英雄烈士作为基准。为此他们用颤抖的声音举了一大串大家熟悉的名字。我是从来不参加这种座谈会的，这次破例参加，听了这两拨发言，使我再一次看到了自己告别已久的高校文科教授的水准。

更重要的是，我还注意到了他们的一些举止细节。他们中有两个人迟到了，进来的时候快步走到主持会议的领导人面前热烈握手，完全不在意当时正好有人在发言，被打断了。这几位中年教授和老年教授都是抽烟的，在会议中间还隔着桌子把香烟丢来丢去，而不大的会议室里还有不少女士在里边。

我甚至发现，散会后坐电梯下楼，他们在进电梯的时候也没有掐灭香烟。

这次会议以后我想了很久，汉儒、名士、绅士、英雄、烈士，全被裹卷在他们随口吐出的烟雾里边了，再也看不清面目。

这不是他们的言行不一，而是中国文人的习惯性分裂。抬头谈天，似神似仙；下脚入地，似氓似丐。

这几位道德教授严重地违反了社会公德，因为他们的行为具有以下两个特征：第一，明显地妨碍和骚扰了他人，引起了他人严重的不舒服；第二，他们对这种妨碍和骚扰毫不在意，既没有观察他人的表现，更没有中止和道歉。就这样，他们居然还是“公民道德”的教授！

先把他们搁在一边吧，我们言归正题。所谓社会公德，主要应着眼于他人，尤其是素昧平生的他人。

正是在如何面对素昧平生的他人这个问题上，社会公德中的“社会”和“公”才能充分体现。以这个标准来看，中国古代种种道德规范，大多着眼于家庭和朝廷，不能看作是真正的社会公德。

中国文化在先秦时代具有充分的民间意识，这一点，《诗经》里边表现得特别明显。在建立了秦汉帝国之后，主流思维对于民间的把握越来越空洞。要说公德，主要不是考虑社会成员之间的平等关系，而是着重设计社会成员与朝廷的关系，与宗法伦理的关系。结果大家看到，长期以来为人们提供的道德规范，除了一些地方性的孝子、烈女之外，全国性的典范主要就成了苏武、岳飞、文天祥、史可法了。这些人对于朝廷表现出来的忠诚气节到今天还让我们感动，但是基本上不属于社会成员如何面对他人的那种常见性的问题。对于普通民众，他们有可能提供曲折的精神启发，却不能提供实际的行为规范。

以罕见的道德典范，来替代日常的道德行为，正是中国文化在社会公德问题上的误区。

这让我想起了五年前在美国召开的一个社会发展研讨会。一位拉丁美洲的学者长期研究自己国家落后的原因，后来又带着同样的问题考察了世界上很多国家，然后总结出一系列对比性的现象。他告诉大家，到了陌生的地方，如何快速地判断该地的荣衰前途。其中有一条，和我们现在的话题很吻合。

他说：初到两个国家，要判断它的前途，可以先看它在倡导什么品质。如果 A 国倡导的是神圣话语、古代圣贤、战场烈士，B 国倡导的是准时上班、依法纳税、热心公益，哪个国家更有前途？他的答案很肯定，一定是 B 国。

他说，A 国永远在设想着几百年都遇不到的特殊人物和特殊事件，证明它对现实完全失去了信心，而且不知道从何处来打理；而 B 国呢，则回到了每天必遇、每人必遇，那么，这个社会一定是有序的，和谐的，在良性运作的。

因此，这位学者说，越是落后越讲大话，越是没有希望越要把古今中外的名人拿来掩饰。等到真正发展了，就没有这一切了，只剩下了日常行为的细细叮咛。

这位学者可能是强烈地感受过落后之苦和大话之烦，因此立论时有点片面，但他的基本观念我是同意的。他的考察没有涉及中国，但是他所说的情景中国也有。大家一定记得，越是遭难的时候大话越多，道德话语更多。甚至连“私字一闪念”都要“狠斗”，似乎在道德上是极端纯净了。但事实如何呢？那个时期很多人互相揭发，互相摧残，社会公德一片狼藉。而且，正是在这样的灾难时刻，“英雄人物”似乎也特别多，过一段时间就会冒出来一个，大家学习，学完了，立即用“英雄气概”去斗争同事、同行。现在有一些人凭着一些当时的宣传话语，认为那个时期中国人有一种理想主义的纯粹道德，在我看来完全是颠倒黑白。

今天我们的主流道德话语，已经更多地集中在劳动模范、专业英才、得奖人士身上，这是一个很大的进步。但是，也有很多出格之处，例如，总是把他们的职务性成绩看成是道德行为。这不仅显得十分勉强，而且贬低了道德的独立内涵，妨碍了社会公德的完整建立。

严格说来，一个工程师把工程做得很好，一个营业员服务态度不错，一个教师认真地教了几十年的书，那是职业行为，而不是道德行为。如果这个工程师搀扶着残疾人过街，这个营业员帮助了一个来问路的流浪者，这个教师阻拦了一辆超速行驶的摩托，这些事情虽然都很小，却是道德行为。

同样，一个警察追捕逃犯的时候受伤，是职务行为，如果一个路人帮助警察追捕而受了伤，就是道德行为。在这里我并不是说哪个行为更重要，只是想把社会公德这个概念比较清晰地离析出来。现在，它的替代物太多。尽管有的替代物也很精彩，但终究不是它。

产生这种替代的原因，是中国文化一直高举着“德”的旗幡，却一直没有为它设定公共事务上的实践形态。时间一长，甚至还淡化了善恶的分野，强化了成败的界线。结果，德与善由于失重而到处挪移，由于稀少而处处装点，出现了“处处寡德处处德”的景象。

今天，即便是一个演员戏演得不错，也一定会挂上“德艺双馨”的称号，而且德还放在前面。但是，这个“德”，由于没有实际内容而显得十分可怜。就像一个没有身份证的老人，经常被拉到不知哪一家的婚宴上去了。

三

在论述社会公德失落的问题上，我想起了康德。

这位德国哲学家在肯定法国启蒙运动的时候，曾经非常简洁地定义过近代知识分子的精神，那就是：**“有勇气在一切公共事务上运用理性。”**

首先，请注意这个定义里边的第一个关键词是“公共事务”。中国知识界大多不在乎“公共事务”，认为那是急功近利的窗外事，属于“流俗”的范畴。一旦投入，在古代上不了史书，在现代评不了职称。但是在康德看来，知识分子要面对的最主要目标，恰恰是公共事务，而且，是一切公共事务。

这个定义的第二个关键词是“理性”。这是评判一切公共事务、设定各项社会公德的科学标准。中国文化在经历了早年的创建期以后，常常出现非理性的固执，有时甚至变得很矫情。一矫情，事情就因脱离理性而变质了。比如长期提倡的“忠孝节义”、“三从四德”就是这样。在我看来，大多超出了理性控制。

这个定义的第三个关键词是“勇气”。因为公共事务往往是广大民众既定生态的约定俗成，因循守旧，在整体上是一个缺少理性的庞杂结构。如果要用理性来重新思考、重新选择、重新设计，等于是向广大民众的习惯挑战，不知道要得罪多少人。但是，知识分子的责任就在这里，必须为理性与公共习俗撞击，支付勇气。

社会公德需要有一群热心社会公共事务的知识分子来进行理性设定。为了具体地说明这个问题，我举一个实例，曾在《行者无疆》一书中写到过。

有一天晚上，德国斯图加特的一个路口，我和一位当地学者站在那儿等红绿灯。路上并没有车辆，因此我们就谈起了即使没有车辆也不能穿红灯的这一个社会公德。

我说，公共行为规则一旦制定就要无条件地服从，如果路上没有车就能穿红灯，那就不是无条件服从了。但我这样说的时候心里觉得还缺少理性深度，说明不了这个规则的公德性。

这位德国学者告诉我，路上没有车也不能穿红灯，本身就是一种经过严密推断的社会公德。推断过程是这样的：

第一，数据证明，穿越马路而受伤害最多的人是孩子。孩子主要是通过观察来接受教育的，包括交通安全教育。路口，正是孩子们接受交通安全教育的第一现场；

第二，即使路上什么人也没有，但很难保证，街边密密层层的窗口中，没有孩子们俯视的眼睛。孩子们总喜欢在窗口看，那是他们的人生课堂；

第三，由于前面这两个推理，这就进入一个悖论了：当你安全地穿越了红灯，等于告诉孩子们穿越红灯没有危险。只有当你遭受伤亡的时候才能给孩子们以正面教育，但是谁也不愿意为这种教育付出如此惨重的代价；

所以第四，就只有一个选择了，也就是既不让孩子们看到穿越红灯的安全，也不让孩子们看到穿越红灯的伤亡，那么只能是彻底地不穿红灯。

这种思考方式，就是康德所说的在公共事务中运用理性的范例。近代的欧洲为什么在公共事务中有如此严密而又合乎公德的一系列规范？因为都被这样思考过。

当知识分子用勇气和理性提升了公共事务，那么反过来，他们的精神地位也大大提高，成了真正的公众人物。就像康德赞扬的伏尔泰、卢梭这些人一样，用历史学家的话来说，这些人所说的每一句话，整个欧洲都听到了。

四

有一个惯常的误会，以为新闻媒体已经进入了公共事务，这个问题已经解决了。其实，情况完全不是这样。进入公共事务，并不一定能建立社会公德，反而极有可能是破坏社会公德。这就像在杂乱的市场里有人拿着喇叭大喊几声，这个声音能够维持秩序吗？不一定。它很可能是自我兜售，很可能是刻意误导，很可能是恶语伤人。结果，引起了更大的混乱。执掌公共话语权的人未必是社会公德的建设者。直到今天，一些新闻媒体对于社会公德的建设，帮助不是很大，损害可能更多。

为什么新闻媒体对社会公德的建设帮助不大？因为社会公德关注的是普通人在日常生活中的行为规范，而新闻媒体关注的是极端性的奇特和罕见。

大家想一想，新闻媒体总是热衷于报道战争、绑架、贩毒、恐怖袭击、抢劫银行，乍一看具有惩恶扬善的功能，其实对于校正普通人的行为规范意义不大，反而有可能产生对恶的麻木。我这样说，并不是反对这种新闻报道，而只是说不能把新闻报道当作社会公德的教科书。教科书用错了，这门课也就永远地失去了。

我在欧洲旅行的时候发现，那里的市民对于国际时事的熟悉程度，大大低于中国民众。那些坐在露天咖啡座里悠闲度日的当地市民，大多不关心各种各样的国际争端，不关心他们自己国家和城市的党派政治。也有一些男性会拿着一份报纸翻翻，注意的是足球比赛和股市行情。坐在他们边上的女性却会注意时尚新潮和王室轶闻。不过，如果有自然灾害和人道灾难，他们都会比较在意。这些人，谈吐举止都在意自己的公德形象，不仅讲究礼貌，而且还乐于回应路人的询问和请求。相比之下，在他们周边，那些大声喧哗的中国旅行者，倒很可能对国际时事政治了如指掌。

在古代，把朝廷旨意当作了社会公德；在现代，把政治口号当作了社会公德；在当代，把社会新闻当作了社会公德。为什么社会公德一次次缺席？就是因为这种冒名顶替者太多。

社会公德被顶替的现象，在今天随处可见。例如，现在有一些大城市的出租汽车司机都非常健谈，如果车程比较长，他们会大谈国际新闻，还会做出很尖锐的政治评论，充分显示他是一个有着鲜明观念的公共人物。有一次我搭车正好遇到这样一位司机，在大声谈论的时候，突然把头冲向窗外大骂一位步履迟缓的老人，骂完以后又开始超车改道。一辆救护车鸣着警笛从后面过来，周围很多车都不让道，我劝他让一让，他居然会笑眯眯地说：“别理它，走我们的。”当然，他没想到在这个问题上我会比他更严厉。

你看这位司机，既有国际意识，又有新闻意识，还有传播意识，恰恰缺了公德意识，但他没有意识到这一点。我们周围，这样的聪明人实在太多了，无所不知，无所不评，高谈阔论，俯视千秋，却从来不会对此时此刻周边的他人提供太多的友善。

我认为，所谓社会公德，就是每个社会成员自觉地向公共空间提供友善和美好。

这里有个关键词了，就是“公共空间”。虽然是说公共，却是指具体的生活环境，而不是像中国传统文化所喜欢说的“天下”、“九州”。我们所说的公共空间是近代公民社会中派生出来的，其中每个人都承担着共同的权利和义务。

这个概念，在中国传统文化中显得比较陌生。记得上海刚刚开埠的时候就遇到过一系列与公共空间有关的问题，很多中国人就理直气壮地抵拒。比如大家要为路灯缴费，有不少市民表示自己晚上从不出门，拒绝缴费；装自来水，市民又怕邻居在水管里投毒。又如，出现了一种大家都可以去的公园，这与苏州的私家园林一比就难以理解了；甚至还有鲁迅曾经提到过的，把即将屠杀的家禽“倒提”着过马路引起了其他路人的不舒服，而家禽的主人却完全无法理解这和别人有什么关系。这里就出现了以市民社会基本生态为基础的公共空间和社会公德，对中国传统文化而言，确实比较陌生。

欧洲启蒙主义者说，在中世纪，只有辽阔的神权空间和狭小的私人空间，而没有公共空间。当公共空间稍稍拓开，近代文明就有了立足点。

在古代专制社会中，一切空间都被极权所控制。人与人虽然见面，却是权位等级、辈分等差的遇合，没有公共含义可言。

公共空间以互相之间解除身份隔阂之后的平等心理为基础。我们以前到中国内地一些经济不发达的省份去，就会发现很多官员天天忙着宴请应酬，但是在餐桌上，低一级的官员完全没有话语权，只把笑容和眼神全都投注在那个级别最高的官员身上，因此，连这张热热闹闹的餐桌，也只是权力空间而不是公共空间。问题是，这种权力空间又貌似公共空间，变成了“公共权力空间”，结果把一切公共话语包括公德在内，全都变成了权力话语。

其实，所谓社会公德是一种不必下令就能做到的行为习惯。听到救护车鸣笛，看到残疾人过路，遇到小学生放学，都会自觉地停车让道。上次讲到我遇见的那位不肯让道的出租车司机，我对他说，在那些令人羡慕的文明社会，只要有病人、残疾人、儿童、老人出现在马路上，就像国王光临，周边所有的车辆都会悄然停下，恭敬礼让，更不要说救护车了。那位出租车司机张大了眼，轻声地问我：“不至于吧？”但是他似乎已经动心，把车让到了一边。

对病人、残疾人、儿童、老人的帮助和礼让，在社会公德中列为首项，我们称之为人道公德。对一切弱势群体的关爱，对一切求助者的回应，对一切受灾民众的捐助，这都属于这个范畴。罗素在九十年前批评中国人“对人道主义的冷漠”，确实应该引起我们的省察。罗素说，中国人千好万好，但是对别人的灾难缺少同情，甚至在心底还有一种暗暗的快感。真是不知道他是怎么发现的，实在很佩服。当然，这么多年过去，这种情况已有很大改变，每次救灾的壮举就是证明。

五

我们中国人为什么会产生“对人道主义的冷漠”呢？这牵涉到中华文明的某一种本质特征。不是中国人不善良，不是中国人不仁慈，而是中华文化没有对“人”这个概念的普遍意义进行过太多的思考。

中华文化为了社会管理，思考过“王道”和“霸道”，为了家庭伦理，思考过“妇道”和“孝道”，甚至为了文化传承，还思考过“师道”和“学道”。在这么多“道”中间，独独少了一个“人道”。一个整体意义上的“人”，被种种的社会职能分割了。如果要说整体呢，中国文化又一下子跳到更大的“天道”，其实也是越过了“人”。中国文化关注的是天、地、君、亲、师，中间就没有这个非常重要的人字。大家看这五个字，天地之间，只有朝廷、家族和老师。那些与朝廷、家族和老师没关的人，都不在关注之列。

我说过，先秦诸子也提倡过整体意义上的仁爱，但是秦汉以来严密的社会管理制度，对人群进行了精细的横向分割和纵向分割，这一来，整体上的仁爱也就成了没有支撑点的浮云和露水。横向分割和纵向分割使社会长期有序，这不错，但是，带来的负面恶果是，严重地限制了精神力量的越界流动，也包括爱和善的越界投注。

中国文化教会了中国人安分守己，但是，如果让爱心和善念也“安分守己”的话，人道主义的社会公德必然荒芜。

在先秦诸子里，孟子说过“恻隐之心”。他说，一个小孩如果掉到井里去，看到的人就会本能地冲上去一把拉住，这样做，并不是因为小孩和自己有什么关系，也不是为了获得小孩亲友和乡亲们的赞扬，而只是出于每一个人都有的善良，即那个恻隐之心，这就是人和禽兽的区别。显然，这已经触及人道主义公德。遗憾的是，有了这个重要的起点，却没有获得正常的发展，尤其没有在超越家庭的公共意义上发展。

中国古代社会也肯定那种超越家庭的对外善良，但是出发点还是家庭。比如同样是提出“恻隐之心”的孟子，说过一句大家很熟悉的“老吾老”“幼吾幼”的话。意思是，尊敬自己家的老人，就应该推己及人，也去尊敬别人家的老人；关爱自己家的孩子，就应该推己及人，也去关爱别人家的孩子。这个意思当然很好，但必须注意，这是对家庭情感的推理性延伸，逻辑起点是家庭，而不是公共。公共空间只有成为家庭的外部投影时，才有意义。一个人如果实施了公共关爱，也只是对家庭进行联想的结果。这样一来，人道主义公德也就找不到那种联想之外的自身理由了。没有自身理由，当然很难自立，这也是人道主义公德很难在中国文化中强悍存在的原因。

这种情况，在中国今天的生活中还可以频频看到。比如我们经常可以看到这样的路边标语，“为了你的家庭幸福，请你遵守交通规则”，或者说“莫让家人流泪，切勿酒后驾车”。遵守交通规则本是社会公德，却被硬拉回到了家庭的门墙之内去找理由。酒后驾车会造成无辜路人流血，但是好像别人流血不重要，重要的是不要让家人流泪。这样的标语，是针对广大民众的集体心理来写的，证明了我们在公德意识上的薄弱。

六

上面说的是社会公德的第一项，人道公德。现在说第二项，礼貌公德。

礼貌公德是维护公共空间相互尊敬的行为方式。例如辈分有序，女士优先，不喧哗，不争抢，不窥私，不问薪，等等。中国游客常常在礼貌公德上受到指责，我倒并不过于在意，因为随着经济发展和国际交往，礼貌问题不难改进。

我曾应邀为日本著名作家团伊玖磨的文集写序言，顺便读到文集里的一篇文章。团伊玖磨说，日本民众渐渐适应当代国际的礼貌习惯，也有一个过程。四十年前，当日本民众开始到欧洲旅行的时候，把欧洲酒店一半以上的塑料马桶都踩坏了，因为当时他们只习惯于用蹲坑式的方式来上厕所，又不懂得询问。这曾经是欧洲旅游酒店的一大浩劫，但毕竟很快过去了。

礼貌性公德的行为规范，很容易通过外部模仿来学会，不学会反而会给自己带来很大的不方便，所以时间长了总会入乡随俗，构成同步。大家知道，即使过去黑社会的门徒们，在礼貌行为规范上也常常十分到位。因此，我不太看重外部形态，而注意这些行为规范背后的精神依据。

礼貌性公德的行为规范，最怕什么呢？最怕借礼貌来展现自己高人一等的身份，而不是为了参与公共空间的秩序。

有一次我在台湾的一个电视节目中看到两位媒体人的对话，觉得有必要评述一下。他们说，他们在欧洲和美国的街道上只要看到从中国大陆去的游客总会赶快离得远一点，怕西方人误认为是一伙，因为大陆游客太不讲究礼貌规范。但在我看来，他们这种在大街上逃离、在电视上撇清的做法，倒是违背礼貌公德的。

其实，欧洲大街上除了这些不太懂得西方行为规范的中国游客之外，还有大量南美偷渡客、中东新难民、吉卜赛流浪者、后现代边缘人。林林总总，五花八门，才是今天欧洲的公共空间，谁也没有必要伪造一个根本不存在的古典主义贵族欧洲，再把自己镶嵌进去。如果换了我，遇到了不太协调的中国游客，总是会以他乡遇故知的愉悦，问他们有什么需要帮助，顺便提醒一句，在这儿说话最好能够轻声一点。据我历来经验，这样做总能取得满意的效果。因为我心里明白，这些看上去很不典雅的中国游客中，有不少是任劳任怨的志愿者、收养孤儿的好心人。

在这儿我突然想起了一个细节，忍不住要说一说，证明礼貌性的行为规范一旦为了显示自己的高贵身份，会造成什么样的恶果。我们偶尔会遇到这样一些女士，在公共空间和别人握手，只是直直地伸出几个手指头让别人握，自己不握。每次遇到这样的情景，立即会觉得自己不小心碰到了几条冰冷的死蛇。我问过很多友人，他们和我有同样的感觉。这些只伸几个指头的女士，一定误以为欧洲女王或者宫廷女官是这样握手的。结果，以伪贵族的礼貌扫荡了礼貌。

除了这种高人一等的伪贵族礼貌外，还有一种更常见的现象就是很礼貌地强加于人。结果也是一样，以礼貌伤害了公德，也玷污了礼貌。

在很多公共空间，年轻的夫妻在喋喋不休地讲述自己婴儿的可爱，中年夫妇在洋洋洒洒地介绍自己儿女的成功。乍一看，这是天下父母之心，无可厚非，但时间太长，话语太多，甚至取出大叠的照片供在场的众人传阅，就违背了礼貌公德。据可靠的心理测试，哪怕是朋友，倾听这样的讲述的兴趣最多只有一分半钟，以后的赞扬全是敷衍。也就是说，这些父母是在用强加于人的方法迫使别人支付礼貌。这种事例，一再被当作反面教材，编入国际的礼貌学研究著作中。

一切自我炫耀的礼貌，就是不礼貌；一切凌驾公众的公德，就是反公德。

中国古代所尊奉的礼，是为了强化社会等级；现代社会的礼貌公德，是为了淡化社会等级。受古代的影响，中国社会讲到礼貌，一定是首先强调对上司的礼貌，对尊者的礼貌，对长辈的礼貌，对老师的礼貌。礼貌的含义就是谨守自己与尊者的差别。

现在我们提倡的礼貌公德，反过来了，让所有的上司、尊者、长辈、老师挣脱了自己的身份和辈分，完全以普通人的心态向不认识的偶遇者做出谦让，提供帮助。

这里的差别就是，中国的传统礼貌是仰视的，现代的礼貌公德是平视的。

中国的传统礼貌是隆重的，现代的礼貌公德是随意的。

中国的传统礼貌是减少自由的，现代的礼貌公德是阐释自由的。

中国的传统礼貌是在公共空间的平地上搭建起一座座阶梯，现代的礼貌公德把一座座阶梯拆卸成平坦的广场。

有了这个对比就可以明白了，我们现在离开礼貌最远的，不是行为差距，而是文化差距。

这使我想起几年前发生在一家大商场里的事。这家大商场为了训练员工礼貌，曾经要求在每天上下班的时候全体列队迎送董事长、总经理和各级主管。后来，他们对礼貌的认识有了转变，改成在每天商场开门和关门的时候全体列队迎送顾客。直到有一天，一个事故使他们明白了礼貌的真谛。一位女士买了两瓶洗发液，被两个莽撞的男子撞翻了，洒得满地都是。没想到这位女士在人潮汹涌中一下子扑倒在洒满洗发液的地面上，要人们绕道而行，以免滑倒。人们停步了，看着这位浑身狼藉的女士，才知道什么才是真正的礼貌公德。后来据媒体追踪，这位女士还是一位跨国公司的总经理。

那么，我们可以借着这个形象说一句话了：礼貌公德不是列队向上司敬礼，而是跪地让民众走好。

七

人道公德和礼貌公德都已经讲完，现在讲第三项，审美公德。

审美公德，这个概念是我首先提出来的。大家会问，审美，是美学和艺术上的问题，怎么会变成一种社会公德?

想要回答这个问题，还是要从眼前的景象说起。

近二十年来，随着中国经济的高速发展，很多城市的建设翻天覆地，造了很多新房，修了很多大道。但是，这些建设是在营造美丽，还是在堆积丑陋?据统计，几百座城市中，被中外建筑学家公认为营造了美丽的，比例不到十分之一。这也就是说，绝大多数城市的建设，基本上处于平庸状态、杂乱状态、丑陋状态。这不是一件小事。

为什么不是一件小事？

大家想想看，我们写坏了一篇文章可以把它撕掉，买错了一件衣服可以不穿，不喜欢一个音乐会可以不去，但是当一幢楼房、一条大街、一座城市以平庸、杂乱、丑陋的形态天天出现在眼前，以几十年都很难改造的顽固对你造成控制，那么，它也就构成一种与你的生命同样长久的强迫接受。或者说，构成了一种躲不开、逃不掉的负面审美。

当你慢慢地适应了，不生气了，那也就从这所负面审美的学校毕业了。从此，你将麻木于美好和丑陋的界线，严重地降低生命的质量，降低对生活的选择能力。

如果不是你，是你的孩子，一出世就要面对这么一座负面审美的学校，那将是更大的不幸。因为他们将注定成为无力抵抗丑陋的一代。要想在今后回到健康状态，需要脱胎换骨。

关系到那么多人的生命质量，这难道还不是公德问题么？

我有几位海外朋友，一直非常喜欢中国文化，却又惊讶中国人对于丑陋的忍耐能力。他们最常举的例子是，北京十几年前造的一些标志性建筑，丑陋得无可言喻，一个体量不小的车站却安着一顶貌似古典亭阁的小小黄帽子，或者挺着一个玻璃大肚子又扛着一顶尖帽子，都矗立在重要地段，却一直没有受到过批评。

这几位海外朋友说，从现在一些较好的建筑，证明北京还有大量懂美的人，既然这样，为什么不把明显的丑陋治理一下？

更严重的是，有些丑陋不仅没有得到治理，反而在快速传染。

我家乡浙江的好几个地区，高速公路旁边的富裕农村，十几年来流行着一种新建筑，家家户户的住宅都变成了蓝窗马赛克的小楼，楼顶上全都树起了一座座“埃菲尔铁塔”。有的家庭还树起了五座，中间一座大的，四角再各树一座。这种楼房造得很密集，一眼看去，像是铁塔的森林。直到现在，这场肆虐了十几年的丑陋建筑传染病还在继续恶化，公路上不断看到一辆辆卡车运送着刚刚出厂的一座座“埃菲尔铁塔”在飞奔。从去年开始，塔体已经流行镀银的了。对这件事我曾经多次上下呼吁，毫无遏止的势头，据说有的官员还认为这是新农村的新气象。由此可见，丑陋的力量远远超过我们的想象。

在一个特别美丽又特别富裕的省份传染开一场丑陋的瘟疫达十余年之久，这难道还不是公德问题么？

我可以用一系列例证来证明美丑是一个公德问题。接下来又要挖挖文化根源了：这个问题为什么在中国文化中显得特别严重？

中国文化创造了很多美，但又不太重视美。在先秦诸子那里，孔子是比较懂得美的，他还编过《诗经》，但在人世间“真善美”的三维结构中，他更重视善。比儒家更具有美学意味的是老庄，不管《老子》还是《庄子》都是上等的美文，但是，老子认为美和真是对立的，所谓“信言不美，美言不信”，他更重视真。到了庄子那里，连真也迷惑了。法家不在乎美，他们把全部的心思投在法、术、势上。秦汉帝国以后，文化回荡于道义和权术之间，已经不重视审美的独立空间。

幸好一直有诗歌的可观发展，但主流的导向还是“诗言志”，把审美功能推到了边缘。

问题又回到“公共空间”这个问题上了。中国文化缺少一种佛罗伦萨式的机缘，让达·芬奇在市民的公共空间中描绘壁画，让米开朗琪罗在市民的公共空间中雕塑大卫。一切重要的审美成果都出现在公共空间，几乎所有的佛罗伦萨市民都成了主动或者被动的艺术鉴赏者。

相比之下，中国历来对艺术品的收藏，不管是皇家收藏还是私家收藏，总是竭力避免它们接触公共空间，因此很难构成一种公众共享的鉴赏水平。

不错，中国文化藏下了很多美，却不知道美要通过晾晒、传播、教化来形成自己的气场。结果，门内的美不认识门外的人，门外的人不认识门内的美。

群体性审美机制的形成，一定与市民社会密切相关。中国脱落了这个环节，只能让精英审美和世俗审美各行其是。但是由于精英审美不知道为何和如何渗透到社会，真正有生命力的只剩下了世俗审美。而且世俗审美也会失控，有时在阴差阳错之间，某些失控了的世俗审美居然还成了中国的精神代表。

比如，直到今天，如果要在外国展现中国文化，总是离不开舞龙、舞狮、高跷、鞭炮之类的民俗活动，至多展示一点京剧武打和川剧变脸。不管是在伦敦、巴黎，还是在纽约、新加坡都是这样。有时我看到眼前的这种热闹景象总是觉得不是味道，因为我从童年时候开始从来没有在乡间看到过这种表演。我问过爸爸、妈妈，他们也从来没有见到过，只有外公说曾经在某处的庙会看到过一两回而已。因此，这其实并未惯常发生在中国大地上，而只是发生在外国唐人街节庆活动中的奇特文化，最近这些年国内一些地方为了发展旅游才倒传回来一些。更觉得不是味道的是，这些活动居然成了

“中国文化的代表”。中国文化源远流长，巨匠如林，怎么全都变成了如此简单的外部动作？中国文化温厚平和、内敛含蓄，怎么全都变成了如此吵闹的眼花缭乱？

为这个问题，有一年我曾经在巴黎塞纳河畔与一位法国的建筑学家讨论，她认为中国审美文化的等级实在太低了，全世界都从大红大金、绘龙描凤中认识了中国。我认为这是偏见，但是是一种可以理解的偏见。我说，全人类只有中国几乎只用素色水墨作为自己千百年的美术主干，用黑色线条作为书法艺术的经纬。而且，早在两千五百年前就有人论述过“五色令人目盲”这样的美学原则。

我有时真想告诉站在边上的欧洲朋友，年年在他们社区里舞龙舞狮的那个黄种人的族群，也曾拥有过屈原、李白、吴道子、曹雪芹等。但是，我知道我说不明白，连那些舞龙舞狮的同胞也不太明白。这个令人伤心的后果，更说明千百年间的审美失落实在是一种公德失落，无论在时间上还是空间上都是这样。

中国文化长久以来对审美问题的隐藏化、边缘化、点缀化的处理，不仅使海外华人找不到自我确认的审美形式，而且也使国内的民众找不到社会发展的美学途径。

不管是社会美还是人格美，都是一点一滴积累的。哪怕是看一幅画，听一段曲，都是积累。我们必须悉心地守护这种积累，就像守护一座城市的水源。只要有一点点污染，必有恶果。

前一阵我在北京住的时间较长，天天要在长安街上行车，发现又挂出了几百幅的标语。这次是在宣传交通安全，长长的红布，有的宽，有的窄，各种字体，用麻绳、铁丝或者塑料条捆绑在路边栏杆上。既然捆绑在栏杆上，那显然不是给行人看而是给司机看的。

但是，哪个司机如果真的看了两条标语的内容，那就非出交通事故不可。这数百条标语我直盯盯地看了它们半个多月，现在还挂在那里。我奇怪的是，挂标语那个单位的领导和职工，难道不觉得这是极端的丑陋吗？

这种现象，可称作“为美贴丑”，真是屡见不鲜。南方的大楼，总喜欢在屋顶上竖几个大字，标出大楼的名称，然后再涂上妖桃色的荧光粉。这个形象，就像一个人在自己头顶上写名字，再装上几个彩色灯泡，那是多么丑陋。我听一位建筑学家说，这种字，是对建筑美学最野蛮的破坏。除此之外，这些大楼的名字，在文学上也是一种丑陋，在书法上更是一种丑陋。丑，总是结伙的。

论山水之美，中国一点也不差。现在很多中国人不顾饮食和住宿的不便去欧洲旅游，主要是去欣赏建筑之美、街道之美、环境之美。美因群体性失落，而变得分外昂贵。

八

有人问：审美领域不是最讲究个性自由吗？难道统一标准才符合审美公德吗？提问者把“公”看成了“统”。

审美公德不是统一标准。统一标准是审美灾难，只要统一标准，不仅不会是审美公德，而且一定是审美的不道德。

比利时首都布鲁塞尔有个地方法规，在一些重要地段建筑相同的房子，被视为违法。为什么是违法，没有讲理由。但是我可以帮助讲几条。一是相同的房屋会产生审美疲倦，从而造成审美麻木和审美剥夺；二是相同的房屋取消了居住者对于自身空间的审美选择权和辨识权；三是相同的房屋降低了一座城市的美学等级，这对那个社区市民的精神名誉造成了集体的侵害。

我在多瑙河流域旅行时常常可以不看路标、不问方向，立即就从房屋样式判断哪片土地属于原来东欧的那些国家，其特点是大量的建筑密密层层完全一样。看着这样的建筑，我们就会明白布鲁塞尔的法规有一定道理。

但是，反对统一标准，并不是提倡在公共领域里无节制地发挥个性。无节制地发挥个性一定会侵害别人的审美自由，因此也违反了审美公德。比如前不久上海有一个艺术家把一具白森森的人体骨架挂在自己的阳台口，而他的阳台口是面对公共街道的，因此引起了很多路人的不安，尤其是引起了妇女、孩子、老人的恐惧。也许这位艺术家在这具人体骨架上寄托着他对生命的思考，对白骨的迷恋，但是他的个人追求骚扰了民众。民众到处投诉，僵持了好几天，最后好像还是居民委员会解决了问题。

这就像喜欢音乐的人，都知道不应该把自己喜欢而别人未必喜欢的乐曲在公共空间大声播放。因此，公共空间的审美格调虽然不能统一模式，却需要安静、低调、收敛，为他人保留足够的自主空间。有人说，这是贝多芬的音乐，全世界都承认，怎么会让你觉得刺耳呢？审美公德应该考虑到大量不知道贝多芬，不喜欢贝多芬，或者虽然喜欢贝多芬，却不愿意此时此刻让贝多芬来轰炸听觉的人。要照顾所有这些人，这才称得上“公德”。

中国文化的一大毛病，就是经常在公私关系上颠倒错乱，这在审美公德上表现得最为明显。不该统一的全都统一了；不该嚣张的，却全在嚣张。

九

还是要讲讲欧美很多城市的华人聚居区——唐人街的问题。唐人街除了拥挤、卫生等方面的弊端之外，在审美上的通病是色彩泛滥和文字泛滥。这两种泛滥又总是密集杂乱、光怪陆离、低俗艳丽，组合成一种视觉灾难，与其他文明社区构成强烈对比，使人们误以为这就是中国文化的传统。但是，这一切，在中国古代找不到印证。

大家想，这种色彩泛滥和文字泛滥，是汉代的传统吗？肯定不是。汉代俭约尚武，色彩单纯厚重。

是唐代的传统吗？肯定不是。唐代气韵高华，色彩明亮干净。

是宋代的传统吗？肯定也不是。请看最热闹的《清明上河图》就明白了。

明代吗？更不是了。你看明式家具就是删繁就简的审美例证，而明代的城墙处处可见，不存在任何炫目的俗气。

那么，应该是清代的传统吧？可能有一点。一个进入文明台阶比较晚的游牧民族当政，有不少缺少历史沉淀的浮华气息。但是在早期气势较盛的那些帝王身上又没有这种气息，比如康熙主持的承德避暑山庄就是例证。

如果说唐人街的这种格调是近代和现代形成的传统，似乎又不对，你看从上海外滩到南京中山陵的高超建筑风格又提出了反证。

因此，我认为唐人街的色彩泛滥和文字泛滥，根本就不是中国文化的审美传统，而是中国文化缺少审美公德所造成的结果。

每一个小店的老板都想用这种色彩和文字来兜售商品，以为声音越尖利，色彩越刺眼就越有效果。结果是，中国的审美传统虽好，却由于缺少审美公德，反而使正常的中国审美传统蒙尘。

中国文化宁静了几千年，质朴了几千年，积累成风华绝代。只是在最后，一些不肖子孙为了眼前私利，做起了反面文章。谁知阴差阳错，很多外人和家人，都把反面文章当作了经典。

我觉得，中华文化在这一点上一直非常冤屈。只是因为它的低俗后代的低俗胡闹，造成了世人对它整体美学水平的误解。我们是它的另一拨后代，应该用切实的例证来减少这种误解。

在这里我想赞扬一下这些年北京市的一个重大转折。十几年前北京造了很多新楼，往往是伪古典的屋顶，玻璃幕墙，加上满街的艳色文字。正当人们深深担忧的时候，相关部门集中了高层专家的意见，把灰色定为城市的主调，这实在是一个可喜之举。当时媒体上有不少文人反对，认为北京从此会变得灰溜溜的了，希望能够延伸天安门或人民大会堂的色彩。但是幸好，北京的决定没有改变。这些年来的事实已经证明，北京的建筑真正漂亮起来了。灰，居然具有那么多的变化方式，而任何变化都因灰而沉着、和谐。

顺便我还要赞扬一下长江三峡大坝建设者们的一个决定。三峡工程原总指挥陆佑楣先生告诉我，在建造大坝时全国各地有很多人提出建议，要把大坝涂成某种颜色。有的主张白色，有的主张绿色，有的主张蓝色，有的主张乳黄色……而且，每种主张都能说出很多理由。但最后总指挥部决定，什么颜色也不涂，让水泥和石块裸露着自己的本色。

我当时一听就激动，立即站起来向陆总表示感谢。我说："我代表所有具有最起码审美水平的民众感谢你们，避免了一场审美公德上的灾难。”我说：“如果纵容了那些色彩狂和文字狂，他们涂完了三峡大坝之后，说不定还会去涂万里长城，去涂泰山和黄山。”

十

大量事实证明，看起来最不像公德的审美公德，左右着一个民族的文化形象。形象，属于我们现在常说的“软实力”，决定着很多人的观感，决定着大家对一种文化的喜欢还是不喜欢。

因为缺少审美公德而造成的丑恶形象，不仅会使别人误会，也会使自己误会。这就像一个人，一直不注意形象打理，很快连自己对自己也失去了信心。我见到过不少农村妇女，本来也称得上是个美人，早早结婚以后，什么也不在乎了，甚至在村口大树下敞开衣襟给孩子喂奶，一来二去很快就成了“三姑六婆”。一个国家也是这样，如果只管生产不顾形象，只管富裕不顾美，不必很久，大家也会厌烦，包括自己的国民。这里就出现了审美公德的重大责任。

这里我可以谈一谈自己的一个经历。我出任上海戏剧学院院长的时候，痛感整个学院在外部形态上的极度丑陋。各个部门都在公共空间里搭建仓库，而且越搭越大，越搭越多，连师生们平日到教室里去上课，都要在仓库间的夹道中斜着肩膀行走，这情景当然谁也不会愉快。只觉得，学院的前途也像这些夹道一样，必将越走越窄。我上任后，公开宣布，一所高等艺术学院在环境上不可以这副模样，下令立即拆除全部仓库。方向一转，一切都变了，原来天天想着扩充仓库的人，现在却会天天想着怎么样在空地上种草、种花了。这就是说，我们把一场本来竞相破坏审美公德的邪恶比赛，扭过来变成了竞相遵循审美公德的美好比赛了。结果如何，全院的师生员工都可以证明。大家生活在这么美丽的环境中，不仅不会随地吐痰，连说一句脏话都不好意思了。

所以我认为，中国文化历来不重视审美公德的传统，可以由我们亲手一点点改变过来。

蔡元培先生把美学当作宗教看待。他认为，中国文化的改革，应该把美上升为中国人的精神圣殿。这是这位北京大学校长一生中最杰出的诊断，可惜很少有人去实践，包括北大在内。

实证机制

一

在讲了中国文化在社会公德上的缺憾之后，要开始讲第二个更严重的缺憾，那就是实证机制的匮乏。

中国文化的任何一种毛病，在烈性发作而造成严重恶果时，细细追查，总能找到伪证的踪影。

伪证制造了大量的人间悲剧，贬损了人们的辨析能力，显然是中华民族的一大祸害。能够抵拒伪证的，唯有实证。

实证是伪证的对立面。实证一出现，伪证就难以存身了。实证的基本使命之一，就是“证明伪证之伪”，因此也可以称之为“证伪”。

请大家注意，“证伪”和“伪证”，同样两个字，只是次序颠倒了一下，意思就截然相反了。“证伪”就是把“伪证”拉到光天化日之中显出原形，所以与实证同义。

这么说来，中华文化缺少实证机制，也可以说是缺少证伪机制。

这种缺少，足以致命。

照理，文化应该提供区分真伪的基本标准和清晰步骤，而中华文化恰恰在这方面力不从心。

二

实证，要从“数字化”说起。

或者说，用科学的“数字化”，来面对我们曾经被灌输的很多“数字”。

记得十几年前读到黄仁宇教授的著作，他反复强调中华文化在思维逻辑上最大的毛病，是缺少数字化管理。他当时用的中文句子是“不能在数目字上管理”。这种提法，对当时中国的学术文化界还非常陌生。因为当时大家还在一些空洞的概念上批判中国的传统思维，寻找落后原因，比如封建观念、集权主义、保守主义等，怎么突然冒出来一个这样毫无火气的提法呢？

后来越来越明白，黄仁宇教授的提法超过很多空洞的概念。中国古代从朝廷到文人，思考一切问题的起点都不是数字化的实证资料，而是完全无法实证的道德礼义和兴亡高调。不管是经济措施还是军事措施，往往都从“道理”里边产生，而不是从数字里边产生。这种习惯，来自一种思维逻辑，反过来又强化了这种思维逻辑。结果，轻视实证、无力辨伪，成了中华文化的一大特点。当然，这是一大缺点。

不要把这件事情仅仅看成是历代政府统计机构的失职。为什么全都失职了？因为有深远的文化原因。这种文化原因，曾经给中华民族带来一次次深重的灾难。

在我还是一名初中学生的时候，正好遇上一九五八年的“大跃进”运动，每天在报纸上读到一些很大的数字，我们要用手指头去数那一连串的零才能读得过来。例如，粮食亩产二十万斤。据说这个数字连农民出身的毛泽东也深表怀疑，找来一些资深的科学家讨论，科学家告诉他，有可能。可见中国科学家一遇到大概念也会放弃实证。还有，一年要炼多少万吨钢，要十五年赶上英国，二十年赶上美国等，都像亩产二十万斤一样，有明确的数字，让人觉得一定经过起码的估算。但事实已经证明，完全没有估算，是根据一时的政治热情随口喊出来的。

这种由政治热情随口喊出来的非实证数字造成了什么后果，现在大家都知道。

非实证数字所造成的灾难总是惊人的。譬如历次政治运动中我们都会听到一个比例，叫作“团结百分之九十五的人民群众”，这句话的实际意义是，要打倒的对象占百分之五。在中国这么一个世界第一人口大国，百分之五是多少人？每次运动都打倒百分之五，积累下来的“人造敌人”有多少？谁也不会去仔细统计。但是，每个单位按这个比例来划定打倒的人数，后果就严重了。我的一些老师成为“右派分子”，就是因为比例不够才硬拉进去的。

又譬如，发动“文化大革命”的一个重要理由是，“全国至少有三分之二的政权不在我们手里”。“三分之二”，这个巨大的数字从何而来？完全没有实证基础。还有，什么叫“不在我们手里”？“不在我们手里”又在谁的手里？也没有实证。正因为这样，当“文革”起来后打倒的当权派就不是三分之二了，几乎是百分之百。但是，不管是三分之二，还是百分之百，还是百分之九十五，全部都没有任何根据。

中华文化不在乎数字实证的时候，产生了那么多不愉快的事情。其实，在一些比较愉快的例子当中，中国人也犯同样的毛病。

中国文化当中的很多数字，往往不是指这个数字所表达的实数，而是全部走向了虚化。比如：一元、二仪、三相、四维、五伦、六亲、七窍、八方、九曲、十全，都是。至于百年、千里、万岁之类，更与实际的数字相差很远了。这是中文的一种审美特点，反映了中国文化对于数字实证的超脱。这种超脱对于文学艺术是好事，但是对于社会生活却不是这样。有人说中国的高层思维总是太艺术化，大概也与此有关。

据回忆材料公布，在三四十年之前，中国自己还非常困难的时候，热心地援助非洲一些国家修建铁路。有一次，非洲国家的官员来到中国谈援助金额，中国的领导随口说，再增加十倍吧！十倍是一个什么数字，那是不太在乎的。当时中国的财政能不能付出这十倍的金额，也是不管的。这就是“非实证思维”的典型。道义、友谊、外交、诗意、激情，全都融化在里边了，唯独没有“数字化控制”。

这种情况，在孙中山先生《建国方略》、《建国大纲》中都能看到。理想性有余，实证性不足，典型的中国式思维。

黄仁宇教授是从数字化管理上的严重疏失，来说明这一点的。他随手举了明代的几个例子，给人留下很深的印象。比如，朝廷的原始资料《明实录》中，曾经记录嘉靖年间有一次铸钱九千五百万贯。实际上，这个数字，是整个明代两百多年间铸钱总数的十倍以上，是当时所有铸钱厂最高生产能力的百倍以上。可见仅仅这个记录，与实际情况的差距之大，已经让我们瞠目结舌了。

铸钱是当时朝廷重要的经济记录，竟然如此荒唐，然而更荒唐的是，一系列能够直面这些数字的奏报者、统计者、记述者、抄录者、校核者和查阅者，全都毫不在意。全都毫不在意，这就是因为横亘着一种思维定式，或者说是一种文化习惯。对于铸钱这样的经济数字尚且如此，其他数字就可想而知了。

又譬如，朝廷档案中记录全国军屯的粮食，居然在一五零五年到一五一八年整整十四年之间，都是一百零四万又一百五十八石，一石不多，一石不少。我特地记住了这个数字，因为它实在太奇怪了。这么大的国家的粮食贮存，怎么可能十多年没有丝毫变动呢？这可以肯定，是后来那么多年都照着一个数字抄下来的。至于那个原始数字是不是准确，也真是天晓得了。黄仁宇教授还做了统计，在十六世纪，全国各处卫所的实际兵力，比之于所记的额度，连百分之五都不到。

其实，数字上发生的问题，反映了对真实性的漠视，也就是实证意识的淡薄。你想，连可以点得出来、算得过来的数字都完全不放在眼里，那么，对于其他无法用数字来体现的真实，那就更不会上心了。放在眼里的，只是由上而下的旨意，只有向上呈报的忠诚。真实，一直没有太大的地位。

三

中华文化为什么那么不在意实证？我们可以听听写过《中国科学技术史》的著名汉学家李约瑟博士的看法。李约瑟博士把主要原因归于中国式的官僚主义。他认为，正是这种官僚主义，冲淡了自然法则的真实性，同时也漠视了社会生活的自然法则。古希腊哲学以探究自然法则为使命，而中国文化则以制度化的等级为法则。

李约瑟博士还认为，中国式的官僚主义从以下四方面贬低了真实的价值。

第一，把褒贬置于真实之上。不追求事实真相，只追求千古定论。由此出发，认为天下之事要分忠奸、正邪、功过、是非，却不在乎真伪。在中国文化中，是非之辨总是远远超过真伪之辨。是非之辨的词语滔滔不绝，而真伪之辨的手段却寥寥无几。

第二，把仪式置于真实之上。仪式当然需要假借，把君主制度假借成天地规范，因此也就让朝廷旨意假借成了自然法则。这样一来，朝廷的善恶智愚就失去了评判机制，使整个社会在最高层面上失去了真伪，也使得社会最低层面的真实性不受到制度控制。这一点，他讲得很深刻。

第三，把理想置于真实之上。这种理想还只是统治者的理想，与社会现实脱节，却又自上而下向社会底层挤压。但是，由于社会底层的真实活力没有被调动起来，这种挤压最终无效，因此使理想也失去了真实性。

第四，把制度之外的真实予以否定。这是中国式的官僚主义承袭了“天无二日”的独大性。这种独大性，对于真实存在异端和体制之外的生态，都采取不承认的态度。结果，体制内的封闭存在与社会真实越来越远。

如此一二三四，时间一长，中国人的真实观念也就渐渐淡薄，像一幅被一次次漂洗过的水墨画，淡得几乎看不见了。

中国文化在实证意识上的淡薄，在古代情有可原，在现代却完全走向了负面。

为什么？这由对比而来。西方世界走向近代的时候有一系列重大的思维奠基，譬如从培根的《新工具论》到实证主义、科学实验、实地考察所形成的一整套现代科学方法论。在这种方法论面前，一切脱离真实的臆想、高调、空话，立即就显得虚假、脆弱和可笑。在这一点上，中华文化在十九世纪的严重冲突中吃过大亏。后来，一些明白人举起了科学和民主的旗帜，其中列在首位的是科学。遗憾的是，科学之旗又很快被换成了激情之旗，结果，实证精神和科学方法仍然是一个大问题。

后来，随着自然科学领域国际交流的扩大，以自然真实为基础的科学思维被逐步引进，但在社会科学和人文科学领域，进步一直不大。

平心而论，几百年来也有两个突破，一个是清代乾嘉学派的考据之学，体现了比较严密的推断方法。但是，这种方法本身又太烦琐了，无法成为一种通用思维传播到民间。另一个突破是二十世纪初期对于甲骨文的考证，使中国文史思维走到了现场，走到了实证，相当科学，成果不小。但是，这又太专业、太高深了，仍然没有成为一种思维程序影响前后左右。社会思维和人文思维，在整体上仍然是非实证的。

四

中华文化的历史上，呼唤真，呼唤本相，呼唤实事求是的声音一直没有断过，却为什么始终没有多大的改观？在我看来，是缺少对真实对立面的研究。也就是说，要证明什么是真实，必须证明什么是虚假。中华文化缺少真实，恰恰是因为不懂得“证伪”。

当然也识破过很多虚假，但是，究竟是怎么识破的呢？缺少一个严密的、公认的程序。我们往往只是泛泛地做一点精神安慰。譬如“真的假不了，假的真不了”、“身正不怕影子斜”、“真金不怕火炼”，再不行，就说“群众的眼睛是雪亮的”。但实际情况如何呢？我们一次次看到，正是在无数群众雪亮的眼睛前，真实被烧成了灰烬，而虚假却成了舆论，甚至还成了历史定论。

这种情形，就像医生没有检查癌细胞、切除癌细胞的科学程序，只是泛泛地空论“邪不压正”，结果只能造成癌症的猖獗。

因此，实证机制中的证伪机制，也就是切癌机制、排毒机制。我在前面说过，证伪，就是通过实证，证明伪之为伪。

中华文化在证伪上的薄弱，体现在很多方面。一是缺少证伪的敏感，二是缺少证伪的责任，三是缺少证伪的手段，四是缺少证伪的背景，五是缺少证伪的舆论，等等。这些方面加在一起，使证伪的事情寸步难行。

在中国的文化思维中，虚假的东西一出现，大家都习惯于“宁肯信其有，不可信其无”，或者说“不可不信，又不可全信”，结果这种虚假至少获得了一半以上的保护。

中国三十多年的改革开放，以发展经济为主轴，快速进入了数字化管理，又由于与国际接轨，在很多领域也就摆脱了原先非实证性的思维定式。这个过程，充满了一系列观念冲突，但终于走过来了。许多不实的统计、想象的数据、意志化的指标、导向性的扩大，都很难再出现在我们的经济生活中。一旦出现，也比较容易发现。因此，黄仁宇教授认为，中国自二十世纪八十年代中期之后，已开始进入了数字化管理时代。他认为这是漫长历史的一个重要归结。按照他的历史观，这一点比其他很多社会改革的项目都重要。

我理解他的意思。当一系列无法虚假的数字进入我们的社会生活，这个社会也就第一次建立起了一个由细部到整体的循环系统。许多理想、观念、方略，都必须受到它的检验而决定弃取，因此循环只能越来越畅达，越来越良性。

但是，这里显然遇到了一个基本障碍。也就是，非实证的文化观念很难在这三十多年中根本改变，证伪机制还来不及成为社会共识。因此，必然会构成经济生活和文化观念的巨大矛盾。

这个矛盾的低层次体现，就是假货横行。那么多假药、假酒、假奶粉、假文凭、假学历喷涌而出，正是证伪机制薄弱的集中体现。有人说这是商业行为，而我却认为这是文化观念对于商业行为的污染，责任在文化。

在这一点上，我没有像黄仁宇先生那么乐观。数千年的文化观念有可能改变，又不容易改变，这里有一场艰苦的拉锯战。至少直到今天，文化界还没有人在建立证伪机制上做出切实的努力。反而，仍然有不少人忙着造谣、作伪，而且通过媒体扩大声势。数字化对于他们，没有丝毫控制力。

我曾经比较仔细地研究过很多智商不低的中国文化人在接受一个社会信息时的心理反应。他们的第一反应，是这个信息是否符合自己的内心期待；第二个反应，是这个信息的刺激程度；第三反应，是这个信息的来源。在问来源的时候，只要问到一个朦胧的身份就可以了，连那个人的名字都可以不知道。在一般中国人的心中，信息来源越曲折就越显得真实，反正都立刻相信，转身就传播给其他人。

很多人在接收信息之后，立即产生再度传播的责任。就像小时候做游戏必须把传到自己手上的东西立即塞给下一位，不塞就会被罚。这种再传的责任，几乎成了一种生理本能。在整个过程当中，几乎没有人会把再传的责任替换成核实的责任。

也会有人产生几分疑问，但很快又会自我解套，觉得这个信息是从别人那儿传过来的，前面一定核实过；或者当自己传递给别人以后，别人也会去核实。其实，从头到尾，没有一个人核实过。这就构成了一个找不到责任支点的传播狂流。

这中间，如果有极少数的人坚持自己的怀疑态度，那么，他们就会被看成这个游戏中令人扫兴的人，淘汰出局。即使后来哪一天证明了他们的怀疑，也不会再有人想起他们。大家只是继续乐呵呵地传播另外一种信息。

这种以虚假为起点的传播狂流，并不仅仅发生在小市民的圈子里。事实上，我们很多的考评结论、干部档案中经常会出现一个内容叫作“据群众反映”，就是这种传播狂流的文字化安顿。而一旦安顿，再也无法挪移。扩而大之，我们有多少历史判断，也属于这种情况？

由于缺少证伪，我们的历史变得既模糊又沉重。

不少朋友也许认为，除了自然科学领域，在社会生活中也已经出现了一些证伪的机制，譬如质量监督部门和刑事侦讯部门一直在忙碌。这确实不错，而且成绩也不小，但从文化思维上来说，这些部门的工作局限在一个比较专业的范围之内，还没有生发成社会行为的标准。

直到今天，从学术文化界到普通民众，还有很多人不明白如何从流畅的叙述文本中寻找逻辑漏洞。大家更不明白，陈旧文本的记录，自称证人的人物，本身可能包含着大量的疑点。连最诚实的人的记忆，也极有可能与事实完全不符。

在一定的社会条件下，最崇高的历史良心很可能掩藏在黑巷深处，而最大声的喊杀之声很可能出自凶手本身。

我当然并不是主张对于大小事情都要分一个青红皂白，而是想让大家明白，我们在很多方面已经失去分清真假的本能。人人受尽了别人的冤屈，又冤屈了很多别人，终于懂得了“难得糊涂”。郑板桥先生写下的这四个字，说给中国人听大多能微笑领悟，说给外国人听则怎么也解释不清。由此可见，它触及了中国文化的独特部位。

五

记得几年前一位诗人询问经常往来于海峡两岸的佛教星云大师，中国目前尚未解决的最大问题是什么？星云大师只回答了一个字：假。我曾经就这件事当面询问过星云大师，他说：“我说假，是假在文化上。”

温和的佛学大师从界外来观察界内，所做的一字判断，确实让人一惊。但仔细一想，也真是击中要害。可以印证他的一字判语的，是百岁老人巴金的三字遗言：说真话。

你看，智者都盯住了假。一个假字，几乎可以概括绝大多数社会的负面现象，而且全部出自我们集体的文化心态。

星云大师和巴金老人的判断，就像是秤上的准星。幸好，社会还有他们。

六

今年夏天在中央电视台担任四十天评委，做的最大的事情，是揭露了当今流行话语中的虚假。

当时，不少选手在一个叫作“命题对话”的考试环节中所讲的话，几乎都是朗诵腔、抒情调、套话、大话、空话、假话。我立即意识到，问题不在于这些年轻的选手，在于他们从小接受的话语系统。

环视四周，从小学生按照老师意图的发言，到大量干部的报告，甚至在国际场合的宣传口气，几乎都是一样。记得某个秋天参加一所大学的校庆，居然有五个官员致贺词的开头都一模一样，“金秋时节，桂枝飘香，莘莘学子，欢聚一堂”，但大家一样给予鼓掌。

中央电视台选拔全国魅力城市，几十个互相竞争的“城市形象大使”站在台上的发言，口气、声调、句式、用语都彻底雷同，只是词汇上有一点区别，好像是在一份打印的文本上留下了几个填充的空格。可见，这种虚假的话语系统已经成为一种标准。

再看眼前的选手，连讲他们的老师、母亲、童年，内容也完全一样。这就是说，他们对老师、母亲、童年也做了虚假化的处理。这如何了得！当虚假成了一种标准，整个社会就犯了重病。于是我决定向这种话语系统开战，凡是用这种语气讲话的，全部都不予及格，而且当着全国电视观众的面做出严厉的批评。同时，我对那些连汉语还没有学好、结结巴巴地讲了真话、吐了真情的少数民族选手，给予了高分，甚至满分。

这种对比性的示范，在全国观众中产生了强大的说服力，大家突然反省到，自己平日也生活在虚假当中。我做这件事的最大报偿，是大量网友说了一句显然是过分的话：“余先生教会了我们怎么讲话。”我原以为这是年轻人的感受，前不久见到几位年迈的将军，他们一见面就说："谢谢你，在我们的垂老之年教我们如何摆脱假大空。"

七

中华文化在淡化实证、容忍虚假方面的缺陷，已经讲得够多了。此刻，我突然想起了莎士比亚的名剧《李尔王》。

李尔王有三个女儿，在分割国土的时候大女儿和二女儿满口都是甜蜜的假话，只有小女儿说了真话，但李尔王大大地赏赐了大女儿和二女儿，驱逐了小女儿。后来事实证明了真假，李尔王因此发疯，在暴风雨中呼天抢地。

这个故事大家都知道。我为什么要复述几句呢？因为二十世纪有一个欧洲导演提出了惊人的观点，认为李尔王那一天听了三个女儿讲话的时候，不可能真假不分。因为他当时头脑还十分清醒，平日又经常和女儿接触，深知她们各自的品性。那位导演说，事实上，那天李尔王很清楚大女儿、二女儿在说假话，三女儿在说真话，但是他还是要奖励虚假，惩罚真实。导演说，莎士比亚的深刻就在这里：当李尔王有极大权力的时候，真实对他并不重要。就像中国古代帝王在杀忠臣的时候，都知道忠臣在说真话，但还要杀。有权力的人，只要奉迎，只要排场。等到失去权力，回到人的本位，尝尽了生命的各种磨难，才突然感觉到真实的重要。

由此可以知道，真实往往与权力有矛盾，而虚假，则会带来利益和方便。我们的文人为什么长期维护着虚假生态？因为大家都缺少小女儿的勇气，又舍不得放弃方便。所以，莎士比亚当众把李尔王的权力剥夺干净。在真相面前，陷于疯狂的李尔王几乎成了哲学家。那场暴风雨之夜的荒原呐喊，才把真实与人性的艰难斡旋揭示得惊心动魄。

说到这里，我们才真正认识了一代人文主义大师莎士比亚。表面上，他只写了一个糊涂的爸爸和两个坏女儿、一个好女儿，而在深层上，他挖掘出的是一个无比幽深的精神世界。

从莎士比亚的这个作品可以看到，真实和虚假的问题，西方也存在，只不过，中国没有经历过文艺复兴，没有几位像莎士比亚这样的大师，从文化精神的深处来叩击这个问题，并且用最普及的审美形式来传播。因此，中华文化的这种缺憾长存至今，并非偶然。

在那个暴风雨的荒原之夜，李尔王疯了，而欧洲观众却醒了。醒来一看，风雨已停，真实的世界一片狼藉，而那个虚假的世界已不复存在。从此，他们从极权崇拜走向了真实崇拜。这真是一场改天换地的荒原暴风雨。

伪饰之瘾

一

讲了中华文化那么久，迟早总避不开中国文人的人格。其实，人们对文化的印象，至少有一半，来自对文人的印象。

我们不妨设想一下，当自己回顾古今中外文化史的时候，最直接出现在脑海里的，是一个个观点，一本本书籍，还是一张张面影？无可争论，是面影。尽管我们没有见过他们的图像，但是凭着臆想，也早就描绘出了他们的面影、身材、脾性。任何一种文化的最后标志，只能是人。

记得吗，罗素在论述中国文化的时候，说来说去也是在说中国人。

人，范围很大。与文化关系最密切的，是文人。

但是，文人能代表文化吗？好像能，又好像不能。我们一般所说的“文化人格”，是一个庞大而深厚的集体概念，文人只是浮在面上的一些形象，未必能代表整体，尽管他们总是那么喜欢代表，那么喜欢表演。

我在论述中华文化的时候，总是尽量避开中国文人。世上很多文化著作在论述中国文化的时候，经常引用古代某个文人写下的诗文来作为证据，对此我大多暗笑不语。因为这个文人的这些诗文，极有可能在当时毫无影响，连家人和邻里也一无所知，完全构不成一种互动文化即活态文化。拿来做证，难以取信。

在漫长的历史上，中国文人只是官僚体制的后备队伍，没有太多独立的社会地位。自明清以后，从朱元璋到康、雍、乾都实行以“文字狱”为标志的文化专制主义，文人在整体上处于惶恐和窥测之中，内心则会产生一种无效的激愤和沮丧。

鉴于这种整体状态，再让文人来代表中国文化，是对中国文化的不敬。总的说来，中国文化没有中国文人那么窝囊。

进入现代之后，情况发生了很大变化。自科举制度废止后，文人与官场已经失去了必然的逻辑关系，更加无所事事了。过了一段时间，又有不少接受了西式教育的工程师、科学家、医生、律师涌现出来，他们当然也应该称作广义上的文人，却又不愿意以文人自居，觉得那个概念太含糊、太空洞，不如直接表露自己的专业身份。

这一来，我们一般所说的“中国文人”，范围就大不了，大致是指那些借学校和报刊谋生，发表一些文学作品和社会评论的书生。他们拥有自己的读者，但思维能力和社会影响都很有限。后来一本又一本《中国现代文学史》把他们抬得很高，并不真实。

其实，无论是他们本人，还是抬高他们的文学史作者，都体现了一种对整体失落的不甘。在历史主潮的边侧，他们体现了中、低层级的抱怨、愤恨、挣扎、探询。这种情绪给中国文化的新生和重建固然带来了很多消极成分，却很值得同情。本来，如果出现了高层级的文化创造团队，他们完全可以不在人们的关注之内，但在中国现代，这种高层级的创造团队始终没有出现，因此他们这个微小的群落也就会继续牵动着人们的视线。课堂上、媒体间，连他们那些并不精彩的恋爱故事，也还在不断翻炒，这实在称得上是中国现代文化的一大悲哀。

他们体现了中国文化在现代的断层，但断层也是一种真实存在。

二

令人沮丧的是，断层产生的恶果，比断层本身还要严重。很多人在断层的裂隙间高谈阔论，力图把断层装扮成天路，而他们则是天路的守护者。

我们不必与那些人辩论，只需不断说明，从明清两代到近代、现代，中国的文化话题不多，不能滥竽充数，又胡乱吹嘘。中国文化面临着无法回避的解构和重塑，这个过程现在还没有真正开始。

但是，我们不能期待一批真正的文化创造者从天而降，而只能在已有的文化领域中打扫清理，并在这个过程中发现和扶植新人。为此，我们要对现有文人的基本生态略作分析，不要把那些必须治疗的病人和病症，当作老师和课本。

经过反复思考，我选择了中国文人身上的三大痼疾，那就是：伪饰之瘾、整人之癖、耻感之痹。

三

文化界的实际地位尽管已经很低，但是社会上各种力量还是喜欢到处贴文化的标签，试图向文化寻找精神资源。于是，文化也就开始伪装。正因为明知身份很低，便更要摆足架子，生怕被人家看破真相而转为鄙视。由此，一系列伪饰行为就纷纷产生。

最明显的是，很多文人竭力把自己打扮成极为古典或极为西派的“精英”。层层伪饰，假装高深，虚设背景，甚是可笑。这样的文人，一般都被人暗暗称为“伪精英”、“伪高贵”、“伪上流”、“伪顶层”。

照理，文化精英是社会的重要财富，我们总是久久盼望而不可得，带有很大的悲剧感。为什么一说“伪精英”，悲剧感就变成了滑稽感呢？只因为他们在装扮。有时，一些不错的人也会犯这种毛病，一装扮，也跌落成了可笑的“伪精英”。

“伪精英”不仅糟践了精英，也糟践了文化。因为他们总是在文化问题上装扮。

这样的人，香港应该不太陌生。

有一次我参加一个香港的文化聚会，坐在我边上一位女士听说我是上海戏剧学院院长，就从莎士比亚开头，聊起了戏剧和电影。顺便她指了指一边说：“他们刚才在谈论香港明星，我一个也不知道。”

这让我有点吃惊，便笑着询问：“你没有听到过周润发？”

她表情木然地摇头。

“你没有听到过成龙？”

她又摇头。

“你没有听到过张曼玉？”

她还是摇头。

摇了三次头，她很抱歉地说：“我们英国人傲慢，连好莱坞也不看。”

我“哦”了一声，心想，她要告诉我的，就是她已加入了英国籍。但是，她这么一个地地道道的华人，满口是流畅和通俗的中国话，又那么自如地身处香港的交际场所，居然没有听说过几位最著名的香港明星，这实在是“伪”得过分了，也“伪”得滑稽了。

在这种人的心目中，精英，是对寻常文化的摆脱。

类似的事情，频频发生。

在上海的一次座谈会上，一个中年学者在发言时频频提到两个历史人物，一个叫“子先”，一个叫“西泰”，大家都不知道他是在说谁。

会后一问，原来他是在说徐光启和利玛窦，只是他事先不知从哪里查到了他们的字号。

有一位与会者对他说：“你直接说徐光启、利玛窦，不是更好吗？”

他回答说：“对古人，哪能直呼其名！”

这还只是在说发言。事情到了文章中，特别是学术论文中，就变得更严重了。

有一次，我实在忍不住，在自己的文章中抄录了某刊物一篇电影评论中的一段话，那是评论张艺谋先生的镜头语言的。但是我敢肯定，除了作者自己，世界上没有第二个人听得懂他在说什么，包括张艺谋先生在内，也不可能懂。而且，我还敢于做第二个肯定，那就是，他自己也不懂。因为我作为《国际当代艺术辞典》的主编正巧熟悉他所动用的每一个西方后现代主义的概念，所以很清楚他对这些概念的胡乱连接、荒谬拼凑，已经使行文变得毫无意义。那么，他自己又怎么能懂这些毫无意义的句子呢？

不懂，包括别人不懂和自己不懂，是他写作这篇评论的全部目的。

让别人都不懂，这是利用了一种非常特别的群体心理。中国多数民众，口头上都崇尚文化，而实际水平却又不高，因此对于一切自己感到陌生、费解、懵懂的文化现象都会产生一种敬畏，并在敬畏中表现自己的某种虔诚。这种群体心理，被很多文化人抓住了，因此竭力让一切文字表达都生涩难解，并在生涩难解的迷雾中寻找读者佩服的目光。正是这种做法的升级版、极端版，造成了一批谁也读不懂的文字。

这些文字送到了某些刊物的编辑部，那些编辑当然也不可能懂，但大家都要表现“与众不同”的水准，便一路绿灯，通过发表。整个过程中，每一个环节的阅稿者，与前一个阅稿者和后一个审稿者之间，都在演京剧《三岔口》，即三个黑衣人在伸手不见五指的黑夜中过招，只知对方的存在却不知对方的长相和手法。那一篇篇谁也不懂的文字，就是伸手不见五指的黑夜。

那么，那些作者为什么一定要闹到连自己也看不懂呢？这个问题我原来也百思不解，后来终于豁然开窍：原来他们在以自己做试验。只有自己完全不懂，才能证明别人完全不懂。只有把自己口袋里的钥匙也扔掉了，自己无法进入，别人更无法进入了。

当然，多数文人不会走到这一步，大部分自以为“精英”的人，只取其半，即以自己的“半懂不懂”，招引着一群人的“半懂不懂”。在彼此的云遮雾罩中，互相证明着小圈子的特殊。

这种现象，在文化界已经非常普遍。一个个小圈子不通声气，甚至互相鄙视，但连在一起却构成了一种差不多的厌人气氛。我这里说“厌人”，包括三方面：一是他们厌烦普通民众，二是普通民众厌烦他们，三是他们彼此厌烦。这几乎已经成为文化界的通行默契。在这种通行默契中，可怜的文化，还何来生机?

四

精英的真伪，首先是看他着眼于责任，还是着眼于装扮。着眼于责任的，一定努力与民众沟通；而着眼于装扮的，则一定努力与民众划清界限。因此，真精英不像精英，伪精英最像精英。

伪精英架势也会出现在很多正派学者、高尚文人身上，使这个问题走向了复杂和深刻。正派学者、高尚文人身上的伪精英架势，与中国的文化结构有关，由来已久。

回想中国古代文人，大多有“以天下为己任”的抱负。但是这种抱负离不开宫阙，区区文人根本无法实现，因此往往流于空谈。一代代空谈下来，严重降低了文化的有效性认知。有些文人，表达意见勇气可嘉，但意见的内容却毫无价值，结果，就连最让人敬仰的那些文人，大多也陷于三段论的悲剧中，那就是：气节—空谈—无效。

对于这个问题，在明朝末代的凄风苦雨中，已经有一些知识分子做出过沉痛的反思。他们发现，那些文人的基本生态可以用两句诗来表达：“无事袖手谈心性，临危一死报君王。”简单说来，一生都是在无所事事的空谈中等待危险，如果能够真的等来危险，就能以生命来报效朝廷。这确实与那些投机小人很不相同，但问题是，危险真的来了，这些高尚文人真的管用吗?

学者李光地分析了理学家方孝孺的例子。方孝孺是十五世纪初一场政权争夺战中建文皇帝一边的首席智囊，失败后死得很惨。但细细回想，他为建文皇帝出的主意，每一个都犯了可笑的错误。李光地说，在平日，方孝孺被全社会推崇为“旷世一见之人”，但是让他处理危机，却“着着都错”。原因是，“他学问有病，才高意广，好说大话，实用处便少”。

李光地还分析了另一类高尚文人，不断为了某些政见顶撞朝廷，等于是自寻危难，非常勇敢。例如，敢于一次次与崇祯皇帝当面争论的黄道周就是典型。但仔细一想，他的那些政见，实在是迂腐可笑，对天下苍生毫无意义。李光地认为这是犯了“行有余而知不足”的大病，也就是见解贫乏，以空洞的勇敢取代了思考的力量。

对于中国高尚文人的这种集体误区，山西学者傅山讽刺得最为尖锐。傅山本人高风亮节，又满腹经纶，有资格做这种讽刺。他说：你们这些腐儒，完全无视社会实际利益，只会以大话空谈博取虚名，其实早已成为网中之鱼。等到网破之日，外敌当前，只能用你们的那点文笔起草投降文书！

除了傅山、李光地的意见外，我最为重视的是大学者颜元的看法。

颜元对于高层学者喜欢做玄奥空谈最为反感。他认为，这种连篇累牍的空谈越多，越没有能力分辨世事、办理经济。他还批评朱熹等人，率领天下读书人埋入故纸堆，耗尽身心气力，结果都成了弱人、病人、无用之人。

颜元尖锐地指出，为什么那么多文人喜欢空谈，因为“空谈易于藏丑”。一接触实际事务，他们必然处处丢人现眼、丑态毕露，因此必须用空谈来掩藏。

为此他打了一个比方，“画鬼容易画马难”。因为画鬼不必获得实证，人们也无以判别。

他认为，一切着迷于空谈的文人，都是“画鬼者”。这也概括了我们今天所说的伪精英的特征。

颜元还举了医学上的例子。他说，医生，为的是疗疾救世，但也有人以为，“劳心者”读医书千百卷就能成为“国手”，而那些具体的医疗技术则是只配“劳力者”从事的粗话，“劳心者”不必多学。结果，不难想象，这种“国手”越多，天下的疾病和死亡也越多。

颜元所举的这个例子在今天还能得到印证。不少医学界人士提醒，到医院看病，不必刻意地去挑选“医学博士”。如果这位博士是因为书读得多而获得学位的，又因学位而取得“相当于主治医师”的资格，那就要小心，因为他很可能没有足够的临床经验。要永远清醒地记住，我们最终需要的，是自身的康复，而不是医生的学位和精英的姿态。

颜元举这个例子，是想用治病隐喻治国、治世、治百事。他说，每次读到很多饱学之士遇到麻烦时除了豁出自己的生命之外提不出半点良策，很多学术大师终其一生只是延续了前辈的学说，却于当世没有半点助益，不禁为天下百姓深感凄凉。

今天，当我们读到那些著名大学里年年月月在大量发表的长篇论文，不知会不会与颜元产生同感。

在颜元的一系列见解中，我最喜欢画鬼一说。

中国的伪精英们历来乐于画鬼，本来是为了躲避真人真事，谁知一代代下来，把真人真事也画成了鬼。结果，只能让人们在神、鬼、人、妖、魔这几个字之间苦苦声辩。

一位学者对我说："历代怎么会有那么多高尚文人全部掉进了同一个陷阱？真让人吃惊。"我说："更让人吃惊的是，时至今日，高尚不见了，而陷阱还在。"

五

中国文人的空谈习气，能够给人以精英的幻觉，但最终不会获得社会大众的认可。社会大众分辨不清空谈的内容，却能分辨清楚一个简单的事实：从过去到现在，这些滔滔不绝的艰涩言词，几乎没有一句飘出过小小的圈子，也没有一句推动过社会的进步。

有很多文人说，我的论文本来就不是给圈外人看的。问题是，你的圈子有多少人？这些人中，又有谁拥有足够的时间和耐心来读你的论文？恕我直言，在人文领域，这种除了给作者评职称之外再也没有别的用途的论文和著作可谓汗牛充栋，而且现在仍然天天在猛增，而社会各界迫切期待的精神引领，却杳不可寻。

对此我有一点发言权，我在二十年前就担任过上海市中文专业教授评审组组长，读过很多这样的论文。而且我很清楚，问题远不仅仅出在上海。有的文人说，他们这是在拒绝世俗，拒绝实用。拒绝来、拒绝去，好像只在等待远方高人。那么，他们的论文是不是符合国际规范呢？这个问题刚刚提出，他们又回答说，反对崇洋媚外。

他们中也有一些不太傲慢的好心人焦急地发问：我不拒绝读者，非常想让读者接受我的作品，但他们不理，怎么办？

在这里我可以说说自己的体会。如果要把我在文化领域花费的精力划分出比例，那么，大致是，三成用于研读古今中外经典，三成用于考察人类文明故地，四成用于寻找与广大读者的对话方式。相比之下，研读最寂寞，考察最危险，而寻找对话方式则最艰难。在我心目中，我所钻研的书海是伟大的，我所考察的废墟是伟大的，但最伟大的还是我要与之对话的活生生的民众，因此不能不万分崇敬。

六

伪精英架势在当代流行，还借助于一些前辈学者的“典型形象”。

从种种描述的文字来看，这些前辈学者似乎每一个都皓首穷经，从无休闲和娱乐；他们两袖清风，素衣简餐，永不在乎钱财；他们始终不沾世务，不理传媒，但一旦国难当头，又立即站到了战斗的最前线；而且，他们似乎又都是拒绝海外重金聘请，一心报效国家，却又鄙视一切官场权贵。

这种典型形象，成了一种感性的人格标准，广泛普及，对新兴而多元的文化生态极具杀伤力。因为如果把当代学人套到这个模子里去，没有一个能活得下来。

前辈早已离世，已经没有能力羞怯、推拒了，因此当代大量热衷于伪饰的人，就把这些离世老人硬塞到了伪精英的套路之中，实在是让前辈们出尽洋相。在我看来，这是对离世老人的严重侵犯。这种以锦缆、铜扣完成的“崇敬式绑架”，应该由这些前辈的后代提出控告。

这个问题我不久后在讨论遗产时还会作一些分析，证明现在描述的前辈作家和“民国学人”，大多是由片断碎片拼接成的虚假坐标。

这些年，很多原先很不错的文化机构也开始热衷于寻找一些陈年老木搭建“伪装精英坐标”，可见文化领域与其他领域相比实在是更加落后了。即使是我辞去院长职务多年的学院，偶尔回去，发觉一幢幢大楼居然都以几十年前的一些老教师的名字命名了。但是，谁也说不清这些老教师的学术成就和艺术成就。其实据我所知，那些老教师在青年时代还远远比不上当代学生。即使年老了，也不存在坐标意义。

我的年龄使我在年轻时正巧认识其中很多代表人物，因此可以坦言，他们没有一个符合前面所说的所谓“皓首穷经”、“两袖清风”、“不沾世务”、“大义凛然”、“鄙视权贵”等精英品格。这些品格大多是幻想的，伪造的。

那些前辈学者，除了我在《中国文脉》中提及的七八位杰出者之外，绝大多数也就是身处乱世、辛劳谋生的普通文人，后来就成了屈服于日常世态的普通老人。他们都有一点业务上的固执，却说不上勇敢。在政治上，少见解、随大流、不违逆。他们中的多数人，对待遇非常敏感，老是与同行攀比，因此人际关系紧张。在学问上，总的说来还称认真，但由于兵荒马乱和政治运动，很少有独立的见解。即使写了一些书，也说不上有什么能让国际瞩目、让后代记忆的建树。中国在整个二十世纪都严重缺少创造性的精神成果，他们都有责任。这是前辈中国文人的集体悲剧，今天岂能给他们的遗像抹上脂粉，成为训示后代的教材？

在前辈学者中，钱锺书先生我倒是不认识。有一阵子很多媒体以钱锺书先生为例，论述学者必须拒绝电视，我就觉得缺少根据。因为在钱先生适合上电视的年龄还没有电视，因此根本说不上拒绝。后来我的朋友黄蜀芹、孙雄飞要把钱先生的《围城》改编为电视剧，我就有机会读到钱先生关于这件事的好些通信。人家不仅没有拒绝，而且还兴致勃勃。因此，说钱先生拒绝电视，是伪造的。这些年，这样的伪造有多少啊，但大家都相信了，以为要做文化人必须不能这样，不能那样，把文化生态搅得一塌糊涂。

在文化生态上，越是虚假的标准越有吸引力，因此越能颠倒是非。这种现象，至今还在延续。

对前辈学者的粉饰和伪造，使我产生了一个联想：

奸商们翻出几张老人的遗像，作为贩卖假酒假药的商标。

按照惯例，那几张遗像总是被修饰得非常完美，但又高度雷同，一点也没有生命气息。

七

伪精英架势的又一个特点，就是贬低一切新兴的文化生态。

真精英站在时代前头，研究着明晨的路途；伪精英转过身来，呵斥着昨夜的脚步。

不妨举一个阅读上的小例子。

多年来，总有不少人在写文章嘲笑快餐文化。快餐文化是一个比喻，大致是指那种体量比较小，创作速度和接受速度都比较快的文化方式。这种嘲笑，反映了某些人心目中的文化，应该是体量大、创作慢、接受也慢的那种作品。回到快餐的比喻上来，他们认为用餐必须是豪华大餐、满汉全席、四大名菜，必须是御厨掌勺、文火慢炖、细嚼慢咽。

我想，当我们的祖先开始在绢轴和纸页上流畅写字的时候，那些捧着一捆捆竹简的精英们也会在鼻子里哼一声快餐文化；当唐诗开始流行的时候，读惯了汉赋的文士也会斥之为快餐文化。

尤其是唐诗，虽然有些诗人为了一两个字要反复推敲，但优秀唐诗必定是出口成章的，这从气韵、节奏上都可以看出来。如果一字一字慢慢抠，就没有灵感勃发，更没有半句李白。

也许嘲笑快餐文化的人，在心头缅怀着过去用几个月时间慢慢读完一部托尔斯泰或巴尔扎克小说的悠闲情景。那么，请他们暂停缅怀，重新捧出这些长篇小说再读一遍。

我也是深深沉浸过这些作品的人，还为这些作品讲过课、写过书。但是，现在一次次试着重读，每次都没有读完。原因不在我，而在时代。欧洲十九世纪那些绅士、淑女的生命节奏，确实已经很难再让今天的人亦步亦趋。

八

刚刚说到的欧洲十九世纪的长篇小说，常常把很多笔墨花在景物描写上。描写当然不错，但当摄影艺术和影视艺术广泛普及后，充分诗化的运动镜头常常使冗长的文字黯然失色。伪精英架势总是以最轻蔑的态度否定镜头也能写诗，而且可能比羊毛笔和鹅毛笔写得更好。

几年前当电视剧《三国演义》播出的时候，中国的媒体上出现大量文章，呼吁把年轻人从电视机前拉开，拉回到《三国演义》的文字原著上。我发现，即使是不同意这种呼吁的人也不敢理直气壮，只辩解说电视剧有可能引导年轻人去读文字原著。

对此我要理直气壮地在这里说点反话了。我认为年轻人看《三国演义》的电视剧比读文字原著更重要，因为文化不仅是一种文字表达而是一项综合工程。同样那段文字，古人用什么节奏抑扬顿挫地说出来？他们怎么穿衣，怎么礼让，怎么宴饮，怎么参与一个个社交仪式？这一切，文字原著无法感性直观地提供，只有到了影视作品中才能完整呈现，或者说，才能“全息呈现”。

余光中先生有一次高兴地对我说，正是电视剧《三国演义》，使他对大陆的文化等级高看许多，因为要对历史上的人和事进行感性综合并让人信赖，极不容易。

伪精英架势强迫大家都读原著，其实他们自己也根本做不到。按照这个架势，莎士比亚作品的演出是不能看的了，只能读原著，但又不能是中文翻译。读英文本吧，又必须找他那个时代的英语，而且最好是未经整理的舞台本。能做到这一点的，全世界只有几个人。

没有人能够做到，却没有人能够怀疑。这就是伪精英架势的祸害之处。

九

我花了那么多时间剖析文化界的伪精英架势，可见这些年实在被这种架势烦透了。

越是摆弄这种架势的人，文化等级越是不高。记得曹禺先生曾经针对戏剧学院某些写作教师说过一句幽默的话：“会写剧本的人写剧本，不会写剧本的人教人写剧本。”请注意，自己不会写剧本而教人写剧本的人，规则总是特别多，定位总是特别高，能够把一切会写剧本的人吓退。如果不吓退，他的位置就没有了。我们所说的伪精英架势，基本上就是这样的人摆出来的。

伪精英架势不仅在形态上让人反胃，更重要的是，他们实实在在损害了中国文化。正像我前面所说的，这种架势以严重的空洞性、无效性剥夺了文化的生命力，阻断了文化与社会大众的沟通，因此也无法让文化接受检验，只能装在一个自以为是的黑箱里自生自灭。

必须指出，这种伪精英架势往往表现出一种居高临下地维护文化的权威态度，特别容易让大家上当。

我曾经通过历险考察，对比了中华文化与其他古老文化之间的生命力差异，发现中华文明生生不息的重大秘密之一，是从一开始就保持了对民众、对现世的亲和态度。其他文明的快速灭亡，原因之一，就是种种矫装神祇、故弄玄虚、傲视人世的架势，成了剥夺文化生命力的陷阱。中华文化后来有一部分人也陷入其内，让整个文化吃了苦头。

因此，文人的伪饰、矫装、虚夸，总是直接损害着文化的整体生命力，实在不是小事。

整人之癖

一

我说了，伪饰之疾虽然令人厌烦，却往往连正派学者也会沾染，因此，既可能是小人之性，也可能是君子之习。所以我们在说伪饰之疾时，常常忍俊不禁，皱眉而笑。

若要用病症来比喻，伪饰，是中国文人的浅层病症、浮表病症。

深层，有一种难拔之毒，潜伏之恶，那就是整人之癖。

中国文人似乎永远埋藏着一种互相否定的动力，这说起来也可以看成是“批判精神”，但这种否定常常以伤害的方式出现，而且大多以伤害优秀的文化创造者为目的，那就不存在什么正面意义了。这种根深蒂固的老毛病，且称之为整人之癖。

通观一部中国文化史，那些最杰出的文化代表，绝大多数都被整得伤痕累累、气息奄奄。那些长存史籍的光辉作品，往往是家破人亡之后的侥幸留存。后代读者在缅怀前辈大师所经历的悲剧时深感同情，却听任着身边同样悲剧的发生。而且不仅听任，很可能已经深度参与悲剧的制造。新的悲剧在惨烈程度上，一点也不亚于老的眼泪、老的呻吟。

中国文人只崇尚遗迹性的杰出，却受不了活生生的杰出。他们习惯性地把活生生的杰出看成是威胁之由、失衡之因，千方百计进行裁判或遮掩。如果活生生的杰出已经衰朽，也就是不再杰出，他们也会慷慨地给予表彰。正因为这个原因，很多奖励仪式上总会推出那么多轮椅。轮椅上的老人，有的曾在半个世纪前有过短暂的杰出，有的则连短暂也未曾有过。有人说，这是中国文化的“尊老”传统，其实是在实行一种“假尊实贬”的价值颠倒。“实贬”的，当然是活生生的杰出者。

上面所说的伤害、糟践、贬斥，已经变成一种沉淀久远的心理程序和行为程序，时隐时现，又与时俱进，始终未曾断绝。这种程序，既吞噬着中国文化，又是中国文化的一部分，因此必须百倍注意。

二

中国文化的整人之癖，最集中地暴露在“文革”灾难之中。因此，我们可以把那个时期所发生的事，作为一种标本进行解剖，看看整人怎么也成了一种“文化”。

“文革”整人，至少有以下几个特点与文化有关。

第一，“对人不对事”。中国自古以来的各种争斗，说起来总有一些空洞的名目，如王霸之争、分合之辩、守变之峙，但很快往往就转向针对个人了，不再有人在意名目。尽管每次斗争都要声明“对事不对人”，其实那只是“此地无银三百两”的伎俩，全部斗争都是“对人不对事”。“文革”一开始也提出过“路线斗争”、“阶级斗争”之类，但从来没有在“路线”、“阶级”上作过任何评鉴，从一开始就是“整人”。

第二，“民粹变民愤”。在“文革”的整人狂潮中，听得最多的是“民愤”二字。其实并不存在“愤”，而只是被民粹主义鼓动起来的一种群体情绪。但是，这种群体情绪快速把被害者团团包围起来了，造成了“老鼠过街，人人喊打”的暴虐景象。这个时候，整人的发起者、主导者不见了，已经淹没于人群，甚至，已经离开人群逃遁别处。“文革”中一切被害者几乎都找不到具体的仇人，他们的共同仇人也就是所谓“革命群众”。记得灾难结束后我曾多次查问，逼死我叔叔的凶手是谁？关押我爸爸的凶手是谁？但回答永远是：“革命群众。”也就是说，找不到任何责任人。这正是那场灾难最为恐怖的地方。

第三，“强弱大颠倒”。整人者，总把被整者渲染得无比强大，因此整人这件事也就带有了“不畏强暴”、“不惧权势”的正义色彩。其实真正强势者，恰恰是整人者，而不是被整者。被整者正处于萎弱无助、求告无门的极端可怜之中。“文革”中那些天天被斗争的“反动权威”、“黑老 K”、“黑帮司令”等，这些听起来很有势力的封号，全是虚假不实、临时安上的恶名。反过来，正举着鞭子向他们狂舞的打手，才是当时当地真正的暴徒，却被名为“革命小将”、“贫苦民众”、“弱势群体”。这种强弱大颠倒，正是整人之疾长期存在的原因之一。在中国，只要有一部分人突然夸张另一部分人的强大，又宣称自己的弱小，那么，一种以颠倒为基础的整人运动又要死灰复燃了。现在媒体网络间常常会有人搜索和围猎刚出名的青年才俊，也把他们说得神乎其神，其实他们多数还非常脆弱，真正凶狠的，反倒是搜索者和围猎者。我始终认为，由于中国文化太喜欢比兴意会，不习惯细究实问，结果，“强弱大颠倒”一直是中国文化的一大顽症。

与以上特点紧紧相连，整人者一直受到保护和勉励。因为他们深知，只要声色俱厉地树敌、造敌、攻敌，便一定能获得广大民众的响应。而且，等到合力歼灭所树之敌之后，广大民众对于“敌”的真伪并无兴趣。这种过程反复循环，总是马到成功，百试不爽，因此整人也就成了中国社会上最安全的职业。文化，早已接受了这个事实。

三

在技术上，整人者有一种最常用的工具，那就是伪证。

这个问题我已经在论述“实证机制”时作过分析，这里不妨以“文革”为例再作补充。

在“文革”灾难中，我们既见过无证的嚣张，又见过伪证的恶果。相比之下，后者更普遍、更持久，因此也更严重。

因此我觉得在这个问题上，这种文化弊病，已经从“无视实证”，上升为“喜爱伪证”。

这种文化意义上的喜爱，使得人们在呼唤伪证、编造伪证、提供伪证上变得有恃无恐，甚至争先恐后。其实，这是整人之癖中最为恶心的环节。

“文革”结束后中国“平反”了几百万个冤案。每个冤案当初得以立案，都有不少所谓的证人证据。我担任院长后从很多平反的档案中发现，几乎所有的证人都是被害人的老朋友、老同事，所有的证据都是一些道听途说的揭发纸条。

请大家算一算，几百万个冤案加起来，全国就有几千万人为这些冤案充当了“证人”，提供了“证据”，又有几千万人核准了这些证人和证据！参与的人数那么惊人，除了一时的政治诱因外，只能归之于一种集体文化。

据我所知，那些屈死者不得不选择放弃生命，不是因为整人者给他们戴上的一顶顶政治帽子，而是因为整人者引发的一批批证人、证据。他们都声辩过几句，但一个事情还没有说清楚，新的证人、证据又汹涌而至，他们在百口莫辩中才告别人世。

浩劫过去后，这堆由几千万人一起创造的杰作，终于被下令销毁了，也就是投入了熊熊烈火。但是，竟然有几千万人愿意充当证人、提供证据来制造一起起冤案的集体心理，并没有在烈火中销毁。

说到这里，我突然想到了当时常喊的一个口号“铁证如山”。其实，倒是制造伪证的集体心理比山还大，因此不妨把“铁证如山”改成“伪证如山”。如山的伪证，壅塞在中国文化的肌体之中，这就使这么悠久而辉煌的文化，常常走入泥潭。

请大家设想一下，一个巍然大国，要判定自己的国家主席是“叛徒”、“间谍”、“卖国贼”，这需要有多大的想象力啊。但这样的怪事还是在中国发生了。查看“文革”中以国家最高名义发出的裁决书，里边居然冒出来那么多“证人”、“证据”，连细节都有。现在看来，这些“证人”、“证据”，有的是出于被逼，有的是出于臆想，有的是出于投机，有的是出于诬陷，组合在一起，快速做成了一件大事。而且，从留下来的资料看，当时几乎所有的人都相信了这些“证人”、“证据”，包括很多判断力很高的人。这里出现了一种“互诱”关系：等待，呼唤出了伪证；伪证，满足了等待。这种“互诱”关系中，隐藏着文化默契。

对于这种文化默契，我曾说过一句狠话：

萨特的哲学是，人人都是他人的地狱；我们的哲学是，人人都是他人的证人。但证人不证明别的，只证明他人该进地狱。

四

整人之癖的核心部位，是把人打倒批臭、身败名裂；整人之癖还有外延部位，那就是刻薄地抨击自己不熟悉的社会现象，特别是抨击文化创造者。这种所谓文化评论，是“文革大批判”的直接延伸。

我国传媒间的文化评论，整体上不成样子。在总量中，大概有两成是吹捧的，三成是故意玩深奥的，都不可能引起读者关注；余下五成，都是尖酸的谩骂，倒能引起读者注意，成了读者心目中的文化评论的全部。

多少年过去了，我们不妨回忆一下，无数报刊传媒上的无数文化评论，究竟做成过什么正面的事。它们有没有对我国文化体制的改革提出过任何意见？几乎没有。它们有没有对文化界根深蒂固的极左思潮提出过反对？几乎没有。它们有没有对那些耗费巨大、劳民伤财又毫无实效的文化工程提出过任何批评？几乎没有。

说到这里我想到了一批年岁已老、名声够响的“资深评论家”，他们的白发、皱纹和时常出现的忧伤表情，让人们产生误会，以为他们是一群时时准备拍案而起、扶正祛邪的文化良知。但是，时间对此做出了强烈的嘲讽。试问，在国家的文化前途真正遇到歧路选择的时候，你们在哪里？在近三十年每一次精神文化领域的重大转折关口，你们在哪里？在优秀的文化人、艺术家遭受严重不公待遇的时刻，你们在哪里？

总之，面对一切重大问题，这些人永远选择沉默，而在一些无关紧要的疑惑之处，他们却嬉笑怒骂，如雷如吼。虽然声音很响，但他们深知自己非常安全。偶尔他们也会指名道姓地批评某个官员，口气严厉，很像是一个不顾安危的勇敢斗士，但仔细一查，这个被他们严厉批判的官员不知为了什么事已经被捕入狱，他们是落井下石。因此，他们的批判毫无风险，而且还能获得褒奖。

那么，这些“资深评论家”要选择什么样的攻击对象呢？那就是选择那些比较有名的文化创造者和艺术创造者。在中国，“比较有名”会让一般民众看成权势赫赫，其实那些创造者势单力薄，受到攻击并无还手可能。“有名”而“无力”这两个特点，满足了“资深评论家”们的攻击策略。于是，他们伸出了手指，专捏软柿子。捏碎了一个个软柿子，他们双手红汁淋漓，还举起来炫耀，好像刚刚从血迹斑斑的战场回来。

五

事实早已一次次证明，那些尖酸刻毒的文化评论，其祸害远不仅仅是伤害了哪些个人，而是阻碍了文化建设和文化创造。

文化是一种悠久的美丽，一种共享的默契，要创造极其艰难。真正的文化创造者历来可遇而不可求，更何况他们的每一项创造都会因为突破原有规范而承受巨大的心理磨难。相比之下，站在他们对面做一个“评论家”，就容易多了。

做个“评论家”可以在以下几方面大大讨巧。

第一，他不必具有创作者的核心价值——创造性灵感，却能与创作者并起并坐；

第二，他给广大读者一种错觉，以为他既然能指手画脚，也一定能够创作；

第三，他不必像创作者那样突破原有规范并为此承担风险，他动用的批评标准大多都是陈旧的，伸手可得；

第四，他毫无顾忌，哪怕是用了粗话、脏话，也可以被看作是传达了世俗民众的批评声音；

第五，现在有那么多报刊等待着篇幅不长的文稿，发表批评比发表创作容易得多；

第六，任何负面性批评都能够炒作成新闻，因此批评者成名的机会比创作者更多……

这就是批评者在今天日夜猛增的原因。

在法治还无暇过多顾及名誉权、诽谤罪的情况下，一切尖酸刻毒都不会承担法律风险，所有的报纸杂志更因为是公办而不承担其他风险。而创造者，从开始构思就走上了一条布满荆棘的小路。用现代语言来说，创造者要支付极其昂贵的代价，而攻击他们则完全不必支付任何代价。

这种失衡，直接可以导致一个结论：在文化上，破坏超过了建设。一个低层次的恶评者要颠覆一个高层次的文化创造者，相当于“四两拨千斤”。现实生活中不可能发生的事，例如“蛇吞大象”、“螳臂当车”、“癞蛤蟆想吃天鹅肉”等，在恶评者和创作者之间完全可能发生。创作者正在承受被咬嚼的痛苦，而恶评者却春风得意。

但是，即便如此，我还是要请恶评者中良知未泯的人士静下心来想一想：你们能为了自己的名利而毁坏中华文化吗？

六

在这个问题上，我还想对刚刚进入大学的文科学生说几句话。

我听说，很多中文系的学生刚刚入学就听老师说：“大学不培养作家、诗人，只培养批评家。”这话使那些学生有点失望，因为他们大多是因为爱好文学才来报考的。但是，既然老师这么说了，就学习批评吧。批评需要获得居高临下的方法，于是又要学习用俯视的眼光来看待文学作品……

这些学生非常不幸。因为他们为爱好而来，又快速地凌驾于爱好，践踏了爱好。这一来，将不能继续正常地享受文学。

这就像，文学就像一个你刚刚爱上的女友，你却要当众盘问她、搜索她、责难她，这爱情还能保持吗？

但是我无论如何要告诉年轻的学生，如果你心中真有文学的火苗，那就学创作吧，写好写坏都成，而尽量不要去学批评。不仅是批评家已经多如牛毛，你犯不着用自己珍贵的青春去变成一根牛毛埋没其间，更重要的是，你要对得起自己的生命。

要让生命真正变得美好，必须经历一次艺术创造过程。想象力、节奏感，以及把这一切组建成一个有机整体的创造能力，一切都天赋般地埋藏于生命深处，一定要挖掘出来，至少挖掘一次两次，使生命发生创造性迸发，获得提升。有的人，早早地营造出了美丽的生命空间；有的人，则只会站在别人的生命空间的窗外，把石子丢过去。我希望你们无论如何要学习创作，即使不学创作也不要急着学评论。评论没有什么好学的，正像砸窗子的手势不必学得很像高尔夫球手那样。

在中文系，可以凭借着文学史多读一点古今中外的作品，但是读的时候一定要打开自己的审美直觉，不要去看别人的评论。在审美上，千万不要把别人的感觉强加给自己，也不要把自己的感觉强加给别人。尤其要防范的，是那些恶劣的评论文字，这对年轻的读者而言，就像是面对传染性病毒，一旦沾染，历久不消，辜负了天籁之心，千金之身，比被骂者所受的伤害更加严重。

七

最后，我还要本着今日谈话的地点香港，多说一个观点。

二十多年来，内地文化界“大批判恶评”的一次次死灰复燃，与境外知识界所发出的鼓励信号有关。这是境外知识界基于对内地文化界严重无知所犯的荒唐错误。

不少境外学人把“大批判”这三个字与言论自由、揭露黑幕、挑战权势、不同政见连在一起，因此把一些天天以恶评整人的人当作争取民主、人权的斗士，把一些炒作恶评的报刊当作舆论监督的先锋，这完完全全搞错了。

从过去到今天的无数惨痛事实早已证明，这种恃强凌弱，毁损人格、不讲证据、不容声辩的恶评，是扼杀当代中国人自由、民主、人权的最凶恶杀手，也是最应该揭露的黑幕。

此间情景，很像“文革”灾难中那些造反派天天喊着“打倒牛鬼蛇神”的口号抄家、打人、游街示众、呼啸集会一样，你能真的相信他们在争取民主吗？今天不少文人，仍然像这些造反派一样，把身在体制而又不讲法治的诽谤诬陷，当作英雄行为，境外学人务必要警惕。我已多次发现，香港、台湾的一些媒体，总是本能地站在这种势力一边，实在是闹了大笑话，也严重降低了内地正常读者对这些媒体的信任。

过了几年终于发现，对这些境外媒体的信任确实应该降低。它们与内地的恶评者紧密呼应，确有受骗上当的成分，但更多的是臭味相投。它们也是各国当代文明的阴影，只不过与内地的恶评者相比，多了一点西方理念的装饰。因此，所谓整人之癖，原是人类的共同之恶。中国文化有漫长的君子之道和仁德传统，又有顽固的整人之癖，正反都很强烈，最有条件成为治疗这一弊病的示范基地。我把希望的目光投给下一代。

耻感之痹

一

这个题目，如果用口语来表达，叫作羞耻感麻木。

把这么难听的判断看作中国文人的集体毛病，是否妥当？我曾反复犹豫，要不要在人头攒动的演讲和对话中把这一点删除。后来决定，不删除。

我在论述“君子之道”时曾经说过，耻感，是中华文化的最后一个阀门。如果这个阀门也找不到了，那么，一切都会泄漏殆尽。

因此，在让中国文人增加荣誉感、责任感的同时，还应该增添一点羞耻感。“知耻”，是一个人建立文化人格的起点。

在一般印象中，羞耻感麻木，主要发生在缺少教养的社会群体中，例如秽言秽语、耍赖耍泼、动手动脚、恶行恶状，等等。但是，这种麻木是一种“无知型麻木”，虽然讨厌却容易看破；还有一种麻木可称之为“诡辩型麻木”，强词夺理，颠倒常识，让众人渐渐接受了本来无法接受的倒行逆施。这后一种，更为严重，更为普遍，也更为可憎，主要由文人在操弄。

不妨读读下面这些漂亮的文句——

“冒险多印一点好书，我是快乐的盗版者”；

“真金不怕火炼，我们的攻击，是对你的锻炼”；

“名人是一条大河，倾倒进去一些污泥是为了生态平衡”；

“好汉无所谓误杀，因此永不谢罪”；

“知恩图报是小情怀，恩将仇报是大情怀”；

……

由此可见，很多似是而非的理念，可以把最值得羞耻的事说成不羞耻。因此，这些理念，成了羞耻感麻木的“脱敏剂”。

把最值得羞耻的事，说成不羞耻，还会带来一个更为恶劣的结果，那就是把不值得羞耻的事，说成了羞耻。这就构成了一个“荣耻颠倒结构”，在我们的生活中经常可以遇到。

“荣耻颠倒结构”，一般是由文人制造的。为了进一步说明这个结构，我想顺着上面提到的“快乐的盗版者”再举几个实例，因为我长期身为“中国被盗版最多的作者”，有点发言权。

很多年前，我看到北京一家不小的报纸刊登了一篇文化评论，其中有一段这样写道：

> 余秋雨先生已经多次抗议盗版，这让我们想起了香港作家金庸先生。金庸先生被盗版的数量也很大，但那么多年来一声不吭，从不抗议，这才叫大家风范、大将风度。他深知，所谓“盗版”也不失为嘉惠学子、普及文化。

正好我不久后见到了金庸先生，向他复述了这篇文章的内容，金庸先生气愤得连声说：“强盗逻辑！强盗逻辑！”

可见，这篇文章伪造了金庸先生，还用一个伪造的他来反衬我。我反盗版，倒反而变得羞耻了。

这样的例子还可以不断举下去。

例如，在一个电台谈话节目中听到一个“听众来电”，内容大致是：“盗版书比正版书便宜很多，一般的青年学生手头拮据，最愿意买盗版书。因此，我们国家应该为勇敢的盗版者建一座纪念碑。”

这座纪念碑虽然没有修建起来，但是，盗版集团所积累的雄厚资金，使他们的社会地位、实际影响，远远地超过了任何纪念碑。他们，已经可以操纵一个个写作者的荣辱。他们有时出场，已经换了很多漂亮的名号，但是并不刻意掩饰自己靠盗版而发家的经历。显然，这是“荣耻颠倒结构”的典型。

一九九六年，有一位来自广东的“民营出版人”找到我，满脸笑容地与我谈了一段话。他说：“您的文化声誉太高了，一直呼吁反盗版，有可能影响国家政策。我们那里有几个团体想与您协商一下：合作，就会获得优厚报酬；否则，就会失去文化声誉。”

这话的意思是，我如果不再呼吁反盗版，他们会给我一笔很大的报酬，要不然，就会用各种方式剥夺我的文化声誉，令我蒙受羞辱。结果大家都看到了，我没有与他们合作，他们也就用一个个谣言让我背负大耻，但我始终没有屈服。

请看，真正应该羞耻的人，成了决定别人羞耻的人。“耻”之灵活滑动、逆相翻转，真是神乎其神。

这正符合了我的一个历史判断：世上最可耻的人，就是以“耻”做买卖的人。

二

即便在日常生活中，耻感颠倒的事情也随时可能发生。

记得三十年前我刚刚担任上海戏剧学院院长，有一个干部在办公会议上向我汇报，说某系一位青年女教师居然在学生宿舍里与男友拥抱、亲吻，败坏风气，不知羞耻，问我该做出何种处分。

与会的干部、教授听了也都一片哗然，都说那位青年女教师居然在学生宿舍公然做这样的事，十分可耻。

幸好，我心中的羞耻界线不在青年人的恋爱方式上，因此没有发火，也没有评论，只是心平气和地询问了其中的细节。

一问才明白，原来这位青年女教师住在学生宿舍的一间房子里，与男友的拥抱、亲吻是“室内动作”，还关着门。

关着门怎么被看到？原来有一个学生在门缝里偷窥了，然后向干部做了报告。

当我弄清楚事情真相后，便在这次干部会议结束前做了一个总结。我说：“青年女教师与男友在自己的房间里有亲密动作，一点也不可耻。可耻的是那个从门缝里偷窥老师，又向上级报告的学生，应该对他提出严厉的批评。另外还有一个应该感到羞耻的人，那就是我。我身为院长没有让青年教师住在教师宿舍里，而只能在学生宿舍里借一个房间。请代表我向类似的青年教师道歉，我会尽快改变这种状态。”

这是一件小事，但从中也可以发现，围绕着是否羞耻、谁该羞耻的问题，太容易颠倒了。

比这件小事大一点，我发现有一个“咬文嚼字”专家既在报刊上发表文章，又在电视上发表谈话，说中国当代有十七个著名作家在作品中有语法错误。他还把这十七个作家的名字一个一个点了出来。随之，便有人跟着评论，为这些作家深感羞耻，希望他们重新回到中学课堂中补习语法。

那十七个作家都没有发言，我倒是偶然从一本杂志上看到了这些所谓“语法错误”。一看就笑了，原来，有的是小说中的人物对话，根据人物的性格设定；有的是作家的语言风格，例如故意的倒置和省略。把这一些说成是“语法错误”，只能证明这个“咬文嚼字”专家对小说和文学的彻底无知。彻底无知却不自知，竟敢在报刊、电视上滔滔不绝，这究竟是作家们应该羞耻，还是他应该羞耻？

这中间还包含着一个更大的羞耻。那就是，在报刊和电视上公开指名道姓地诬陷十七个著名作家犯了“语法错误”，这是严重地侵害了名誉权。一侵就是十七个，却安然自得，那实在是恬不知耻了。

作家们不屑到法院起诉他，他却觉得自己胜利了。此种做派，又已经不是一个“耻”字便能概括。

这样的文人，在中国文化界并不少见。

三

世间有一个通俗而又深刻的比喻：一只水桶的水量，是由那条最低的桶板决定的。

我借着这个比喻做了进一步的发挥——

中国文化的最高一条桶板上，写着一个“仁”字；而最低那条桶板上，则写着一个“耻”字。中国文化的容量和气度，由知耻来决定。

中国文化，在理念上非常在乎这个“耻”字，但在行动上，这个“耻”字却又经常被替换，被转移，被另读。

最容易被用来替换这个“耻”字的字，是那个“输”字。

“输”就是“耻”，两者之间已经画上了等号。与此相应，“赢”就是“荣”。

这个替换，是文化精神整体滑落的开始。但是，这个替换，有过长久的训练实践。

例如，在中国实行了一千多年的科举制度，虽然功劳不小，但在社会心理上却铸成了灾难，那就是把是否考上当作了家族荣辱的标志，而且是最高标志。这种心理灾难的直接后果，就是现在流行的追求官位、追求名校的劣质思维。追求方式可以很可耻，却自认为在逃避一种更大的可耻。

想起了我在《十万进士》一文中写到过的一段科举往事。

一位妻子写诗给正在京城考试的丈夫，说如果今年还是考不上，回家的时间千万要选在晚上，免得被乡人看见全家丢脸。请看，这位妻子对于丈夫有可能落第所产生的羞耻感，已经强烈到要借用夜幕来遮羞的程度。其实，这也是一千多年间多数考生妻子的共同心声。

根据记载，有的大家族聚会，那些落第丈夫的妻子的座位前，确实有布帘子遮着。有一次聚会过半突然有快马传来考中的捷报，那位中举者妻子座位前的布帘子，才堂皇掀开。由于这种羞耻感在民间已普及到这种地步，所以许多落第考生一年年滞留京城，不敢回家，直到须发全白。

中国社会长期形成的以赢为荣，以输为耻，以升为荣，以降为耻的文化心理，与儒家经典的要求正恰相反。由此可见，儒家学说实际上很寂寞。

儒家在羞耻感的问题上是怎样说的呢？他们认为，有没有羞耻感，是君子与小人的根本区别。也就是说，君子知耻，小人不知耻。他们把羞耻感的问题纳入君子的个人修养范畴。

在孔子那里，一般是把不知克己、不重伦理、言行不一、无功受禄的行为看作可耻。在孟子那里，羞耻之心是与恻隐之心、是非之心相提并论的，认为这就是人皆有之的至善天性。小人泯灭了自己的天性，没有羞耻感，看起来可以放任自由，但事实上，只有知道羞耻感的君子才能行遍天下。

但是，由于儒家把羞耻感当作君子的个人修养，严重地缺少客观标准和社会约束力，只能变成“只防君子，不防小人”的一种心理体验，渐渐由模糊而变得空洞，又由空洞变得无效。社会上君子的比例总是比较小，小人和那些既非君子亦非小人的芸芸众生总是占了大多数，因此越来越普及的一定不是君子的羞耻感和荣辱观。再加上一代代兵荒马乱中建立起来的弱肉强食的生存哲学，君子的精神空间更是越来越小。

但是，总有人一次次地向世俗挑战。例如我突然想起三国时代曹植专论荣耻的一句话，他说：“无功而爵厚，无德而禄重，或人以为荣，而壮夫以为耻。”

又记得宋代王安石的一句话：“所荣者善行，所耻者恶名。”他认为光荣与善良在一起，耻辱与邪恶在一起。这不是常识吗？为什么要用警句的方式来强调？因为世间的荣辱观正好相反了，他必须大声来纠正。

还想起一句更重要的话，那是清代龚自珍在《明君论》里说的："士皆知有耻，国家永无耻矣；士不知耻，为国之大耻。"把这句话的意思翻译一下大致是这样的：一个国家的知识分子如果知道羞耻，那么，这个国家永远也不会受到耻辱；如果连知识分子也不知道羞耻了，那就是这个国家最大的耻辱。

龚自珍把羞耻感的问题集中到了文人知识分子身上，极有眼光。他认为，世间民众颠倒荣辱是常见的，而如果文人知识分子也颠倒了，事情就会变得非常严重。在这里，他把文人知识分子的羞耻感，看作全社会道德坐标的核心。

从表面上看，文人似乎比一般民众多一点羞耻，其实一般民众羞耻感的多少与文人所传播的文化密切相关，因为文人能够通过不同时代的文化媒介在社会上制造集体心理的敏感点和麻木点。我曾听不少海外朋友说，中国这些年来频繁出现的假酒、假药、假奶粉事件是司法问题；但有那么多制假者不知羞耻，却是文化问题。

那么，文人所传播的文化究竟在哪些方面渐渐影响了民众在羞耻感上的麻木？很多，我不妨选择一个例子。我听一位学者说，中国文人习惯于把两个都是以"J"开头的英文词置换，第一个"J"是忌妒（jealousy）,置换成了第二个"J"正义（justice）。也就是说，中国文人讲"正义"是最多的，但背后大多躲藏着忌妒。忌妒本来是人世间最普遍的羞耻部位，因为里边包藏着三种羞耻：

第一，忌妒产生于一种自愧弗如的虚幻式羞耻；

第二，忌妒一旦产生，变成了一种真正的值得羞耻的破坏心理；

第三，要克服忌妒，也只能用君子式的羞耻心来自我约束。

这就是说，忌妒里盘旋着三种不同性质的羞耻，前两种需要克服，后一种需要培养。但是，不少中国文化人把前两种羞耻都打扮成了一种正义，后一种君子式的羞耻感也就失去了存在的理由。

对于羞耻感麻木，责任最大的是文化传媒界。但是，他们往往不承认自己在这方面应该承担多少责任。更严重的是，有的文化传媒还经常忙着羞辱别人，而不知道自己才是最应该感到羞耻的。

但是我仍然抱有乐观，因为我相信孟子说过的八个字："羞恶之心，人皆有之。"人们默不作声，每天看着那些报刊，其实都在对它们进行着荣辱判断。最后，自居为"法官"的传媒暴力，终于变成了被告。总会有这一天。

在这里我要举一个外国人的例子。这个例子很有价值，我曾在一篇文章中提到过。这个人是美国已故专栏作家瓦尔特·温契尔，在整整几十年间，他既写文章又做广播，天天羞辱名人，造谣生事。他的听众，多达五千万人，也就是三分之二的美国成年人。面对这个情景，你也许会感到某种悲观，心想社会民众为什么那么喜欢一个羞辱名人的文人呢？

但是，奇怪的事情发生了。一九七五年他去世，本以为他的五千万听众总会有一个不小的比例来送葬，万万没有想到，来送葬的只有一个人。我没有理由对一位死去的文人幸灾乐祸，但遥想着那个只有一个人送葬的最凄凉葬礼，毕竟明白了一个道理：五千万人听着他，却未必相信他；相信的，又未必喜欢他。一个天天羞辱别人的文人，正天天积累着世界对他的羞辱。

也许我还能从另一个角度进行分析：瓦尔特·温契尔先生的几十年时间、五千万听众构成了一种文化，而他去世后一个人的葬礼又构成了另一种文化。两种文化互相呼应，但最终决定文明进程和人类尊严的，是后一种文化。

在这个高度上看问题，我们讨论当前的种种文化误区，也就不必过于沉重。人心，尤其是世间民众之心，迟早会以默默无声的方式拨正种种文化迷误，让文化走上正路。如果已经在迷途上消耗过度，那也有可能重新开始。那么，我们为什么还要花那么多时间来论述迷误呢？为的是尽量减少无谓消耗，让那种维护人类不受伤害的力量，早一点剥离出来，使更多的人享受。

我知道灰烬深处不会完全冷却，但还是企盼埋藏深处的余温能尽早地燃起火苗。因此我要急切地拨去灰烬。

遗产问题

一

现在，文化遗产的问题很时髦，几乎已成为一种最显赫的话语潮流。这是因为，人们在经历了世界大战、经济危机、政治风波之后，渐渐走向冷静，开始重新拥抱文明和文化。文明和文化的力量，至少有一大半，由时间积累而成，这也是它们可以傲视军事、财富、权位的地方。那么，时间的积累何以证明？那就该由文化遗产出场了。

无论是国际社会，还是各国政府，都在重视对文化遗产的保护，这是人类文化自觉、自重的一种表现，应该尊重。我们国家曾经出现过破坏文化遗产的“文革”灾难，现在也纠正过来了。不仅如此，大家从反面教训中更深地领悟到了保护文化遗产的迫切性，都纷纷以大量的正面行动来呈现自己的文化责任，而且势头正方兴未艾。

这当然是好事。但是，我们有一个习惯，在做好事的时候往往会出现另一种倾向，那就是一哄而上，热情过度，超过了正常的理性标准。如果任其发展，有可能使好事变成坏事。

因此，我从另一个方面做出提醒。这种提醒有点冒险，但是，再不说，就会来不及了。

二

任何文明，遗产的体量越大，越能够让后代陶醉，但是，其中包含遗传疾病的可能，也越大。

我亲身考察过世界上绝大多数伟大文明的遗迹，一次一次在废墟上深思。我觉得，它们表面上都衰败于外来的战争，其实大半都衰败于自身的遗传疾病。遗传疾病是埋藏在自己身上的敌军，很少引起警惕，因此往往难于自救。

据我观察，除了希腊的克里特文明几乎完全是毁于火山爆发之外，古埃及的遗传疾病是保守，巴比伦的遗传疾病是残忍，古波斯的遗传疾病是奢靡，古印度的遗传疾病是蹈空。它们当时都没有引起警惕，甚至都把疾病当作了优势。中华文明的遗传疾病是什么呢？是内耗。多年前我在联合国召开的世界文明论坛上发表演讲，论述中华文化是一种非侵略性的内耗文化。

我在那种场合论述中华文化的非侵略性，是为了反驳“中国威胁论”。至于另一半，我当时没有多讲，但是，什么叫内耗文化，我想我们每一个中国人心里都很清楚。

赛义德在著名的《东方主义》这本书当中曾经引过约翰·布坎在一九二二年所说过的一段话，布坎说：“中国有几百万最好的头脑，却被空洞花哨的玩意儿闹得毫无创意。所有的努力加起来都是一场空，因此全世界都在耻笑他们。”现在，中国的经济发展已经使全世界没法再耻笑了，但是中国文化的内耗本性却没有从根本上消失。就连完全立足于中国文化本位论的梁漱溟先生，也在晚年承认：按中国传统文化的程式，再过多少年也造不了飞机和卫星，因为我们的文化走了岔道，没有把心思放在物质文明上，而放到了人际关系和人伦关系上了。

三

从小仰望着祖父的画像长大，后来，渐渐从祖母和父亲的讲述中发现了画像背后的祖父。

他艰难地延续了家族的生存，又荒唐地铸造了家族的痛苦。这种荒唐，一半由于社会外力，一半由于他的性格。

我不知道，这是不是还应追溯到我的曾祖父？

我以自己的祖父作为例子，来比喻自己对文化遗产的复杂心情。

这种心情，开始于一九七九年的夏天，当时我三十二岁。

那个时候，正式否定“文革”的十一届三中全会刚刚开过半年，江西庐山开了一次衍生性的文艺会议。我是这次会议的最年轻的代表，后来还被选为全国艺术理论研究会的秘书长。这个会议很奇特，就是严禁一切“文革”中的极左派打手上山，只是为了在山上毫无争议地为一切受屈的前辈文人恢复名誉。但是就在这个过程当中，我们遇到了一连串的怪事。

我在山上的一家疗养院里拜访了刚刚从磨难中走出来的老作家丁玲，没想到她对我说得最多的，是对沈从文先生的严厉指责。这使我十分意外又不知该如何应答。我们邀请她到会议上做演讲，她在演讲时影射得最猛烈的是周扬先生，然而周扬先生也平反不久，同样受尽了苦难。后来周围的朋友又告诉我，无论是周扬先生还是夏衍先生，对于胡风先生、冯雪峰先生的恩怨仍然难于解除。

我曾经听过一位中年人给我讲述自己著名的右派父亲的很多的悲惨事迹，但就在几天之后，又听另一位中年人对我说，正是这位著名的“右派”，在一九四九年之后曾经严重地伤害了他的父亲。

我曾写到过，与我关系特别密切的戏剧大师黄佐临先生，在他的晚年曾经和我做过一次次深入的交谈，我才知道，几十年来一直不放过他的，居然是我素来非常尊敬的两位前辈学者。更夸张的是上海作家协会里边的两批老作家了，我分别听过他们的诉说，他们居然都把对方说成“真正的坏人”。

文化长辈们的这笔糊涂账使我明白，二十世纪的中国文化确实进入了一个看似激烈实则无聊的“轮盘转”。文化长辈们再优秀，但在内耗的夹缝当中，在互伤的磨难中，也很难真正优秀。我们如果向一方投注尊敬的话，很可能是对另一方的严重打击。那就不要盲目尊敬吧，也不要像香港有些报刊那样把有些内地文人的控诉和揭发过于当真。

近几年又有不少人认为，最能代表文化遗产精华的，是民国学人。于是，有很多传记、论著、电视专题片问世，在当代青年心目中描绘了一个如梦如烟的文化圣域。那些民国学人，似乎每个人都精研遗产，深谙国际，佳作如云，又品格高尚。但是，这一切，总的说来并不真实。

民国学人早年都接受过传统教育，这倒不假，但真正对文化遗产进行宏观思考并发表创见的，也就是王国维、梁启超、陈寅恪等寥寥数人。他们中有些人留学西方，带来过一些国际标准的专业知识，但是他们对西方只是浅尝辄止的边缘观察，并没有进入主流，更没有体验过西方在二十世纪中后期的一个个学术思维的重大革新，不知道这些重大革新，其实已经脱离西方文化。至于这些民国文人的作品，大家都还能看到，如果洗去“现代文学史”教师的夸张词句，真正的好作品能有几部？

说到品格，更不能一概而论。记得一九九八年我在新加坡演讲中西文化的交融时正面评价了林语堂先生，没想到立即收到几十封年长听众的质疑信，他们对于林语堂先生在那里担任南洋大学校长时的所作所为，持彻底否定的态度，而且用语极其激烈。至于这些年似乎评价越来越高的一些民国学人如周作人、胡兰成、郑孝胥等，我更是不敢苟同，因为他们卖身投靠成为汉奸的时候，都知道南京大屠杀的发生。几十万无辜同胞的生命可以置之不顾，反而在刽子手的手下求得高官厚禄，如果这也是一种“文化遗产”，那就应该唾弃。

我去台湾的次数很多，认识不少九十多岁的“民国学人”。他们都有不小的文化名声，但如果与他们个别交谈，那么，互相之间的攻击也完全不留余地。如果这些攻击内容有少数属实，那也确实是骇人听闻。由此联想起大陆一位篆刻家生前写的回忆录，其中正面记述了一位著名收藏家的生活形态，我读了着实吓了一跳。那位著名收藏家对于一个被他秘藏并同居多年的烟花女子的伤害，可以称得上令人发指。我知道历史上确实有不少文人为了自己的形象会做泯灭人性的事，难道，这也是这位著名收藏家要“收藏”的“遗产”？

四

由此可见，并不是前辈都值得尊重，并不是遗产都必须继承。

我们且把前辈暂时搁下，光说遗产吧。我坚持认为，对于文化遗产必须严格选择，越严格越好。

但是，严格选择就可以了吗？

慢，这里还有问题。

对文化遗产进行最严格的选择，这事是由乾隆皇帝领头做的。那工程，就是编《四库全书》。

乾隆皇帝指派当时最有学问的纪晓岚，领了一大批学者，进行历史上规模最大的文化选择。从一七七三年到一七八二年，花了十年时间。从图书的收集、衡量，到判断、抄写，做得很成功，充分体现了当时中国高层知识分子的学术能力。这项文化工程，几乎囊括了中国文化自古以来绝大部分的重要文献，被称作文化上的又一座万里长城。《四库全书》永远值得崇敬，但作为现代文化人也忍不住要问一句，就在中国高端知识分子合力投注《四库全书》的这十年间，西方发生了什么？

我查了一下，就在这十年当中，瓦特制成了联动式蒸汽机，德国建成了首条铁铸的路轨，英国建成了首座铁桥，美国科学院在波士顿成立，还有一对兄弟发明热气球实现了第一次自由飞行，卡文迪许证明了水是化合物……

也许有人会说，你指的是物质科学，西方确实走到了前边，我们中国重视的是精神领域。是这样吗？好像也不太对，因为就在这十年当中，创立“人性论”的休谟、创立“国富论”的亚当·斯密、创立“社会契约论”的卢梭，都完成了自己一系列的重要学说，而伏尔泰、莱辛、歌德、孔狄亚克也都发表了自己关键性的著作。

那么，我们在对《四库全书》继续表示崇敬的时候，也不能不关注一下这个对比吧？我们在搜集古代文献，他们在探索现代未知，我们在注释，他们在设计，我们在抄录，他们在实验，我们在缅怀，他们在创造……

这里出现了两个完全不同的文化方向。半个多世纪之后，一场近距离的力量对比，使庄严的中国文化不得不低头垂泪了。这场对比，引发了中国文化后来大量的激进话语和争斗话语，但是结论性的话语却是那么简单，那就是：创新、创新、创新！

去年，纪晓岚先生的家乡以宣纸线装本的古典方式隆重地印制他的《阅微草堂笔记》，邀请我写一篇序言，我也把这个意思写了进去。我想，这位聪明的前代学者如果知道了当时世界文化的走势，可能也会同意我的意见。

五

由于方向出了问题，中国近几百年来，一直把文化遗产的保护，当作封闭排外的武器，造成了一起起不愉快的事情。这已经变成了一种“思维架构”，因此直到今天还应该反思。

一六六五年四月中旬，有一个大案在北京宣判。当时领导清政府钦天监的欧洲传教士汤若望被判处死刑，有一个叫杨光先的官员告发了他。面上的罪名叫作图谋颠覆，实际的罪名是改动了祖传的历法。杨光先说，臣子给君王呈送的应该是万年历，以图万寿无疆。但汤若望呈送的是两百年历，是何用心？又说以汤若望的历法选择丧葬日期，违反传统五行，大不吉利。奏折里最著名的一句话是，宁可中国无好历法，不可使中国有西洋人。

后来由于孝庄太皇太后出面干涉，汤若望才幸免于死。但五名作为他的助手的中国官员，仍被处死。汤若望本人也因受尽折磨和恐吓，一年后就病死了。

这里有一个值得我们思考的问题。中国其实经常会出现开明的年代和开明的君主。但是又经常快速地走向保守，保守得比开放前还保守。汤若望这个案件，发生在顺治皇帝刚刚去世以后四年，而顺治皇帝和汤若望的关系非常密切，这是满朝文武都知道的。

同样是这个朝廷，几年以前还在以非凡的胸怀，聘任一个欧洲人担任国家天文台的台长，采用他改定的历法。但是仅仅四年，就以保卫中国传统历法的名义置他于死地了。让人百思不得其解的是，中国当时已经不能简单地说是愚昧，因为它已经接受过利玛窦和徐光启，对西方科学已有不少了解。为什么一按到民族主义的神经，立即就回到愚昧当中？

从这件事和其他类似的事情当中，我开始明白一个奇怪的道理，那就是，只要以夸张的民族主义感情来讨论文化遗产的问题，很多中国人的智商立即降低，而且随时准备回到可笑的原点。

今年有的城市放松了春节燃放烟花爆竹的禁令，这本来也算是一件高兴的事吧，但一看媒体就让人吃惊了。很多文化人都把这件事情无限上纲，好像中国人到今年才过上中国人自己的节日。其实大家回想一下，当年颁布燃放禁令，主要是为了避免城市火灾和路人受伤，哪里有丝毫汉奸、卖国贼的动机？至于反复地说到中国人自己的节日，看来好像又要争论春节和元旦到底哪一个更好了。这仍然是历法问题，使人不能不想起汤若望事件。

一八七八年，中国驻英国大使兼驻法国大使郭嵩焘先生被朝廷撤职，原因是另外一个叫刘锡鸿的外交官揭发了他。揭发的内容乍一看全是外交细节，仔细一看却都与所谓的保卫文化遗产和民族传统有关。

郭嵩焘一共有十条罪状，每一条罪状现在看来都非常有趣。

其中一条罪状，是郭嵩焘在外国接待客人时，排列座位违背了以右为尊的古制，而是采用了当地的模式。

郭嵩焘的另一条罪状是在伦敦见到了地位很低的商人和职员他也握手，见到了军士他还站起来表示礼敬，违反了中国传统的“尊卑有别”规则。他们把这个上升到“有辱国体”。

郭嵩焘还有一条罪状，一次到海上去参观英国一个炮台，由于海风太大，英国军官把自己的呢子大衣披在他身上，他没有拒绝。那被说成是有辱华夏衣冠。

郭嵩焘还有一条罪状是，他居然让自己的家眷去学英文，还参加应酬，这违反了“闺训妇道”。

每件事情都很小，而且仔细一想完全没有做错，但是只要上纲上线到“文化遗产”、“民族传统”，立即变成了大问题，竟然把一个大使搞倒了。

这事发生在鸦片战争之后，中国落后于西方已成为公认的事实，但中国官员还把造成落后的原因当作了珍宝在捍卫。“文化遗产”这四个字，在这种事情中显得十分霸道又十分丑陋。

郭嵩焘一被批判，罪名越来越重，也曾经有人去找刘锡鸿疏通，刘锡鸿就说：“披外国服装，听外国音乐，见到巴西这样小国家的皇帝也站起来，不是汉奸是什么？”你看，罪名已经上升到汉奸，完全没法沟通了。这就是我们熟悉的“大批判的逻辑”，或曰“刀笔吏思维”。

郭嵩焘不得不回国了，驻伦敦的世界各国使节都深感惋惜，一次次地举行依依惜别的欢送会。就连平日态度最拘谨的波斯公使也说：“我认识这里很多很多的官员，听说您要回国，每一个人都感到很难过。”英国首相也玩起了幽默，说：“中国怎么会有您这么好的官。我如果以后在英国政坛遇到了什么问题，就到中国来投靠您。”

郭嵩焘应该是湖南人的骄傲，但遗憾的是，当他带着国际荣誉和朝廷罪名回到故乡的时候，湖南的官绅完全冷眼相待。长沙的街上还不断出现大字报，指名道姓地骂他勾结洋人。

在这个事件中，我特别感兴趣的，就是那个以文化遗产、民族传统的名义把我们的外交家郭嵩焘打倒的刘锡鸿。他的思维模式，可能会帮助我们加深对这个问题的理解。

我花了一些时间研究这个人，发现他攻击郭嵩焘的那些罪名，其实自己做得更过分。他对西方文明也不是不了解，比如他说过一句话：“西方文明最好的长处是通过民主议会，让民众和国君能够共同主政。”你看这个水平就不低了。

他不可能对中国的传统文明全部崇敬，但是他更崇敬另外一个文化遗产，就是：以小人权谋，毁君子之道，使自己成名。

他是广东人，是郭嵩焘在广东做官时提拔的。后来郭嵩焘要出使英国时，他提出有没有可能做个副使，郭嵩焘考虑再三，觉得他最多能够做个参赞，报了上去。但是没想到他通过背后运作，还是做了副使。任命一下来郭嵩焘当然有点尴尬，而刘锡鸿则开始向郭嵩焘叫板。不久以后他又通过背后运作，让朝廷同意他出任中国驻德国公使，于是他对郭嵩焘的复仇就更强烈了。朝廷有时也会“各打五十板”，但实际上多数官员都站在刘锡鸿一边。在中国官场，刘锡鸿和郭嵩焘代表两种截然相反的结构，谁弱谁强显而易见。

但奇怪的是，在国际外交场合，情况正好相反。郭嵩焘广受欢迎，而刘锡鸿则由于傲慢无礼，例如在宴会上极不文雅的吃相，包括随地吐痰等，在外交界人人取笑。他还在德国忙着向贵族送礼，违背了好多贵族的禁忌，所以德国的公使巴兰德曾经直言：“在柏林三十个国家大使馆的从业人员和相关的民众，对刘锡鸿都怀有厌恶之心。”

但是你看，受人欢迎的失败了，遭人厌恶的胜利了。这证明，在当时的文化生态和文化人格上，中国和国际的坐标正好相反。

六

说到这里，我们已经碰撞到对待文化遗产的一个大问题，就是它能不能引起当代人的喜爱。

这句话说起来很简单，实际上很得罪人，因为我们现在很多文化人一直在为人们制造着不喜爱，还把人们不喜爱的原因归于人们的水准太低。于是我请出中国清代的两位外交官作为象征，来说明这个问题。他们各自代表着中国文化遗产的一部分，因此也证明了他们所代表的那部分中国文化遗产，能不能在世界上流传。

在这个问题上，我想重复两个原则：第一，研究任何文化，不要停留在文本上，而要看这些文化塑造了什么样的人格；第二，研究这些人格，要看到底有多少人喜爱。

这在文化史上也是个大问题。在中国历史上，有一些大家都喜爱的文化人，我们能够讲得出他们的脾气性格。其实和他们的文化成就相当的人也有不少，但是人们往往只是给那些人尊敬，而不是喜爱。

尊敬是一种理性仰望，喜爱是一种人格贴近。某种文化遗产如果能够在当代引起人们的人格贴近，就证明它已经从历史走向了现代，从遗产变成了生命。当然，对于人们不太喜爱的某些文化遗产，我们也应该经过一定的选择程序加以保存。但是保存不等于发扬光大，要发扬光大，只能在喜爱中实现。

可惜，中国文化界某些同行坚持着一个奇怪的思路，这个思路在古代就一直存在，那就是：只求被尊敬，不求被喜爱。

许多冷若冰霜的高大威严，端方刻板，就此产生而且贯穿历史。

为此，我写了一段与之相对的现代偈语——

尊敬是庙堂的香火，喜爱是市井的挂念。

尊敬是老人的期待，喜欢是青春的眉眼。

尊敬是昨夜的祭仪，喜爱是今晨的船缆。

七

在如何对待民族传统和文化遗产的问题上，我们中国人一直流传着几句名言，叫作：越是民族的，就越是国际的；越是地区的，就越是世界的；越是传统的，就越是现代的。

这几句绕口令式的话，到底是谁说的呢？好像开出过很多伟人的名字，但查下来好像都没有这么说过。

伟人不说，大家都在说。前两天我还在一个地方连续地听到过两次。这几句话有一种“相反相成”的旋转式的机智，但是必须警惕，如果它们要成立，必须依赖一系列极重要的条件。没有这些条件，那就成为诡辩。

如果没有条件地相信这些诡辩，世界将会错乱。也就是说，最偏僻山区的老农也能打点行装乐呵呵地去担任联合国秘书长了，而古代的一些独轮车也能大模大样地在现代城市的大街上把汽车逼走了。

请问，如果“越是民族的，就越是国际的”，那么中国何苦还要改革开放？如果“越是传统的，就越是现代的”，那么中国近代以来几代人为什么要那么苦苦地寻求现代化之路？

我们当然也知道一些国际华人艺术家在谈自己创作素材选择时，会表达类似意思。但是请记住，他们是有先决条件的，那就是，他们早已融入国际，他们眼中的所谓的家乡土地，其实已经变为国际价值系统中的某个符号。

我这样说，并不是轻视中国的历史文化遗产。

恰恰相反，正因为我非常看重，所以必须提醒，用这种绕口令的方式来进行语言安慰，是没有任何前途的。我的学生们一定都还记得在几十年前，正当我国文化界那些“左倾”保守派又一次以极端民族主义的方式来反对改革开放的时候，我曾在课堂上反复地讲过一种“岛屿文化陷阱”。

我曾经在一些海岛上见到过很多从来没有离开过岛的人，他们熟悉岛上的一草一木，似乎对岛具有最充分的发言权。但交谈之下我才发现，他们其实完全不知道这座岛的任何特色。他们会告诉你这儿冬天比较冷，这儿的夏天比较热，春天叶子是绿的，秋天就会发黄，等等，等等。由于封闭，他们把通例当作了特色。反过来，又由于封闭，他们又会口出狂言，比如不断地问外面的世界比这座岛大多少，等等。

真正了解这座岛的并不是他们，而是早就出走的那些人。那些人在万里旅途中经过反复对比真正地认识了自己的岛，因此也就成为最爱这座岛的人。

大家记住了，最深的爱不在井蛙的叫声里，而是在异地的思念中。

那么，真正要保护文化遗产，必须把视野扩大，将眼界提高，从宏观上了解人类的历程，世界的悲欢，然后懂得文化的品级，时间的取舍。

八

还是要归纳几句。

我们为什么要保护文化遗产？不是为了炫耀，不是为了崇古，不是为了啃老，更不是为了极端民族主义和狭隘爱国主义，而只是为了证明文化的延续性。

延续，既要从古代延续到今天，又要从今天延续到明天。没有今天的古代是沮丧的，没有明天的今天是无望的。因此，我们不能在任何文化遗产前膜拜停步，而必须审察它们的生机。如果找不到从古代走向今天的生机，那只是遗弃在历史大道旁的断砖碎瓦；如果找不到从今天走向明天的生机，那只是遗忘于餐桌边的即时消耗。

当然，断砖碎瓦也可以保存，即时消耗也可以记录，但都不符合“文化遗产”的正宗含义。

一个“遗”字，很容易产生误会，以为是蒙尘发霉的老朽物件。其实，一种物件要“遗”得下来，能够穿过时间的重幕仍然受到别人尊敬，证明它具有超强的生命力度，居然能穿越时间，披荆斩棘，留存世间。因此，“遗产”，是生命力强大的象征，而不是生命力衰朽的象征。与它们同时产生的事物，不知是它们的几千万倍，但仅仅只有它们保留下来了，其间当然也带有偶然的因素，但主要是因为它们优秀，一种经得起反复挑选的优秀。本于这种理念，我们在“遗产”中看到的，应该是一种前行的力量，而不是后退的力量。

文化遗产让我们产生一种有关人类足以笑傲历史的自信，而笑傲的根源则来自当初的创造。所以，面对遗产，我们眼前应该首先出现的，是那一群群古代创造者的身影。是他们，用手上的工艺、心间的智慧，把时间凿通了。

这么说来，文化遗产永远是一个个课堂，给后代讲授着创新之课、高贵之课、等级之课、品位之课。然后，让后代人类更加创新，更加高贵，更有等级，更有品位。

拂去尘埃，文化遗产所蕴含的，原来是人类学的命题。

从新加坡到澳门

第四座桥

——在新加坡“跨世纪文化对话”上的演讲(一九九八年六月二十日)

说明:

一个小国家也能做成几件国际瞩目的文化大事，一九九八年六月二十日，新加坡又在滂沱大雨中证明了这一点。

那天，抵达樟宜机场的很多海外旅客，都是来参加一次文化盛会的。这次文化盛会的主题，在二十年后的今天听起来已经显得很平常，叫做“跨世纪的文化对话”，但在当时却有一种惊心动魄之感。“跨世纪”，这件事平常想得不多，一下子就到了眼前，但谁也没有充分准备。因为这不是一般的年份过渡，而是一段重要历史的结束，另一段重要历史的开始。每个世纪都会带有重大命题，波澜壮阔的二十世纪就要关上大门，而一扇新的大门就要打开。在这两扇大门隆隆闭合和开启的仪式中，我们知道两者之间会有巨大区别，却又不知道区别会在哪里，因此产生了强烈的期待和焦虑。

当时，西方已经有一些智者预言，二十一世纪的核心命题一定与文明和文化有关。但是，这些西方智者虽然看到了东方文化的新生态势，却对东方文化比较外行，说起来有点隔靴搔痒。这就需要有对话了，但一开始最好由几位对东西方文化都比较熟悉的学者来参与，而且，由于东方文化的“无二主角”是中华文化，又应该先让华人学者出场。这事，又让新加坡占了先机。

新加坡在二十世纪后期，具有一种非常特殊的身份。表面上，它在转口贸易中创造了经济奇迹，但往深里看，却又与它处于东西方文化的交接前沿有关。

新加坡以自己的眼光，从世界各地选了四名演讲者。

例如，高希均先生。他是美国威斯康星大学经济系的荣誉教授，同时，又是台湾影响最大的社会人文杂志《天下》《远见》的创办人兼社长。这就使他从经济学家的高度投入了对中华文化和世界文化之间差异性和可融性的长期思考。他对国际上任何重大的经济信息、文化信息、社会信息，总会在第一时间获取，并作出及时判断，在杂志上告知华人世界。

又如，杜维明先生。他是美国哈佛大学教授，燕京学社社长，而更重要的是，他是当代世界著名的儒家学者。他认为，儒家传统里一些消极因素受到了猛烈批判，却因此有可能创造儒学发展的一个新阶段。他相信，儒学的新时代将随着中华民族的再生，对世界带来有益的推动。

再如，作为主人方的新加坡，也推出了自己的一个大艺术家陈献瑞先生。陈献瑞先生深潜东西方艺术的前沿部位，自己又投入多元化的创作，还善于写作，成了一名极具代表性的“东南亚艺术英杰”。

主办方不管在任何场合，都把我安排在四个演讲者的首位，让我不无汗颜。但我认为，这种安排与大背景有关：大家已经感受到中国大陆在这一轮文化对话中的主角地位。在这之前，国际上举办类似的文化研讨，中国大陆大多是缺席的。我，因出发地而变得重要。当然也可能包含另一方面的因素，那就是我多年来实地考察中国文化故地所写下的几部著作在全球华文读书界一直保持着最畅销的纪录。

我们当时的演讲，以及演讲之后的现场问答，都发表在新加坡的《联合早报》上，成为一时盛事。过后，还出版了书籍。但当时在新加坡实际发生的对话，比发表和刊登的要丰富得多。主会场之外还有大大小小很多讨论，而几位演讲者住在同一个旅馆里，也有很多长谈的机会。世上一切有意思的话语对接，都会长留记忆。因此，虽然过去了那么多年，我还是饶有兴味地补充了当时发表的演讲稿，又加入了此后的一些新认识。

在现场主持这次文化盛会的，是新加坡南洋理工大学传播学院的院长郭振羽教授。

大家下午好！

我很惊讶，主持人郭振羽教授不是歌唱家却有那么好的嗓音；更惊讶的是，他居然讲得出那么多有关我的情况。

我很高兴能作为“跨世纪文化对话”的第一个发言人和大家见面。“跨世纪文化对话”是新加坡《联合早报》举办的。《联合早报》已创刊七十五周年，以七十五岁的高龄来谈论世纪，是有资格的。我们在这里，都只是后辈。

说到“跨世纪”，我们心中都会产生一种悸动。二十世纪真要结束了吗？这个世纪太不平常了，发生了第一次世界大战、第二次世界大战，后来又延续了几十年的冷战。战、战、战，而且规模超过以前的一切铁血史诗，人类一次次被逼到几乎难于延续历史的绝境。就在这么一个世纪，我们出生了，我们经历了，我们穿越一个个匪夷所思的灾难，拥有了可以坐在一起回忆、讨论、展望的今天。那么今天，我们应该感受到自己所担负的时间重量。

世纪是历史的季节。就像自然季节都有各自不同的温度和风景一样，历史的季节之间也会有明显的差别。我们大家都不相信，二十一世纪依然会以一次次大战作为主题，那么，新的主题又会是什么？

今天在场的杜维明教授的同事——哈佛大学政治学教授亨廷顿先生几年前提出，新世纪的主题是“文明的冲突”。我认为他从二十世纪的重重战乱中剥离出“文明”的概念指向未来，实在是一个高超的判断，但又不赞成他用“冲突”来概括新世纪的文明生态。我想，他心中还有冷战思维延绵。

“文明的冲突”，落脚的核心词汇是“冲突”，而在我的思维中，核心词汇应该是“文明”。“文明”有自己的本性，并不一定以“冲突”为唯一逻辑。相反，恰恰是交融和沟通，更接近文明的本性。

不同的文明确实会引起冲突，但文明之所以称为文明，应该知道自己的使命是化解冲突。化解冲突很难，第一步，从对话开始。

我这么一说，也就阐释了今天大会的名称“文化对话”的含义，不知大会的组织者是否同意。紧接着，我还要对“跨世纪”作出阐述，那就是请大家更重视这个“跨”字。这一“跨”非同小可：跨过冲突的世纪，跨入对话的世纪。

这场“跨世纪的文化对话”，是今天新加坡的一个会场话题，却又必定是今后很多年世界各地极为广泛的生态话题。对话者，不是我们演讲者四个人，也不是听讲者几千人，而是各行各业的几亿人，几十亿人。总之，这场对话，从这里出发，必然波澜壮阔、气象万千。

在这场波澜壮阔的对话中，一个真正的大主角必须正式登场了，那就是中华文化。

主角当然未必只有一个，但中华文化必然是。原因大家都明白，一是因为它历史悠久，从未湮灭和中断，是人类所有重大古文化中唯一活到今天的幸存者；二是因为它掌握的人群极其庞大，从古到今都是世界之最；三是因为它滋养了大量等级很高、传播很广的文学艺术作品，充分证明它有足够资格跻身人类最优秀文化的行列。

既然是最久、最大、最优，当然应该取得相应的话语权。

但是，近几个世纪来，中华文化一直没有拥有世界性的话语权，因此也没有能够真正参与文化对话。

我得出这个判断一定会有人提出异议，因为很多学者一直在整理中华文化在历史上与其他文化对话的各种资料。那些资料确实存在，但是，零星的、片断性的交流并不能构成我们所说的对话，单方面的译介和阅读也不能构成我们所说的对话，物质性的工艺贸易更不能构成我们所说的对话。

我们所说的对话，必须是大规模的连续性行为，必须直接触动精神文化的主体部位。

在中华文化光辉灿烂的漫长岁月，也就是从春秋战国到唐宋时期，世界上各个文化实体基本上还处于各自为政的状态，只有通过战争和贸易才会产生实质性的交流。但是，古代中国并不参与当时大国之间的战争，而以丝绸之路为代表的贸易虽然繁荣，却主要停留在器物享用，很少触及深层文化构架。日本的“遣唐使”和留学生们触及了中华文化的深层构架，但那只是单方面的，还没有形成深入的“对话”。

欧洲进入近代后步子很大，但当时的中国人对那里发生的情况基本上不清楚。也就是说，中国和西方在近代的起点上并没有发生认真的文化对话。而且，中国在以后这几个世纪越来越走向保守，已经失去了文化对话的动力。从十九世纪开始，西方开始以枪炮和兵舰来与中国进行“对话”了，因而再也不会产生文化对话所必需的平等、公正、客观。中华文化成了衰落和失败的标志，整体形象被严重歪曲和贬低。

在兵荒马乱中，一个被侵略的对象很难在整体上维持文化尊严。后来，中国在革命中改变了形象，但政治隔阂又阻挡了文化的交融、沟通和对话。

当然，在这过程中，由于时间长、地域广，中国文化与外部文化的交流还是在不断发生。西方文化大规模地输入中国，而由于一批西方传教士、商人和学者的努力，中国文化也逐一搭建了一座座通向外部世界的小桥。从西方搭建过来的文化之桥霸气十足、车水马龙，而从中国搭建出去的文化之桥却藤缠霜凝、秋风萧瑟。

因此，今天我们在开始对话之时，首先要研究一下中华文化通向外部世界的基本状况。也就是说，检索一下中华文化已经搭建的通往外部的桥，思考一下还有哪些没有搭建，其中又有哪一座或哪几座，特别重要。

搭桥，是我对世界不同文化之间相处方式的企盼。即便是那些水阔浪高、坡险岸陡的地方，多少年因观望、防范、臆想、惶恐而积聚了大量的敌意，只要搭建了一座桥，一切都有可能改变。不断搭桥，而且一次次检测每一座桥的机能和功效，判定它们之间的主次序列和改建的必要，正是当代一切文化使者不可推卸的责任。

在这个问题上，中国文化界长期以来有一种保守主义、孤立主义的思维，认为中华文化源远流长、自成体系，已经滋养了一个庞大人群几千年，完全没有必要花费精力向外面搭建一座座桥，相反，要的是修筑高墙，挖河护城，固若金汤。倘若已经修建了吊桥，平日也要把它高高拉起，外面若有人马要进来，先要在城头厉声问个明白。中华文化的这些保守主义者充满自信，认为城里一切已经圆满，不必倾听半夜长河的橹声，观望远处车马的烟尘。

这种封闭的心理，以自信的方式表达了一种深度的不自信。时间一长，被封闭的文化也就失去了对比坐标，失去了在大空间流动的自由形态，失去了被陌生的目光欣赏或抵拒的喜忧，失去了改革和冒险的热忱，当然，也就日渐僵硬、枯萎、虚妄了。

一种宏大的文化，固然有自立于世的根基，固然不必随着他人的闲言碎语而手足无措；但是必须明白，真正的宏大必须获得广泛接受，其中包括自家人的接受和陌生人的接受。接受美学认为，别人的判断和接受，必定会深刻影响自身的价值判断。周围的目光和态度，他人的温度和情感，是一种宏大文化立世的基座。在这方面，中华文化必须认真补课。

中华文化的保守主义、孤立主义倾向，在我们新加坡很难产生，因为在这个对东西方文化都充分开放的环境里，一种孤芳自赏、顾影自怜式的文化思维很难立足。在这方面，新加坡应该帮助中华文化的本土中国，让那些保守主义、孤立主义的套路尽早解套。如果说，我们需要为中华文化通向外部世界修理一座座老桥，建筑一座座新桥，那么，新加坡应该是一些桥墩之所在。百余年前闯荡南洋艰难谋生的先辈华侨，已经为建造桥墩洒下了最初的汗水。

好，那我们就可以看一看那些桥了。

我认为，千百年来，中华文化通向外部世界，已经有两座老桥，那就是经典学理之桥、生态器物之桥；有一座半新不旧的桥，那就是信息传媒之桥。必须搭建而尚未认真搭建的，是集体人格之桥。这座桥，我称之为“第四座桥”。

下面，我就把前面三座桥简单扫描一下，然后来讲第四座桥。

第一座桥：经典学理之桥

这座桥，杜维明教授很熟悉。

大概早在十七世纪，有一些欧洲的耶稣会传教士到中国来，开始翻译儒家经典，而且还为孔子编写传记。这些作品在欧洲出版后产生了不小的影响。尤其是法国的启蒙主义者，几乎每个人都对中国文化的早期经典发表过看法。有的人评价很高，赞扬其中的哲学智慧；有的评价不高，像孟德斯鸠，指责其中的专制思想。到了十八世纪的德国哲学家黑格尔，评价就很不高了，他认为读过这些经典后可以得出结论，整个中国的精神文化都不太行。

黑格尔的哲学框架虽然庞大而严密，却具有明显的排他性。他对中国文化显然是停留在概念推测上了，始终未能真正深入。在他身后，德国民众对《老子》的接受兴趣，已经否定了他草率的判断。

但是，不管怎么说，我作为一个当代中国文化人不能不承认，中国文化通向外部世界的经典学理之桥，并不畅达。有不少阅读者，却没有太多信奉者。西方阅读者对于中国古代经典，与古代巴比伦、埃及、波斯的经典差不多看待，远不及希腊经典和希伯来经典。我们如果在他们的著述中看到一些好话便激动不已，就会显得很幼稚。当时的西方学者常常喜欢在学术上体现出类似于“地理大发现”的视角，炫示自己对西方主流思维之外某些生疏领域的兴趣。如果借此证明中华文化对于西方的深度渗透，肯定与事实不符。

更值得注意的是，在十九世纪的鸦片战争之后，西方强权者对中国的侵凌和丑化，并没有因为读过中国古代经典而疏缓。我们现在还能看到当时某些欧洲智者对于英法联军火烧圆明园等某些暴行的批评，但主要还是出于公正原则和人道原则，而不是出于对中华文化的了解。我曾经仔细研究过英国哲学家罗素在二十世纪二十年代初来中国访问的文章、演讲、记录，发现这位极有代表性的西方学者面对中国人和中国社会深感惊讶，却很少与中国古代经典联系起来。

因此，可以说，经典学理之桥虽然搭建过去了，却没有形成真正的“文化对话”。中国古代的经典学理，既没有成为对话主角，也没有成为对话对象。具体说来，即便是名气不小的孔子，既没有成为对话主角，也没有成为对话对象。在外人看来，这是一座两千多年前苍苔斑驳的石雕，是人类第一次智能大爆发时代的遗迹，既不会企盼他对现代世界说什么，也不会对着他说什么。

在中国人自己看来，儒学也经历了一代代更新。儒学的名声虽然不错，但在无数血火征战的历史关口，几乎没有发挥过什么作用。一代代帝王虽然也表达过对儒学的尊敬，但在实践中可能更多地遵循法家和道家。尤其是在佛教传入，禅宗兴起之后，更新儒学成了儒家学者的迫切要求，因此就出现了宋明理学和心学。但是，除了数量不大的日本学者外，西方学界对理学和心学的了解少而又少。也就是说，对于中国古代经典的后续形态，桥的彼岸相当陌生。后续形态已经存世很久，因此，我们所说的经典学理之桥，是一座长久没有通行的老桥。但是，桥的本性是通行，如果长久没有通行，桥的本性也早已消退了。

杜维明教授他们已经追赶在朱熹、王阳明之后，打算在别处建造新桥了，我们应该尊重他们的努力，而不要永远举着老桥的名号对远远近近的旅人作出误导。

第二座桥：生态器物之桥

这座桥与第一座桥不同，倒是一直保持着畅通。

我所说的生态器物，最著名的有丝绸和陶瓷，后来居上的，有茶叶。这些东西通过贸易渠道，被西方世界广泛接受，而且常常供不应求。出于巨大的经济利益，无论是中国商人还是外国商人都不惜年年月月辛苦跋涉，披荆斩棘，筚路蓝缕，铸就了一座漫长而曲折的桥。这桥，有的地方叫丝绸之路，有的地方叫茶马古道。合在一起，让人叹为观止。

后来，这座桥上又出现了不少民间和宫廷的工艺品，从造型、图案到细节都更深入地体现了中国文化的某种审美风貌。这也就成为全球收藏家们追逐的目标，至今仍在拍卖市场里令人瞩目。

漂泊到美国去的第一代、第二代华工，又带去了福建、广东一带的民俗节庆的娱乐活动，像舞龙、舞狮、花灯，以及后来很成气候的功夫和中餐。这一切，构成了西方人心目中的中国文化通俗版。

我知道很多高层文化人并不同意将这些由商业纽带所维系的器物文化、工艺文化，以及由劳务移民所维系的民俗文化、餐饮文化作为中华文化的主要标识。他们甚至对于其中地位最高的文物收藏，也视为“玩物丧志”。这种过度清高的文化态度，我并不赞成。我认为，如果把文化分作“生态文化”和“文本文化”两类，那么，生态文化无疑更加熨帖大地，生气勃勃。

这种生态文化，处于一种可享用、可馈赠、可交换状态，使文化渗透到了生活现场，既让生活充满色彩，又使文化切实可感。所以，我一直在呼吁，我们的文化观念应该更多地关注生态文化，而不要一直沉浸在苦读和背诵之中。

但是，说到这里我必须赶紧论述：生态文化也有高有低，有大有小，有优有劣。最高层面的生态文化，应该由人们的生存方式叩问生存意义，应该由种种物化生态直指精神生态，应该由大量生态美学通达生命哲学。毫无疑问，我们上面所说的这些生态文化，大多达不到这个要求。

中国的高层学者对生态文化一直不愿多作论述，还因为生态文化常常与金钱和交易连在一起，与奢侈和炫耀连在一起，或者与平民的祈仪连在一起。对此，他们为了文化的纯正，产生了层层防范。结果，这里就出现了两相背离：物化的更加物化，诗化的更加诗化；求俗的更加求俗，求雅的更加求雅；流行的更加流行，拒世的更加拒世。

在渐行渐远的两相背离中，哪一方会更加得势？显然，是日趋流行的物化一方。中国文化的立世典章、圣贤哲思、千古智慧，都会摆放在各种器物的博古架背后倍加冷清，而那些高声喧哗的餐饮者、品茶者，虽然都说着流利的华语，却未必是中华文化的服膺者、阐述者和实践者。于是，他们就会夸大其词，把器物中的点点滴滴技艺特征都扩充为中国文化的象征，把拥有这些器物当作了拥有中华文化。

这中间有很多微妙的界线很难划分，但有一个历史事实却显而易见：一切享用、买卖中国器物的西方人，并没有从整体上尊重中华文化。有的历史学家说，“鸦片战争”其实是“茶叶战争”，欧洲由于喝了太多的中国茶而造成了贸易失衡，只能用毒品和枪炮来弥补。因此，千杯万杯中国茶并没有换来他们对中国人和中国文化的基本礼貌。英法联军火烧圆明园时抢掠了大量中国文物，这些文物也算是中国文化的精致体现吧，但他们占有的前提，是对中国文化的大焚烧、大毁损。

因此，我们看到，中华文化通向外部世界的第二座桥，也没有构成平等的文化对话。

第三座桥：信息传媒之桥

首先为中国文化搭建这座桥的，是意大利旅行家马可·波罗。

对西方而言，马可·波罗对中国的描述，其影响之大、冲击之深、传播之广，远超前面所说的那两座桥。这个现象，显示了“信息”这个概念的特殊力量。

从广义而言，古代经典也是信息，但那是一种抽象化的理念信息；生态器物也是信息，但那是一种散点式的复制信息。马可·波罗的信息却早早地展示了近代社会信息的特征，那就是：

一、必须具象而感性；

二、必须连续而不复制；

三、必须有一个身临其境的叙述者作为媒介；

四、必须由叙述者的好奇引发阅读者的好奇；

五、必须具备跨时空传播的机缘。

这一切，马可·波罗居然一一做到了。连最后一条，也在无意中获得了。因此，他因中国而闻名历史，中国也因他而闻名西方。他以一个媒介者的身份驮载着大量的中国信息向西方传播，比较原始又比较完整地诠释了第三座桥——传媒信息之桥的初始含义。而且，他又让人们看到，“信息”是文化的重要组成部分，传播中国信息，就是传播中国文化。

但是，马可·波罗的传播方式，也暴露了信息与文化之间的差别。信息固然是文化的重要组成部分，却主要流淌于文化主体的外层表象，无法揭示其深刻的蕴含。对于这样的信息，人们在好奇之余就会敏感于它的真实性，随之质询叙述者本身的真实性，马可·波罗的中国游记几百年来一直处于这样的争执中。我本人认为他这个人和他的中国之行都是真实存在的，但由于他不是一个严谨的考察者而是一个夸张的远行者，在述说中就存在着很多错置、自炫和遗漏。其实这是一切信息传播的常见嫌疑。如果由信息传播跃升到对文化蕴涵的发现，这种嫌疑就不会存在了。

在马可·波罗之后，有关中华文化的信息传播，从规模、速度到技术手段都发生了巨大变化，但是老毛病还是存在，那就是主要流淌于外部表象，而很少触及深刻蕴涵。

西方世界看中国，大多因外部表象而偏重于负面，而中国自己为了对抗这种负面，则常常自负自傲，却也在做外部文章。这两种倾向，都没有涉及中华文化的内在本性。

因此，这第三座桥，常常是拥挤而让人烦心的，热闹而让人沮丧的。所有的消息都如潮水涌来涌去，似乎都与文化有关，但中华文化的寂寞主体却在暗自垂泪。

今天，我在《联合早报》主办的文化对话大会上说这样的话，好像有点对不起热情张罗的主人，但我又相信《联合早报》有足够的肚量。时至今日，世界各国的文化活动，大多以传媒为皈依。传媒，早已不仅仅是文化的报道者、播扬者，而且还成了文化的选择者、滋养者、否定者、审判者。

但是，我们必须明白，不管在何种意义上，媒体只是一种传播性的手段和工具。它从来未曾也不可能承担文化的始发创造和终极使命。换言之，它体现不了文化的最高命题、最大命题、最终命题。

这一点，无论是传媒人还是文化人都应该懂得。中华文化如果全然凭借着传媒信息之桥通达外部世界，那么，对方接收的，一定不可能是最重要、最优秀的东西。

事实已经证明，近二十年来，世界各地通过信息传媒的渠道了解中国的种种情状已经越来越方便，但是，中华文化的精神价值、审美情怀究竟传达出去多少？

因此，就不能不呼唤第四座桥了。

第四座桥：集体人格之桥

如前所说，中华文化在通向外部的时候，有的太抽象，有的太物化，有的太浮面，有的太夸张，显然缺了一种足以感动一切人的具象精神结构。我把这种具象精神结构，称为集体人格形象。

我的这个观念，受到了瑞士心理学家荣格（Carl Gustav Jung）的启发。他在探索人类各种“集体无意识”的时候论述到了潜藏在心理深处的集体人格。他曾经通过剖析歌德的《浮士德》，说明这是文化人类学的基础，也是伟大文学隐藏的奥秘。他认为，一切文化都会沉淀为人格，各个文化群体又会沉淀为集体人格。按照他的说法延伸，所谓中华文化，在最深刻的意义上，也就是中国人的集体人格。

那就可以推导出一系列近似的结论了：探寻中华文化就是探寻中国人的集体人格，优化中华文化也就是优化中国人的集体人格，传播中华文化也就是传播中国人的集体人格。按照这个思路，那么，要想让外人认识、熟悉、接受、喜爱中华文化，也就是让他们认识、熟悉、接受、喜爱中国人的集体人格。

过去几百年，为什么不少外国人读了中国古代经典，买了中国丝绸、陶瓷，听了中国种种信息还是对中国和中国人不尊重？根本原因，是他们并没有在那些文化信号中感受到中国人集体人格的巨大力量。即便是在马可·波罗的述说中，也没有感受到。

人是关键，尤其是被共同的生活方式调理成共同精神价值的人群，是文化的基本活体。我一直在设想一种情景，在唐代的丝绸之路上，一支中国人的骆驼队负载着中国的陶瓷、丝绸在伊朗的伊斯法罕与一群阿拉伯商人进行了贸易交接。事后，中国商人、伊朗商人和阿拉伯商人坐在一起喝茶。在这个场景中，最能体现各方文化精粹的，并不是那些价格昂贵的各地商品，而是这些来路缥缈的各地商人。文化之奇，不在货囊里，而在茶桌边。不同的举手投足、风貌神采，正是文化的生动凝聚。

由此不能不发出感慨：中华文化通向外部世界，最大的缺漏，就是轻忽了对中国人集体人格形象的精彩展示。我们总觉得，人只是运输者，货物才是目的；其实应该倒过来，货物只是货物，人才是目的。

在前面所说的三座桥中，倒是第一座，明确涉及了集体人格。无论是孔子所提出的“君子”人格，还是孟子所提出的“大丈夫”人格，都在中国产生过很大影响。这些概念，也被欧洲传教士介绍过去了。但是，这些概念在未被介绍时就存在着很大的毛病，一是过于集中在精英层次而缺少更广泛的覆盖；二是过于模糊而缺少规范定性；三是过于抽象而缺少感性实例。在国内已经是这样了，一翻译到国外，就更显得空泛而捉摸不定。西方语文中的近似词汇更让它们流于一般化，留不下什么太深的影响。

至于第二座桥，除了可以猜想工匠的手指和面影外，很难对生态器物在反映集体人格上有更多的企求；第三座桥所输送的大量事件、信息间，当然也有集体人格的踪迹，但大多是破碎的，朦胧的。

因此，对于第四座桥的搭建有点迫切。

在这座桥上，除了相关的中国人都应该整理自己的人格形象外，更重要的是，必须殷切期待与集体人格相关的文学艺术作品相继出世。最凝练、最动人、最有感染力的人格形象，一定存在于文学艺术之中。

平心而论，中国的文学艺术作品在中华文化外传的过程中，作用不大。

我想通过一个人来说明这个事实。

这个人就是德国大诗人歌德。

歌德对于我在前面所说的第一座桥并不陌生。他认真读过耶稣会传教士翻译的中国古代经典，甚至，在魏玛，他还学过中文。由于他经常引用孔子的话，还被人起了一个外号，叫“魏玛的孔夫子”。甚至，有人还把他叫成“魏玛的中国人”。这至少说明，歌德已经接受了第一座桥所提供的古代经典，也了解不少有关中国的信息，在当时德国人心目中已经算是一个“中国通”了。

但是，让我吃惊的是，一八二七年一月三十一日，他与秘书艾克曼有一次谈话。他说看到了一本中国的文学作品，从中了解了中国人的思维方式、感情形态、审美习惯。究竟是一本什么书，让这位“魏玛的孔夫子”重新认识中国了呢？答案让人意想不到，居然是一本等级很不高的小说《好逑传》，不知是哪位传教士翻译过去的。

这件事记录在《歌德谈话录》里，我读到后想了很久。为什么歌德对中国的了解，即便长期钻研了孔子的著作却还不如浏览了一本低层次的小说呢？原因是，小说写了活生生的普通人的喜怒哀乐，这是任何经典和信息也替代不了的。

想到这里我又犯愁了，《好逑传》固然不够格，那么应该让哪些够格的作品来替代呢？好像很难找到。超过《好逑传》的作品当然不少，但越是超过，越是难被西方理解。例如，如果歌德读到了《红楼梦》、《水浒传》、《三国演义》、《西游记》的译本，将会如何？我可以大胆估计，凭着歌德的艺术灵性，他会对《红楼梦》更注意一点，却又会不耐烦其间太复杂的人际关系和生活礼仪。对隐伏在深处的佛、道思想又很难感受。对《水浒传》，他会觉得太残忍；对《三国演义》，他会觉得太计谋；对《西游记》，他会觉得太重复。除了《红楼梦》，他会认为这些作品都缺少接通人类共性的主体形象，缺少对生存意义的终极询问。

我当然不赞成以西方的文化规范来要求中国作品。中国的文学艺术作品自有自己的审美传统，不必妄自菲薄；但既然是在说沟通之桥，那就不能不关注桥的彼岸。一关注就应该承认，我前面所说的这几部在中国很著名的古代小说，在国际上影响很小，至少远没有中国某些学者所说的那么大。只有唐宋诗词对日本和韩国有一定影响，那与历史留存的“中华文化圈”有关，他们老一辈的文人学者都懂中文。诗词比小说更具有翻译上的障碍，但中国古代诗词要向外传播，最迫切的，不是期待更好的翻译，而是期待穿越时空的审美阐释。怎么阐释？我想到了日本作家川端康成在诺贝尔文学奖授奖仪式上的那份演讲稿。他介绍了几个世纪之前日本有一些能写诗的和尚，即中国所习称的“诗僧”，在大雪覆盖的山里进行的一场场圣洁的精神交流。这种神秘的意境，把世界文学界震撼了。这里出现了主体性形象，从那些雪山诗僧到川端康成本人，而归结点则是让远方感动的美。中国似乎还没有人在作这种诗化阐释，只会诱导孩子们死记硬背，结果诗意全无，那还怎么传达到外部世界？

在戏剧上，由于法国的伏尔泰受中国元代《赵氏孤儿》译本的影响，写了一部《中国孤儿》，因此使《赵氏孤儿》也在西方产生了某些影响。在现代，则由于戏剧表演的直观魅力，西方世界惊叹梅兰芳等人能够穿越性别的那种特殊舞台艺术。但应该明白，他们的惊叹主要停留在扮相、唱腔、技艺上，而很少叩问精神内涵。这与世界各地对莎士比亚的接受，完全是两回事。

说到莎士比亚，我想起中国总有一些人喜欢把他和明代的汤显祖放在一起，似乎他们已经早早地搭建了戏剧之桥，其实这是一种幼稚的生拉硬扯。我是《中国戏剧史》的作者，曾深入研究过汤显祖，又是中国首届莎士比亚戏剧节的学术委员会主席，对两方面都有发言权。我要说，除了职业和年代接近外，两人实在没有太大关系。今天远远看去，作一点“比较文学”的研究还可以，但最好不要作粘连、拼贴的游戏，因为这对两方面，都不尊重。

除了古代的小说、诗词、戏剧外，中国现代文学的国际影响也被很多学者大大高估了。在他们的讲述中，似乎国际文学界都熟知鲁迅、郭沫若、茅盾、老舍、林语堂、张爱玲、曹禺、徐志摩、郁达夫、冰心，那么实际情况究竟如何呢？我想在座的新加坡朋友最清楚了。我们当然应该尊重文学前辈们的努力，但也应该体谅他们的苦衷。虽然都有一点中西文学的基础，也有写作热情，但永远在兵荒马乱中逃难，既不可能系统地研究中国文化和世界文化，也不可能长久地投入有关生存意义的深度创作。几乎所有的作品，都是针砭时弊、由感而发的急就章。当时的社会影响并不大，后来越炒越响的名声，多半出自宣传的需要和“现代文学史”这门奇怪课程的渲染。

总之，从古代到现代，这第四座桥，也就是以文学艺术来向外部世界传达中华民族集体人格形象的桥，还没有真正搭建起来。

这说起来有点忧伤，而且一时还得不到安慰。因为，文化建设的事情，号召没用，规划没用，设计没用，努力没用，只能等待。在等待中忧伤，在忧伤中等待。

但是，等待也不是全然被动的。就像古代一位女子站在江边等待千里归来的丈夫，江上的帆船很多，她远远一看就知道，这艘不是，那艘也不是，那就一天天等下去。她的等待，是与一连串的

“不是”连在一起的，最终，她等到了“是”的那一艘。我上面的讲述，也讲了很多“不是”，因此，等待变成了探寻和选择。

我大致可以肯定，随着改革开放的延续，随着中国人对世界的融入，不必很久，就在二十一世纪开端几年，中华文化在与世界文化的结合上，就会出现零星而重要的种种亮点。这些亮点既未必符合传统，也未必符合潮流，却是中华民族集体人格在新时代的有力呈现。开始可能有点寂寞，却为我们所说的第四座桥打下了一个个桥桩。

在我的预想中，中华民族被当代世界广泛接受的作品，一定不是传统复活，而是当下创造。以为文化悠久的地方必须拿出与实际相称的老古董和新古董，这就错了。

今天中华文化的创造者，不应该只想着把中国推向世界，而应该反过来，从世界的高度来回眸中国。所谓世界的高度，也就是国际公认的目光和机制，这是全人类从漫长的时间和辽阔的空间中粹取出来的可贵共性，中国当然也应该包括在里边。这样的创造者，应该具备当代国际最前沿的表现能力，又深潜文学艺术跨越时空的永恒本性。这样的创造者，在精神上完全不被历代中国文人的所谓“笔墨趣味”所控制，而是始终在开掘生命底层的天性良知，其中又必然包括灵魂的呼喊、挣扎和自赎。在这方面，他们应该与世界各地的顶级创造者没有什么区别。

因此，到了这个程度，其实已经不存在中华文化的“此岸”和世界文化的“彼岸”。共通的生命天性，已经把两方面融合在一起。这也就是说，对这样的创造者来说，“第四座桥”早已在他们的生命中贯通。

正是这样的创造者，才是二十一世纪引领中华文化通达外部世界的领路人。在他们身后，可以跟随一大批传统继承者、前尘膜拜者、世俗展示者、本土张扬者，熙熙攘攘。这支跟在后面的队伍的排列程序可以非常自由，但千万记住，领路人必须是那些以生命贯通中外的创造者。后面的跟随者尽可以各司其职，各美其美，只是不可领头。

这样的创造者，我已经隐隐约约地看到他们最初的身影，尤其在电影领域、小说领域、绘画领域和建筑领域。他们能不能真正成“器”，还有待于时间的考验。但是，这种考验并不仅仅是看他们自身，因为中国历来有扑灭和销蚀创造者的惯例。所谓创造者，必然体现为对现有体制的超越和突破，因此即便只是文化上的事，也牵动广泛，阻力重重。更麻烦的是，那些本应该由创造者引领的传统继承者、前尘膜拜者、世俗展示者、本土张扬者绝不甘心被引领，他们每一个都觉得自己更有资格凌驾创造者，于是常常把创造者当作敌人，而广大民众在多数情况下都会站在他们这一边。因此，本该为时代、民族带来骄傲的少数创造者，总是被污名、被围猎。在这整个过程中，前面的三座桥几乎都不会出手相救，而传媒信息之桥更会在围猎中起到关键的负面作用。

说实话，我的忧伤，主要来于此。中国文化，历来出现过很多希望的山口，新生的通道，再造的英杰，探索的勇士，但都错过了，或糟践了。

希望新世纪不是这样。

我的这种希望，更多地投寄给创造者本身。新世纪的中国文化，能不能出现这样一批全新的创造者，不怕扑灭，不怕污名，不怕围猎，而是以自己的创造重塑社会耳目，重建舆论气场?

我希望这样的创造者的出现。因为只有这样，才会重新找回中华文化失落多年的尊严。

我的演讲，就在这种忧伤和企盼中结束。谢谢大家！

现 场 问 答

郭振羽教授：余教授的演讲很精彩，但归结得相当沉重。这也就给了我们一种思考：这一代中华文化圈里的人，还可以做多少事？我们能够给下一代中华文化圈里的人，带来什么好处？各位听了之后，也许会有一些问题需要余教授解答。下面的时间，欢迎各位提问，现在开始。

听讲者问：我很赞赏余教授用搭桥的比喻来说明中华文化与外部世界的沟通，刚刚又说到了搭桥的艰难，以及中国社会容易对搭桥者产生伤害。我是一个生活在中国之外的华人，更多地感受到西方文化中有一些人总是热衷于在拆这一座座桥。他们总是用丑化中华文化的方式让这些桥很难搭建，即使搭建起来了也总是在渲染负面因素。例如，早年美国的华工拼尽血汗和生命硬是把美国的东部和西部用铁路联通起来了，但结果反而遭到了以怨报德的排华逆潮。他们联通了美国，却居然没有权利将自己与美国联通。造路者没有了路，造桥者找不到桥。与此同时，西方又习惯于借着当初成吉思汗西征的往事把中国人也看成是"黄祸"，这也在群体心理上产生对中华文化之桥的抵拒。我们应该如何来消除这些污名化的潮流呢？

余教授答：谢谢你提起当年美国华工的事，可以让我们把这个问题再深入一步。长期在美国哥伦比亚大学任职的历史学家唐德刚先生对我说，他每次读到美国华工拼死修建了西部铁路反遭污名的记载，总是热泪盈眶。我也去读了那些资料，发现当时中国人被污名的原因很有普遍意义，值得我们今天借鉴。第一，污名中国人是害怕中国人，因为中国人太刻苦、太聪明，把他们的工作机会抢走了；第二，首先污名中国人的也是一些移民，尤其是墨西哥人和爱尔兰人，他们也在试图搭桥，因此容不下别人搭桥；第三，中国人只知道埋头苦干，很少争取话语权，外语不好，又不善言辞。后来出来一个好像叫王清福的人，敢于用演讲、悬赏、上诉来捍卫中国人的名声，效果很好。

我觉得中国人已经被西方歧视和污名一百多年了，时至今日，应该知道一些应对的基本原则。我讲几点供你参考。

第一，现在整个文明世界已经建立一个共识：种族歧视触犯法律。因此只要遇到辱华、贬华的言行，首先应该明白对方是犯罪。也就是说，我们可以理直气壮地让今天的辱华者自取其辱；

第二，我们应该在内心明白，在人类的历史上，中国人实在不错。最明显的证据是，中华文明历史最长，至今未溃，为唯一者，而且长寿得精彩，回想一下从春秋战国到秦汉唐宋，展现了人类文明的极高坐标；

第三，中国很对得起世界上的其他民族。中国的经济总量直到明代还是稳居世界第一，但是从来没有发起过侵略战争，有一种宏大的历史性善良。中国尽管内战很多，却从来未曾亏待过外国。仅此一点，应该备受历史尊敬；

第四，中国人确实有很多毛病，这在百余年来也成了中华文化领域一切有识之士的共同认知，而且一直在进行严厉的自我反省。在世界各大民族中，有如此反省精神的族群少而又少。因此，外界的不友好言辞也能成为我们“改造国民性”的动力。事实证明，华人不难改变自己，新加坡华人就是自我改变、快速进步的典范；

第五，中华文化那么悠久，那么善良，那么自省，外人为什么缺少广泛感应，反而对一些不太体面的生态弊病过于敏感？这就回到我们今天演讲的主题了：中国人的集体人格尚未通过艺术形象震动全人类的心灵。就像莎士比亚对英国人集体人格的展现，贝多芬、巴赫对德意志集体人格的展现，说近一点，就像好莱坞对美国人集体人格的展现。这就牵涉到中华文化在新世纪的责任了。

听讲者问： 有人说，中华文化与宗教的关系较浅，影响了作品的深度和广度。因为宗教追求普遍性价值，又有一种殉难精神，容易抵达神圣的境界，让很多人感动。你同意这种看法吗？

余教授答： 同意一半。我希望在谈论文化和艺术时，把“宗教”的概念扩大为“宗教精神”。那就不会排他性地局限于哪一种具体信仰了，而是指向着一种终极关怀，一种崇高情操。我们都知道，世界上一些最重要的科学家，从牛顿到爱因斯坦，最后都对宗教精神表示极大的崇敬，他们仰望着一种高于科学的精神力量和宇宙秩序，体验着人类的渺小、虔诚、向往。其实，这也正是艺术的天地。我前面说到了贝多芬和巴赫，他们足以证明，人类最高的艺术创造与宗教精神密不可分。相比之下，中国的多数文学艺术作品，都倾向于应时、应境、应情，缺少终极关怀。这是我同意你的一半。

不太同意的一半是，中华文化虽然缺少终极关怀却也有自己的宗教精神。其中，道教和佛教的一些宏大思考，也深深地影响着从魏晋到唐宋的顶级诗人，例如李白、王维、苏东坡等。小说《红楼梦》也包含着浓厚的佛、道感悟。可见，东方的宗教也滋养过最好的艺术作品。但是，东方的宗教在信徒队伍、信仰方式上与西方的宗教有很大差别，它们与艺术的关系更是很不相同，因此不能用相同的标准一概而论。说到这里我必须赶紧声明，我所说的东方的宗教和西方的宗教，只是以发源地为标记的一种粗疏划分，其实一切宗教都没有地域界线。我希望未来的文化艺术，也应该与一种不作地域划分的宗教精神联系在一起。

听讲者问：余教授对五四新文化运动之后的中国现代文学评价不高，刚才又说到中国多数文学艺术作品倾向于应时、应境、应情，缺少终极关怀。但是，我觉得鲁迅的散文集《野草》、《坟》里有很多探索人生、思考死亡的内容，是不是属于例外？

余教授答：我对鲁迅，有一份特殊的尊重，因为他是中国现代作家中唯一以小说来探寻中华民族集体人格的人，他把这种集体人格称作“国民性”。这方面的作品主要是三篇，《阿Q正传》稍长一点，《药》和《孔乙己》的篇幅都很短。但是，就凭着这极短的文字，他接通了欧洲刚刚兴起的文化人类学思潮，明显高出于现代文学史上的其他作家。只不过以一个小说家的标准，他的创作量实在太少了。我不同意社会上称赞他的通行理由，也就是凭着他那些责斥其他文人的“杂文”，说他是“硬骨头革命家”。其实他所责斥的那些文人，从章士钊、林语堂到梁实秋，都是兼知中西的温和文人，完全不必用“硬骨头”去对撞。幸好，对方几乎都没有什么反应。鲁迅的例子说明，在中国现代，即便具有创作潜力的作家也会消耗在意气用事的社会评论中，真是有点可惜。这个悖论，我相信他自己也感觉到了，因此晚年心情不好，只活了五十多岁。

听讲者问：余教授刚才对中华文化讲了许多深刻的见解，我非常赞同。我对新世纪的文化前途很悲观，眼看现在已经不行了。我们再也找不到十八世纪到十九世纪那种文化气氛，到处都是像麦当劳一样的速食文化，吃了就饱，饱了就忘，忘了再吃。一代年轻人，把传统道德都忘了，只追求浅薄的享受，这怎么办?

余教授答：这种抱怨经常听到，但我不能完全赞同。过去的文化使我们形成了一种“适应”，永远觉得“今不如昔”。而且，时间越长，越把过去想得完美。其实，十八、十九世纪也有大量年轻人忘了十六、十七世纪“传统道德”的“浅薄享受”。

请大家记住一个道理，不管在哪个时代，优秀的文化创造者总是极少数，而且总是寂寞的；处于多数地位的一定是世俗文化、流行文化。对此不应该生气，因为社会的不同人群都有享受自己的文化的权利。随着时间的选择，优秀文化终会渐渐露头。从长远看，它们才是时代的代表，但是，这是后代的目光。因此，任何创造者立足当代文化，只需奉献自己最喜欢的作品，使之成为多元文化中的一元。至于时间怎么选择，只能交给时间。

我在西方，很少听到有人抱怨当代文化比不过前代文化。但是在特别讲究传代伦理、论资排辈的中华文化圈里就不一样了，总是有那么多缅怀、抱怨、哀叹。美国一位学者说中华文化习惯于“祖父崇拜”，很有道理。我们这个时代并不保守，但在文化领域里还是毫无节制地神化和膜拜前代，已经到了可笑的地步。例如我在上海参加过几次国际规模的电影盛会，开幕时的第一景观，总是推出一批坐在轮椅上的白发老太太，那是半个世纪前曾经上过银幕的老演员，着实把所有到会的国际大明星们吓了一跳。主办者向国际大明星们介绍，这些老太太是电影艺术的“泰山北斗”，但是，我作为多年的上海戏剧学院院长却可以肯定，这些老太太在年龄上让人尊敬，但由于种种条件限制，在表演艺术上比不上目前大量刚毕业的年轻演员。照理，上海是一座向前看的城市，电影是一门向前看的艺术，不应该出现这种景观。我举这个例子是想表达一个意思：文化应该向前看，即便今天和今后的文化是生涩的、混杂的、莽撞的，也比轮椅上的辈分更重要。

听讲者问：我很赞成余教授关于中华文化四座桥的见解，但是，我们小小的新加坡连一座桥也搭建不起来，那怎么办？

余教授答：你太谦虚了，新加坡搭建得不错。第一座桥，新加坡有一个很专业的中华文化研究机构，着力于经典学理，杜维明教授曾来过多次；第二座桥，新加坡收藏中国古董器物之盛，让我叹为观止，我以前在这里讲学时，曾观摩过两次国际文物拍卖会；第三座桥，今天的盟主《联合早报》，就是最好的例子，它在全球华人中都有好评。

文化之桥没有地域限制，因此新加坡在这三座桥的搭建上所做的努力，也为全球中华文化共享。顺着这个思路，我今天所说的要用文学艺术来展示中华文化集体人格的第四座桥，也应该是世界规模的。真正的创造者不管出现在哪个国家，哪个城市，都属于中华文化的共同财富。我多次说过，历来最优秀的创造者，是天时、天命、天赋、天性的神奇组合，与人口基数无关，与经济支撑无关，甚至，也与教育培养无关。因此，我们不要断言无缘搭建第四座桥而自责。我们每个人，都有可能成为桥上的构件、桥下的风景。

中国无疑是中华文化的腹地，相比之下，新加坡就是中华文化的边缘和前沿。边缘和前沿总是最敏感的，就像我们的末梢神经最敏感一样。我盼望在二十一世纪中华文化的全新生态中，新加坡能更好地发挥前沿的探索作用和反馈作用，及时地把正面感觉、负面感觉、另类感觉传达给中华文化的整体。在特殊情况下，它还能起到支点的作用。一切支点占地都很小，但哲人说了："给我一个支点，我就能撬动整个地球！"

郭振羽教授：由于时间关系，余教授的现场答问也不得不结束了。明天下午还会有一个专门交流的段落，我们还可以与余教授对话。

作为大会主席，我要借用一段话来总结。这段话也是余秋雨教授说的。去年他在台湾有过一次旋风式的巡回演讲，引起很大轰动，后来台湾的出版社就出了一本书，就叫做《余秋雨台湾演讲》。我在这本书中读到，他在"中央研究院"的演讲中有这么一段话：

> 我们这些人身处两个时代的沟壑间，又因经历过太多苦难而自作自受地承担了太多的责任。因此，不得不压抑住心里许多圣洁的文化梦，横下一条心，做一座桥梁。一时的桥梁，不得已的桥梁，无可奈何的桥梁，最后，又成了自我论证的桥梁，自得其乐的桥梁。但是桥梁终究是桥梁，它的全部构建是一种等待，等待通过，等待踩踏。

我想，这段话正可以与今天余教授的演讲主题呼应起来，成为当代文化知识分子的一个使命。那就是：做一座桥梁，等待被踩踏。

（一九九八年六月二十日，根据录音整理）

文化之痛

一

各位朋友：晚上好！

应讲座主办方的要求，我今天要讲述一个难题：从文化的意义上来解析“文革”灾难。

我知道，大家在外面看到的报纸杂志，都把“文革”说成是全民互斗，全都回避了更深刻的人文原因。其实在国内的学术界也是这样，说来说去都是红墙内的惊险故事。

显然，事实并不是这样。

我知道今天的听讲者中，有不少此地的“文革研究者”，也有大量中国来的教师和学生。这让我很安慰，因为你们会使我的演讲更加深入。

在“文革”灾难中，全中国冤屈致死的人难以计算。其中最为显赫的，当然是国家主席刘少奇。

刘少奇平反后，大家都在期待他的家属的血泪控诉。但是，居然没有等到。他的夫人王光美女士本人也受尽迫害，这时反倒以平静的口气说了一句：“那些事情，体现了一种文化。”

我在电视里听到她的这个表述，立即陷入深思。文化？难道是文化？初一听，似乎讲淡了；细一想，其实是讲透了。

当时，几乎全社会都在作政治控诉。然而，这位最有资格运用政治话语的女性，却把话题引向了文化。

正是在这种让人吃惊的逆反中，文化展现了它真正的本质。人们终究会发现，把政治引向文化，不是降低了，而是升高了。

二

海内外似乎有一个共识，认为“文革”断灭了中国的传统文化。其实这种说法只有部分道理。在另一个视角上，这场灾难倒是传统文化隐秘层次的大汇聚、大爆发。

记得“文革”爆发的第一特征，是全民突然天天要站起来“敬祝”领袖“万寿无疆”。“敬祝”的仪式、动作、程序、声调、节奏，不仅全国基本一致，而且与几百年前的朝廷基本一致。

与“敬祝”仪式同时产生的，是“批斗”仪式。无论是游街示众、挂牌下跪，还是戴高帽子、满门抄家，以及“罪该万死”“死有余辜”等一大堆用语，也都与几百年前的朝廷基本一致。

这就奇怪了。

而且，奇怪得令人百思不得其解。

因为当时操纵“敬祝”仪式和“批斗”仪式的，都是不到二十岁的青年学生。他们从哪里学来了这套仪式？

按照年代，连他们的父亲和祖父都不可能见到过这些朝廷里边的仪式。也就是说，他们对这些仪式的知晓，不可能来自家庭长辈。

那么，是不是当时有文件，逐级布置了这种仪式？不是。查过

“文革”初期的各种文件，没有找到与这种仪式有关的片言只语。

是不是从传媒上学得的？也不是。当时没有电视，没有网络，而在偶尔观看的纪录影片中，也没有这些东西。

但是，恰恰是这种没有来路的仪式，在全国各城市、乡村、街道、单位快速普及，所有的人都能“无师自通”，而且全国统一。

这到底是怎么回事？

我认为，这是一个庞大梦魇的全盘复活。这个庞大梦魇，也就是心理学家所说的“集体无意识”，或曰“集体潜意识”。

这种集体潜意识，是悠久的沉淀，沉淀于每个人的生命阶段之前。既是一种心理定式，也是一种深层文化，而且是大文化。尽管这种深层大文化是那么讨厌，但一有机会，就会外渗，就会冒泡，就会局部喷发。

当年那些年轻的暴徒，乍看是他们在毁坏文化，其实是文化毁坏了他们。

三

毁坏了一代年轻人的集体潜意识，究竟是什么样的文化？

中国人的心底固然有很多正面的“一致”，那么，负面的“一致”又有多少？我说的“一致”，不仅有空间的“一致”，而且有时间的“一致”。那就是，牵连全国，暗通古今。

在一个题为“何谓文化”的演讲中，我曾经讨论过中国文化的几个痼疾。但那是一个学术演讲，听的人中有好多大科学家，我的口气必须温和、平正。今天既然从“文革”灾难的梦魇说起，那就可以换一种尖锐的口气了。我很想直率地揭露中国文化最让我们痛心的几个病穴。但只揭露，不分析，不归纳。把分析和归纳，留给其他学人吧。

我选的三个文化病穴是：**仪式化造假、运动化整人、投机化响应**。

先说第一个文化病穴：**仪式化造假**。

中国文化的很多正面概念，在形态上都比较宏大、空泛，这就为大量“想做而做不到”“不想做而假装做到”的人留出了很大漏洞。后来，又没有经历科学主义、实证主义的改造，从未建立“证伪机制”，结果，造假的成分越来越多，而且由无奈造假发展成主动造假、机制性造假，最后凝结为仪式化造假。

造假本是一个恶劣行为，而当它成为一个仪式，也就变成了一种文化。这种仪式让人沉迷，非常强大，因此，很多政治谋术都要通过这种仪式而成事。初看像是政治，其实那一串串政治事件只是浮在文化之水上面的一只只纸船。真正厉害的，是纸船底下的文化河道，平静而浑浊的千年河道。

在“文革”灾难中，仪式化造假已经达到登峰造极的地步。试举以下几例即可明白。

首先，引发“文革”的“敌情”，就是一大造假。这个“敌情”是：刘少奇等人要复辟，要卖国。这在基本逻辑上就非常荒唐：古稀老人要“复辟”，要复辟成什么朝代？国家主席要“卖国”，卖给谁？荒唐至此，但因为进入了仪式，全国大多数人都相信。

其次，“民情”也是造假。这个“民情”是，革命群众都要造反，因此组成了“造反派”。但是，这种“造反”完全是通过文件和报纸一遍遍公开授意和发动的，因此所谓“造反派”也就是最忠心、最听话、最乖巧的那一群人。请问，天下哪有这样的“造反”和“造反派”？但是，那么明显的造假，连无数聪明人也挤在里边，假戏真做，绝不悔悟。为什么绝不悔悟？因为有仪式，有文化，一切都处于蛊惑状态。蛊惑，是文化最原始的功能。

接下来，“造反派”名声刚出，又成了假东西。被称为“宣传队”的工人和军人进驻各单位执掌实权，“文革”十年间至少有九年时间全归他们领导。但是到了十年后“清查”，全国却未曾责问过任何一个掌权的工人和军人。因此，连“清查”也成了“仪式化造假”。

还有，“文革”中绝大多数人宣布“造反”，包括干部、知识分子在内，“文革”后又全体宣称“受到迫害”。那么，究竟是何方“外星人”下凡迫害了他们？他们自己又在做什么？其实，大家都进入了“仪式化造假”。

……

还可以一条条罗列下去，但不必了。这一个文化病穴，已经充分暴露。造假，在迷迷糊糊中贯串始终，让人很难醒来。

四

为什么要伪造“敌情”和“民情”？为了排除异己，整人。整人的仪式，大多以一个个“政治运动”的方式展开，直接继承了巫术文化中不断重复的“驱魔捉妖”仪式。因此，这里又出现了一个与此相连的病穴，那就是：**运动化整人**。

其实在“文革”开始时，刘少奇和他的部属已经全部出局，但是，这场没有对手的斗争，却又非常奇怪地延续了十年之久。全国民众都被纳入了一场没有对手的拳击整整十年，你说痛不痛心？

怪异的延续，只能靠仪式，那一场场零零碎碎、接连不断、此起彼伏的整人仪式。

起点消失了，可以不断地制造起点。对手不见了，可以不断地制造对手。案情了结了，可以不断地制造案情。这种仪式的动力源，在人群中发掘，那就是号召大家“用大字报互相揭发”。这种做法，在古代朝廷、官衙中经常采用，只是不用大字报罢了。因此，中国人没有感到太大的惊讶，这显然又与文化有关。

中国古代官场，常会出现一些案件，不知怎么总是牵连广阔，无法结案。你看明代朱元璋所制造的那些案件，拖延之久，杀人之多，几乎让人不敢相信。仔细一看，从起点，到对手，到案情，都是严重造假，全靠“互揭互咬”在灌溉。

说起来，以“互揭互咬”的方式进行运动化整人，并非中国仅有，欧洲中世纪的宗教裁判所也实行了很久，但欧洲在文艺复兴之后基本已经戒除，而在中国，却在不断纵容，而且每次都披着正义的外衣。

这种运动化的整人仪式，有以下一些特征。

首先，运动化整人的起点是营造污漩文化。

这种程序一旦启动，全社会立即处于一种不安全的气氛之中。世俗有谚：“身正不怕影子歪，半夜敲门不惊心。”其实都不成立。既然是“用大字报互相揭发”，任何人都无法担保贴大字报的人在真实性、科学性、逻辑性上的基本操守。即便被冤枉后坚持申诉，需花费多少时间和精力？更何况，人世交叉，即便自己无辜，也难说前后左右、上下亲友不受牵累。因此在这种仪式中，人人竖耳，步步惊心，天天担忧，夜夜失魂，尽管他们中的绝大多数，并没有什么罪行。当全社会失去了安全感，那也就让所有的人失去了理性底线，全都成了察言观色试图自保的人。那么，这个社会必然严重失控，一切怪事都会发生。这便是典型的“乱世文化”，或曰“污漩文化”。“文革”之中的社会气氛，就是如此。

其次，运动化整人必然引发民粹狂舞。

这种整人方式编造了一个貌似正义的理由，那就是让广大民众揭发平日不敢揭发的事情。其实这个理由纯属假设。“文革”中，揭发“学术权威”的，一定不是普遍民众；揭发“反动作家”的，肯定是作家协会里的其他作家；揭发高官显要的，必定是其他高官。明明是同业互嫉，同行互残，却又要拉出“广大民众”，目的是获取正当性。于是，不得不忽悠一批“伪民众”来参与了。“伪民众”为了摆脱其伪，一定加劲施力，那就构成了民粹狂舞。

一切民粹闹剧的起点，肯定与真相背离，与理性背离，与正义背离。但是由于受人借用，它快速呼风唤雨，覆盖远近。在这种情况下，原先试图利用民粹的政治人物，也被民粹绑架，成了民粹的附庸。即便权力再大，也失去了控制能力，这在“文革”中体现得极为充分。

但当民粹形成了一种沉重的气压，中国式的法制也会名存实亡地随其左右，从“法不罚众”，变成了“法不逆众”。而这个“众”，却是一团雾霾。对于这种雾霾，千万不可小觑，它看似笼罩一切，其实功能单向，毫不含糊。简单说来，民粹的雾霾，只具有蛮横的呼唤功能，聚集功能，激化功能，冲击功能，却不具有丝毫的调查功能，取证功能，纠错功能，自省功能。身陷这种雾霾，连平日的智者也会晕头转向，呆若木鸡，智商急剧下滑到与傻瓜无异。因此，只能让狂舞更加狂舞。

民粹狂舞，正是“文革”最让人痛心之处。然而时至今日，中华文化仍然常被这股雾霾笼罩。既然我们的文化对此无能为力，我就要推荐一份西方药方，那就是法国学者古斯塔夫·勒庞（Gustave Le Bon，1841—1931）写的名著《民意研究》（*A Study of the Popular Mind*）。此书曾被译成二十多种文字，已成经典之作。中文译本译为《乌合之众》，有可能让中国读者误会成是对部分低劣群体的研究。其实，该书研究的是广泛意义上的群众，因此更有价值。

再次，运动化整人需要设计互窥情节。

用大字报互揭互咬，必然造成社会精英的互窥互防。表面上还在客气地点头、握手，但每人都心知肚明：既然已经进入一种运动，对方极有可能是敌人，是地雷，是暗堡，是黑枪。彼此都有可能，因此快速在内心设定种种预警，种种防线，种种退路。

现在竟有年轻人说：“‘文革’时期人际关系单纯。”真是胡言乱语。我作为一个过来人知道，当时由于一个个整人的小运动接连不断，每个小运动全靠互揭互咬，因此城市里一切稍稍像样的人物，天天都处在危殆之中。连多年老友也不敢往来了，因为即使老友没咬到自己，却被他人咬到了，自己也是老友心中的嫌疑对象。所以，人人杜门谢客，惶惶不可终日，除了孤独，还是孤独。

用大字报互揭互咬所导致的互窥互防，必然造成精英阶层气衰神疲、活力荡然。不仅如此，精英们在互窥互防中所设计的反制、反击准备，其实是他们心底恶气和凶器的调动。本来，人人心底，既有良知，又有凶器。当凶器被一一查点、擦拭、修检，良知就必然被搁置一边。因此，凡是互相揭发的大字报最兴盛的时代，必是社会隐恶大聚集的时代。表面上，大家都在企盼着互揭互咬之后出现的清明盛世、朗朗乾坤，也就是当年“文革”暴徒宣称的“红彤形的无产阶级新世界”，其实，正是这种时候，里里外外，都是恶的赛场。

一切处于互窥互防中的人，必然双目炯炯，行动敏捷。但是，千万不要把这一切看成是“精神面貌的大提升”。我可以肯定，不管是古代的连年大案，还是现代的整人运动，看似名正言顺，结果总是带来社会精神的严重斫伤，多年不得恢复。即使具有外部正义，往往也是治了外肤，伤了腑脏。请看“文革”时期，家家被审，人人透明，无私无隐，无藏无掖，这总该“轻装上阵”“全民奋斗”了吧？结果呢，触目萎靡，行行崩溃。

最后，运动化整人必然滋养歹戏拖棚。

运动化的整人，由于没有明确目标，也就没有终点。看似不整了，甚至宣告停止了，但转眼又重起炉灶，重摆阵势，一轮轮循环往复，延绵不绝。这用闽南方言来说，就是“歹戏拖棚”。

“文革”进行到后来，已经没有话题了，却还是到处拾捡话题来滋养运动。甚至，读《水浒》也成了运动，评儒家也成了运动，一封什么信也成了运动，推荐谁也不懂的《反杜林论》《哥达纲领批判》也成了运动。每个运动总要想着法子找靶子，一批批地整人。后来如果不是高层人事发生巨大变动，“文革”不知要搞二十年，还是三十年。

为什么会拖下去？原因是，找不到退场机制，丢失了刹车手阀。面对这种困局，在“文革”中还建立了理论依据，称为“不断革命论”和“继续革命论”。这种“不断”和“继续”，体现了一种死缠烂打、无休无止的恶质文化。

等到这种文化广泛行世，中国再也找不到可以安安静静坐下来的一天。这种政治，太让人惶恐；这种文化，太让人痛苦。

五

因为主要是在讲文化，因此还要说说文人在运动中的态度。

这就要触及中国文化除了仪式化造假、运动化整人之外的第三个病穴了，那就是：**投机化响应**。

对于这种“投机化响应”的态度，不能过于责怪文人。兹事体大，牵涉到文化在中国的地位。

由于儒家对于文人“治国平天下”的倡导，由于一千多年来通过科举考试选拔文官的全国性实践，结果，文化在中国，只与政治紧密缠绕，找不到自己的独立地位。

当然有不少文化作品广泛流传，却从来构不成自成体系的文化哲学来支撑历史。即便在世道清明的年代，文人有权利选择自己的态度，例如是驯顺、辅佐、牢骚，还是疏远、嘲讽、怨叹，却不可能以自身的完整逻辑构成切实有效的文明更新和精神重建。因此，中国在绝大多数时间内，一般意义上的文化和文人，都无足轻重。

我本人由于在“文革”中受尽磨难，对那时的中国文人有过广泛而长久的观察，可以作为例证。

面对连年不绝的倒行逆施，我从来没有见过一个长辈文人挺身而出，秉承公理，厉声阻止。他们一般都很胆小，平静地服从一切掌权者，包括造反派。甚至，也不拒绝在名义上参加造反派。但他们中的大多数，并不表现出过于积极的态度，只是投机化响应。

也有显赫的投机者，人数不多，百分之五左右吧。他们在参加造反派后担任了小首领，如“常委”之类，风光一时。他们领喊口号、主持会议，却并不实际行恶，如打人、抄家。这些文人，投机的目的是显摆，为了扮演。扮演，是中国文人很热衷的一个毛病。

也有积极的揭发者，比例比较大，百分之二十左右，效果很坏。揭发的原因，大多出于平日嫉妒，也是为了宣示积极，追赶潮流。他们对别人造成了实实在在的伤害，因此比一般的投机化响应恶劣得多。

也有隐秘的告密者，比例不大，占百分之五左右。前面所说的揭发者一般是在大字报和批判会上公开表现，而告密者主要是靠耳语和纸条。他们的行为令人不齿，但产生的恶果却未必有大字报揭发那么大。因为大字报揭发本身已经完成了一种众目睽睽下的实际伤害，而告密却要经过几度中转才可能生效。在当时，不敢公开指证的告密者，大家都看不起，因此反面作用并不太大。

也有滥情的控诉者，大多在一轮轮小运动之间控诉已经失势的前一轮掌权者。这样的文人很少，大概在百分之三四左右吧，偶尔令人同情，过后被人讪笑，多半也只是投机的一种拙劣表演。

以上几类，就是我所见过的师长一辈的“文革”文人。他们身上最值得称许的品德，就是等到政治气氛稍稍放松，便会投身自己的专业并做出成绩。那么，究竟有没有人对社会、政治走向作出整体批判和独立思考，像欧洲中世纪后期的但丁他们那样？抱歉，我既没有遇到，也没有听到。这里，出现了中国文化的边限。

对于那些不到二十岁的造反派骨干成员，我也有所观察。他们以青年学生的身份举起旗号，成立团队，很像勇敢的斗士，政治的新秀，文化的闯将。一有机会，他们也常常托腮沉思，皱眉踱步。演讲时，更是经常气吞山河，引爆全场。但是，这些全是虚相。他们思维贫乏，知识单薄，器识低下。在自欺欺人的表演中所包裹的，只是最通行的极左口号。他们在冲击一切学术机构、行政部门后就开始了造反派之间的互相恶斗，在这种恶斗中真相毕露。他们并没有任何信念，貌似冲锋陷阵，其实只是名利争抢，谈不上什么品级和人格。

这批造反派骨干虽狂妄却无知，人们在痛惜被他们破坏的一切之后，也会为他们本身感到痛惜。

六

在说过了“仪式化造假”、“运动化整人”、“投机化响应”这三个病穴之后，读者也许能够明白，我在“文革”中感受的文化之痛，是一种弥散型的刺激。紧紧地包围着肌肤，几乎让人窒息，却难以表述，难以解析，难以批判。

现在，当新一轮“国学热”、“国粹热”、“遗产热”、“传统热”裹卷着“民意”、“民判”、“民愤”再度熊熊燃烧的时候，当“文革”和极左的那一套又被频频美化的时候，我希望能有一些年轻人，站开距离，静静地感受一下文化之痛。

我们总是习惯地说，文化之中既有精华又有糟粕，应该分开。但是，请看那熊熊燃烧的燎原大火，谁能把它的火苗和烟焰分开？谁能把它的热力和灼力分开？

因此，文化之痛是整体的，又是真实的，远远没有消退。

早在“文革”结束后不久，有一阵，我以为从此可以不痛和少痛了。对于过往之痛，我们可以隐忍、吞泪、宽恕、转移。但是，在度过充满希望的上世纪八十年代之后，随着血迹已淡，泪痕已干，记忆已远，证人已散，很多都又回来了，而且有可能变本加厉。原来，当初致痛的基因还在，经络还在，穴位还在，不可能挥之即去。

我至今还是中华文化的守护者和阐释者，在海内外力争它的历史尊严。但是，我又明白，它必须重构，必须转型，必须新生。目前的存在方式，正在快速地把它拖入险境。

对一种文化的最简明衡量，是看它所隶属的创造者群体，是否快乐，是否自由，是否安全。回想盛唐时期的丝绸之路，那么多异邦人士为什么风沙万里赶到长安来？因为在当时全世界各个文明群体之间，唯独中华文明最能提供快乐、自由和安全。

“安史之乱”使唐代失去了快乐、自由和安全，连李白、杜甫、王维也被检举揭发，层层审查。中国民众虽然紧挨文化，却缺少“护文本性”。请看那个近乎透明的李白，只是遇到了这么一点点政治麻烦，老百姓立即就忘了他的文化创造，都认为必须把他杀掉。这就引出了杜甫在诗中的微弱嗫嚅：“世人皆欲杀，吾意独怜才。”同样，民众也没有保护杜甫、王维。说得更开一点，民众也未曾保护过屈原、陶渊明、苏东坡、李清照、曹雪芹。

这些人如果活在今天，大概也很难获得保护，因为他们太遭嫉妒，太多疑点，又不懂周旋，不懂自卫。他们如果落到现在大谈“国粹”的人士手中，情况也很不妙，因为在“文革”中，残害作家、艺术家最执着的那些人，多半是原先的“书迷”和“戏迷”。

文化的接受者为什么总是不能庇护文化的创造者？这个问题本身，也正是一切中国人都应该反思的文化之弊，文化之憾，文化之痛。

种种文化之痛，构成了沉重而巨大的课题。至少在我的有生之年，多半化解不了。

感受着痛，虽无消痛之方，却也不要否认痛的存在。那就带痛而行，并把它交付给下一代。以痛握脉，以痛传代。

只有凭着这种真诚，我们还能与文化同在。

（二〇一二年分别在澳门科技大学和香港浸会大学演讲，根据录音整理）

向市长建言

一

二十年前，我作为首度到台湾发表演讲的大陆学者，在那里讲了三场，都在台北。一场是讲东方美学精神，一场是讲大陆现存的傩文化，一场是讲明代的昆剧艺术。台湾听众首度面对大陆学者，非常好奇，因此来听的人很多。

第二次去，是巡回演讲，去了好几个城市，时间是一九九六年十二月至一九九七年一月。尔雅出版社的那本《余秋雨台湾演讲》收录了当时根据录音整理的演讲稿。

又过了几年，我应著名经济学家高希均教授之邀，又一次到台湾各城市做巡回演讲。可能是因为我的书在台湾很畅销，每一场的热闹程度都超乎预期。在台北的那一场由当时担任市长的马英九先生主持，现场听众有两千多，会场门口的人群还产生了一点儿混乱，把两个保安挤倒在地，连牙齿都磕掉了。台北市的组织者非常有心，特意凭着一张老照片，把我几年前演讲时的那张讲台从一个旧仓库里找了出来，放在早已全新的礼堂主席台上，让我觉得好像是在继续昨天的话语。

九天后巡回到了台中，那是二〇〇五年二月二十四日，演讲的地点是中兴大学礼堂。进去就吓了一跳，居然已经挤满了三千多位观众，报道说是四千多。那个礼堂也真大，乌泱泱一大片。主持者胡志强市长很会讲话，根据《倾听秋雨》一书中的记录，他开头就说：

> 我要诚心诚意地谢谢天下远见出版公司的社长高希均教授。我差点儿扭断他的手臂，他原来说余教授很忙，不一定能来台中演讲。我威胁他说，如果余教授真的不来，以后你就不能到台中来，我不会给你签证。
>
> 最后终于成功了，而且来听的人这么多。我走到这个礼堂的门口时，心里非常高兴。就是维也纳交响乐团来，也没有看到这么多热心的人来参加。我要请大家给自己一个掌声。
>
> （见《倾听秋雨》第 91 页）

掌声过后，他又讲了一句话，引起一片笑声。但是，《倾听秋雨》这本书里并没有留下那句话，是胡市长自己删掉的吗？可能。他那句话是这样说的：

> 所以，比较城市的魅力，不应该比较市长头发的多少，而应该比较余教授演讲时听众的多少。

胡市长自嘲头发稀疏，比不上马英九市长头发茂密；但他又知道，今天台中的听众数量，比台北多。因此，就玩了这个幽默。

巧的是，那天我演讲的题目正好也是“城市的魅力”。

这个题目一定是高希均教授出的。高教授为什么觉得我能够讲这个题目？我估计只有一个理由：他知道我仔细考察过从北非、中东到西亚、南亚很多古老城市的兴衰，又认真对比过欧洲的九十六座城市。

其实高教授不知道，我平时在大陆演讲较多的题目之一，也正是城市文化问题。我所主持的博士后流动站也有一个中心课题：城市美学。

就像《倾听秋雨》没有保留胡市长那句幽默的话一样，那本书中所收的《城市的魅力》演讲稿也显得太理论、太正经、太刻板了。当时的实际演讲，应该更加生动、感性一些。但也有限，因为一讲到城市文化建设上的“常见病”、“多发病”，我就担心会不会让在场的几千听众误会成是针对台中市的，让胡志强市长当面尴尬。所以，我一讲到比较尖锐的内容，先要瞟一眼坐在第一排的笑眯眯的胡市长，然后把话咽掉一半，甚至全部咽掉。

由此知道，今后不管在什么地方，都千万不要当着市长的面向市民演讲城市文化。尤其对那些很聪明、会自嘲的市长，更应小心。因为自嘲出于高度自尊，我们岂能借别人的懂事，而自己不懂事?

但是，我真想在市民不在现场的情况下，向市长们提供一点儿建言。市民只要不是“面对面”，听到了也不要紧，不会当场产生误会。

今天的市长研修班，以内地的市长为主。正巧，我对市长们的建言，主要也出自对近三十年中国内地城市化运动的观察。欧洲、美洲、亚洲那些城市的建设经验是我的参考坐标，但也仅止于参考而已。因为中国内地这次城市化运动所牵涉的城市数量、人口总量、历史深度、环保难度，在世界上都是空前的，没有现成的范例可以全方位依凭。

市长总是很忙，没时间听太多学术话语。因此我会选用最通俗的语言，一听就明白。

二

很多市长把城市的魅力寄托于城市文化，这没有错，但一讲文化，脑子就乱了。我发现，内地的不少市长都把城市文化建设集中在常规的几个方面，例如：

第一，发掘本地古人。

第二，重建文化遗迹。

第三，大话地方特色。

围绕着这几个方面，还会经常地举办这个节、那个节，召开研讨会、演唱会，等等，以扩大影响。

这些事，本来做做也很好，但由于政府权力主导，行政系统调动，容易失去分寸。时间一长，上上下下都误以为这就是城市文化的全部了。因此，我不能不逐条泼一点儿冷水，请市长们包涵。

先讲第一方面，**发掘本地古人**。

中国历史长，人口多，要把各地有点儿名堂的人物印成名册，一定是汗牛充栋。一个城市应该留下历史档案，但是如果乱加张扬，反而会降低城市文化的品格。

历史的最大生命力，就在于大浪淘沙。不淘汰，历史的河道就会淤塞，造成灾害。淤塞的沙土碎石、残枝败叶，并非一开始就是垃圾，说不定在上游还是美丽的林木呢。但是，一旦在浩荡水流中漂浮了那么久，浸泡了那么久，一切已经变味。市长，你愿意在自己任内，造成江河的淤塞吗？

过去的，就让它过去吧，这才是历史的达观。即使按照思想比较保守的孔子的说法，也叫“逝者如斯夫”，他同样以江流比喻历史。

我曾经到过亚洲一些古老国家的古老城市，满街都是古人雕像，但社会疲衰、城市破败、处处肮脏，成了对这些古人最直接的讥讽。现在中国经济发展不错，但很多城市拿出来的古人，比那些国家的那些雕像还不如。例如，一个市长开口就说，我们城市一共出过近百名进士，十几名朝臣。其实，这根本不值一提。我写过一篇文章，题目就叫《十万进士》，标明了中国古代进士的数量。说起来，那个城市也算有点儿名气，怎么只考出了近百名，仅占全国的千分之一？少不要紧，如果还把少当作多，那就好玩了。再说，进士又是什么？公务员考试的录取者而已。即使是状元，也同样是公务员考试的录取者，只不过所写答卷更讨巧一点儿罢了，其实一句也拿不出来。

当然，各地历史上也会出一些真正的文化巨匠值得永远纪念。但是，文化巨匠的本质是跨越时空，因此即便是家乡也不能过度“挟持”，使他们变小。更不要相信“人杰地灵”的说法，断言某地出过一个名人今后也必然天才辈出。唐代最大的诗人李白究竟出生在哪里？好几个地方都在抢，以为抢到了就获得了“诗的基因”。其实，李白出生在今天的吉尔吉斯斯坦的托克马克城，毗邻哈萨克斯坦。我不知道这两个中亚国家，后来有没有再出生过这样的诗人。其实，“诗的基因”在李白的儿子伯禽身上已经找不到了，伯禽的两个女儿都嫁给了普通农夫，很快就不知踪影。李白是大家的，是中国的，甚至是世界的，把他钉在一个小地方，那就反而对不起文化了。

这些年我发现，一些近现代文化人的名字也渐渐成了不少城市的标牌，甚至在高速公路上都标出他们的故居所在，这实在有点儿不应该，我要劝说交通部门予以清理。因为任何文化人都没有理由侵凌山河大地，骚扰民众出行的视线。更何况，中国近现代，一直兵荒马乱，文化成果寥落。这些年只是由于一些传媒讲述者误占了文化话语权，才轻重颠倒，笑话连连。市长万不可受制于这种“舆论”，把文化“高速公路”的“路标”都指岔了。

再讲第二方面，是上面这个问题的直接延伸，叫作**重建文化遗迹**。

重大文化遗迹需要保护，对于这一点，目前中国国内已经没有争议。有争议的，是“重建”。那些活态遗产，如工艺、戏曲，“重建”是可能的；但如果是一个遗址，一项古迹，一处废墟，“重建”就要万分谨慎。哪怕是修复，也要小心翼翼。有关古迹保护的《佛罗伦萨宪章》第九章规定：

> 修复过程是一个高度专业性的工作，其目的旨在保存和展示古迹的美学与历史价值，并以尊重原始材料和确凿文献为依据。一旦出现臆测，必须立即停止。

最后这句话，“一旦出现臆测，必须立即停止”，非常重要。

可惜的是，我见到的古迹修复中，臆测太多，完全没有停止的意思。更可惜的是，这样的事情，往往是市长的主意。

二十世纪最后一年我曾冒险去伊拉克考察巴比伦文化，在那里看到大量臆测性的“古迹”。当时立即就产生怀疑：他们对千年古迹尚且敢于如此作假，那么，自己宣称的军事力量恐怕也是不可信的吧？后来的事实证明，果然。

一个城市没有像样的古迹，一点儿也不丢人。如果这个城市的市民因此而喜欢外出旅游，把全世界的古迹当作自己的财富，那就是把弱项变成了强项。随之，局部文化变成了宏观文化，固守文化变成了历险文化，身外文化变成了人格文化。这，不是更好吗？深圳没有高山，但在世界各大高峰的登山者中，深圳市民领先全国其他城市，这便是一个范例。

不少市长着急地“重建”或“修复”古迹，是为了推动旅游。但是，我曾当面询问过几位市长，如果有机会私人度假，你们会带着父母妻儿，专为某几个古迹到哪个城市住几天吗？为了一间清代书屋？为了一处民国墓葬？市长们都摇头。于是我便追一句：既然市长自己也不会去，为什么会设想别人会来？

不错，世界上一些体量惊人的古迹会推动旅游，如万里长城、金字塔，但这是“重建”不出来的。目前世界上旅游最火爆的热点还是法国的地中海沿岸，我去过多次，没找到一处古迹。其实也有，被故意“忽略”了，好让各国并非历史专业和考古专业的普通旅游者能够尽心尽意地享受海风、碧波、白帆、美食。有人指责那里“没文化”吗？至今没有听到。

如果重要的文化遗迹正巧落到了哪位市长手上，又具备了修复的可能，那就要怀着虔诚之心隆重进行。我发觉在中国，这方面做得比较成功的有大同的云冈石窟，西安的大明宫遗址，安阳的殷墟和成都的金沙遗址。

第三方面，**大话地方特色**。

大家都反对“百城一面”，当然就会企盼“地方特色”。

但遗憾的是，很多“地方特色”让人厌烦。因此，“百城一面”

就更严重了。

市长们知道问题出在哪里吗?

仔细研究就可发现，很多地方，是把封闭年代、贫困时期的生态弊病，当作了“地方特色”。

这一点，前些年最典型地体现在饮食文化上。例如，很多地方均自称“我们这儿的特色是味重”，其实就是投盐严重超量，其咸无比。这是贫困的遗留、前辈的苦难，过去任何地方都是如此，现在早已证明损害健康，根本不应该作为“地方特色”继续保持。这一点，近年有较大改变。但其中包含的道理，却没有过时。

又如，很多地方把村寨歌舞和老人手艺当作文化主干，推介过度。其实，外来旅游者的掌声，主要出自礼貌。如果半强制性地让他们接受几小时这类表演，实在有点儿勉为其难。

“接受美学”告诉我们，一切美，在很大程度上由接受环境和接受方式决定。把那些在交通不便、时间停滞、信息全无的时代的审美方式，生硬地搬到今天，就会处处让人感到虚假和不耐烦。更何况，市长心里也知道，眼前很多“地方特色”，带有很大的游戏性质，不能过于认真。那两个被称为“千年传统活化石”的老人，并不是来自唐代，而是在一九四九年新中国成立时刚刚出生，一直过着与同龄人一模一样的生活，前两年才留的胡子；那个被称为“国粹泰斗”的女士，在“文革”中还是一名活跃的“红卫兵”，后来才学了一点儿戏。传媒因无聊、无知而乱加头衔，市长最好不要跟着说。

至于“大话地方特色”中的“大话”两字，更要略加收敛。很多地方的自我宣传话语，已经大得没边了。例如，“中国第一风情镇”、“亚洲首选垂钓岸”、“千古论道第一山”、“北方最佳饺子城”、“全球大枣集散地”……

据说很多市长还在召集文人设计更麻辣的宣传词，其实用不着了，因为大词已经被用完。西安的朋友说，没有西安就没有中国最伟大的朝代，一听稍有迟疑；武汉的朋友说，没有武汉就没有中国近代，一听略略皱眉；安徽的朋友说，没有安徽就没有北京，也没有京剧，也没有五四运动，也没有执政党，这一听就没有表情了；湖南的朋友口气更大一点儿，说长江、黄河，其实都只是湘江余波；河南的朋友轻轻一笑，问：黄帝的籍贯在哪里？夏、商、周的首都在哪里？中国的祖源在哪里？小一点儿的城市也不甘示弱，例如浙江的绍兴谦虚地说，我们没做过首都，也没做过省会，但从大禹陵、王羲之，到陆游、秋瑾、鲁迅，历来很难出第二流的人物……这样的例子可以一直举下去。

在这种“大话”系统里，又有不少市长在忙着写市歌、编市训。但我不禁要问，市歌编成了，让谁唱？外地人自然不会唱，那本市人又在什么时候、什么场合唱？到头来又有几个人会唱？市训如果也编成了，一般总是八个字或十六个字吧，到底会与其他城市有多少差别？为了显摆特殊，反而严重雷同，这是不是浪费得有点儿滑稽？

我想，堂堂市长，尽量不要去参与这种文字玩闹。鲁迅说过，为自己的地盘打造什么“十景”之类，是最无聊的文人们干的。实在没景了，也能凑出“荒路明月”、“小村老井”之类，听起来还很有诗意。我也无聊过，记得二十几年前担任上海戏剧学院院长，特别喜欢把学院简称为“上戏”，因为我们的对手中央戏剧学院的简称是“中戏”。一“上”一“中”，听着痛快。我还期待厦门也办一个戏剧学院，那就“上、中、下”系列齐全了。现在一想，当年怎么会如此孩子气？但说起来，二十几年前就是高校校长，我的官场资历一定高于今天的市长们，因此有资格劝说你们，不要在文字上玩得过分。

三

泼过了冷水，就该提一些正面建议了。

大家都会做的事情不必再提建议。例如，我相信各位市长对于城市文化建设中的“完善文化设施”、“举办文化活动”、“尊重文化人才”等方面都会做得很好。但是，还有两个环节有一定难度，容易缺漏，我要特别提醒。

这两个环节，一是公共审美，二是集体礼仪。下面分别说一说。

公共审美

城市文化的哲学本质，是一种密集空间里的心理共享。

城市的密集空间，在政治上促成了市民民主，在经济上促成了都市金融，而在文化上则促成了公共审美。

欧洲的文艺复兴，并没有出现什么思想家、哲学家，而只是几位公共艺术家，如达·芬奇、米开朗琪罗、拉斐尔等人在城市的公共空间进行创作，造就了可以进行集体评判的广大市民，从而使城市走向文化自觉。

保护重大古迹，其实也在建立一种公共审美，使众多市民找到与古人“隔时共居”、与今人“同时共居”的时间造型和历史造型。由此，增加共同居住的理由和自尊。

公共审美的要求，使城市文化肩负了很多艰巨的具体任务。

这儿不妨做一个比较：在今天，我们可以不必理会那些自己不喜欢的各种艺术作品，但对于建筑和街道来说就不一样了。那是一种**强制性的公共审美**，所谓“抬头不见低头见”，眼睛怎么也躲不过。因此，它们构成了一个庞大的审美课堂，天天都在上课。如果“课本”优秀，那么全城的市民也就获得了一种正面的审美共识；如果相反，“课本”拙劣，那么一代代市民也就接受了丑的熏陶，一起蒙污，造成文化上的沦落。欧洲有的城市曾经判定丑陋建筑的设计师应负法律责任，就是考虑到这种躲不开的祸害。

很多市长常常把哪个画家、哪个诗人得了奖当作城市文化的大事。其实，那些得奖的作品未必是公共审美，而建筑、街道却是。因此，在城市文化中孰轻孰重，不言而喻。尤其是建筑，一楼既立，百年不倒，它的设计等级，也就成了一个城市文化等级的代表，成了全城民众荣辱文野的标志。是功是罪，在此一举，拜托各位市长，万万不可掉以轻心。

只要是公共审美，再小也不可轻视。例如我很看重街道间各种招牌上的书法，并把它看成是中国千年书法艺术在当代最普及的实现方式，比开办书法展、出版书法集更为重要。我在很多城市的街道上闲逛时曾一再疑问：这些城市的书法家协会，为什么不在公共书法这样的大事上多做一点儿事呢？

除此之外，街道上的路灯、长椅、花坛、栏杆、垃圾桶等，全都是公共审美的载体，也是城市文化的重要元素。想想吧，我们花费不少经费举办的演唱晚会一夜即过，而这些元素却年年月月都安静地存在，与市民在构建着一种长久的相互适应。

这种相互适应一旦建立，市民们也就拥有了共同的审美基石。

如果适应的是高等级，那么，对于低等级的街道就会产生不适应。这种适应和不适应，也就是城市美学的升级过程。

改革开放之后，大批中国旅游者曾经由衷赞叹过巴黎、罗马、佛罗伦萨、海德堡的建筑之美和街道之美，那就是在欣赏城市文化各项审美元素的高等级和谐。要做到“高等级和谐”很不容易，需要一些全方位的艺术家执掌。我们知道欧洲曾有不少大艺术家参与其事，其实中国唐代的长安、日本的京都也是如此。在当代中国，我的好友陈逸飞先生生前曾参与上海浦东世纪大道巨细靡遗的规划和设计，国内有几所美术学院的师生也做了类似的事情，那都为城市文化的建设做出了切实贡献。在这方面，市长应该“退居二线”，不要成为“首席设计师”。

作为一种公共审美，城市文化的主要方面应该是可视的。城市里各所大学、研究所里的学术成果，严格说来并不是城市文化，至多只能说是“城市里的文化”。**城市文化以密集而稳固的全民共享性作为基础**，因此也必须遵守其他文化不必遵守的规矩。

公共审美必须遵守的一条重要规矩就是“**免惊扰**”。“惊扰”分两类，一类是内容上的惊扰，一类是形式上的惊扰。

何谓内容上的惊扰？由于是公共审美，审美者包括老人、小孩、病人，以及带有各种精神倾向的人。因此必须把暴力、色情、恐怖、恶心的图像删除。巨蟒、软虫、蜥蜴的巨幅视频不能出现在闹市，同样过于暴露的性爱镜头如果出现在公共场所，也会使很多领着孩子的家长、扶着老人的晚辈尴尬。

何谓形式上的惊扰？那就是艳色灼目、厉声刺耳、广告堵眼、标语破景。有人说，这一切是“现代自由”。其实，现代社会人人平等，任何人都不能享有惊扰他人自由的自由。这就像在一个安静的住宅社区，半夜里突然响起了意大利男高音，虽然唱得很美却违反了现代公共空间的规矩。

现在中国城市间最常见的艳色、彩灯、大字、广告和标语，市长们可能已经习以为常。但是，只要多多游历就会懂得，这是低级社区的基本图像。就像一个男人穿着花格子西装，戴着未除商标的墨镜，又挂着粗亮的项链，很难让人尊敬。记得北京奥运会之前，按国际规则，一切与奥运无关的标语、广告都要清除。一清除，北京市民终于发现，自己的城市就像经过了沐浴梳洗，其实很美。因此奥运会过后，大家也不忍心再把那些东西挂上去了，除了少数偷偷摸摸的例外。

今天的天津中心城区，沿着海河竟然很难找到广告和标语，连很多重要单位如银行、旅馆的名号也只是用不大的字体嵌之于花岗石上，使我立即对它刮目相看。它因深谙公共审美的奥秘而快速走向高贵。

公共审美的“免惊扰”原则，必然会使一座城市在图像上删除烦冗，删除缤纷，删除怪异，走向简约，走向朴素，走向本真。到那时，你的市民又可以在白墙长巷里打伞听雨了，又可以在深秋江堤边静坐数帆了。你所选择的优秀建筑设计，也可以不受干扰、不被拥塞地呈现它们完整的线条了。

公共审美的最后标准，是融入自然。城市里如果有山有水，人们必须虔诚礼让，即所谓“显山露水”。这还不够，应该进一步让自然景物成为城市的主角和灵魂。不是让城市来装饰它们，而是让它们以朴野的本相契入城市精神。柏林的城中森林，伯尔尼保持岩土气的阿勒河，京都如海如潮的枫叶，都表现了人类对自然的谦恭。这样，前面所说的“免惊扰”原则，有了更重要的含义，那就是，既是不惊扰市民，也是不惊扰自然。现在全球都在努力地节能、减排，是对两种“免惊扰”的共同遵守。

《北大授课》一书记录了我与北京大学和台湾大学学生的一系列问答，其中我说：“现在大家常常过于看重官场行政，其实千年历史告诉我们，经济大于行政，文化大于经济，自然大于文化。我们不管什么职业，都是自然之子。”

集体礼仪

城市文化的活体呈现，是市民身上的礼仪。因为，市民身上的礼仪，是这座城市集体人格的可观造型。

优化一个城市的集体人格，是城市文化建设的目标。这个目标一定会使市长们激动，但又不知从何下手。按照往常的习惯，政府会号召，会呼吁，会倡导，而一些“知识分子”则会天天写杂文讥讽、嘲笑集体人格中的毛病，扮演出“痛心疾首”的表情。

据我看，这些都没有用。

在集体人格上，谁也不会听从号召，谁也不会听从批判。

我们的祖先早就明白这个道理，不信任“空对空”的说教，而是设计一套行为规范，以半强制的方式在社会上推行。这种行为规范，就叫礼仪。孔子一生最看重的事，就是寻找周朝的礼仪，并力图恢复。我们现在企盼的集体礼仪，应该具有新的内容和形式。

正是礼仪，使文化变成行动，使无形变为有形，使精神可触可摸，使道德可依可循。教育，先教“做什么”，再说“为什么”。

人的一生，很多嘉言美行都是从仿效家长、老师的行为规范开始的，过了很久才慢慢领悟为何如此。有的人甚至一辈子都没有领悟，但依着做了，就成了一个“不自觉的实践者”，也很好。

须知，孔子心中的“君子世界”，是一个礼仪世界，而未必是一个觉悟世界。或者说，礼仪在前，觉悟在后，已是君子。

根据上述理由，我希望各位市长，减少空洞的宣教，投入礼仪设计，试行推广步骤。

市长们也许会盼望国家规定统一礼仪，全国推行。这很难，中国太大，而礼仪又不是法律条文，没有全国推广的充分理由和实际效果。如果在一个城市里边，先找几所学校、几个部门、几家企业率先试点，并由此构成彼此间的借鉴和比赛，就有可能产生意想不到的成果。

我想以一个常见的实例，来说明这个问题。

大家常坐飞机，早就熟悉了空中服务的行为规范。其实，这里埋藏着一种极为深刻的“礼仪哲学”。

空中服务的行为规范普及于二十世纪中后期，而且各国基本一致。请大家想一想，那时，两次世界大战刚过，各国之间的恩怨如山，而各国本身也发生了翻天覆地的变化，很多古典原则、传统方式都已放弃，人们如何在和平年代建立交往的可能？当然可以有各种政治谈判，但那离实际的感性的生活实在太远。在这种处处壁垒的情况下，在一架架穿越国界的飞机上，大家看到了一种可以全球统一，没有任何障碍的文化礼仪。我甚至认为，正是这种高空中的礼仪，展示了“二战”之后各国沟通的行为起点，从而安抚了伤痕累累的苍生大地。

当然，空中礼仪只是礼仪。那些微笑和举止，并不是出于对你个体的了解和交情，而仅仅出自规制化的重复。正是这种规制化的重复，功用超过外交宣言，超过深奥学理，成为现今社会少有的感性纽带，因此，我把它提高为“礼仪哲学”。

从空中想到地面。当年蔡元培先生执掌北京大学，邀请海内外诸多著名学者前来任教。对于其中几位年龄稍长的学者，每月月底他都会亲自上门“请安”，实际上是奉上薪酬。他坐的是马车，到了教授府宅之前，先由助手上前轻拍门环，待门打开，教授出迎，他已在门口躬身作揖。进了厅堂坐下，他总是立即褒扬教授新发表的论文，然后询问饮食起居。雅叙片刻，便起身离开。薪水，已由助手悄悄交给教授的家人，蔡校长口中绝不提及。

这一套礼仪，月月重复，不仅使那些教授深感校长对自己的尊重，而且也展示了作为五四新文化运动摇篮的北大仍在延续着传统文化中的美德嘉行，使教师队伍产生一种心理上的安全感、踏实感。

现在去欧洲，虽然也常遇偷盗，却更能见到不少具有善良礼仪的市民。有一次我们驾车在意大利南部的山道上问路，一位老者指路后我们感谢、前行。没想到，老者突然担心我们在前一个路口很容易走错，竟然攀越山坡台阶赶到我们前面，气喘吁吁地站在路口等待。这位白胡子老者一直没笑，却有一副很好听的嗓音。看着他，我突然对这片土地上数千年来曾经出现过的哲学家、艺术家产生整体亲近。我们在车窗口向他挥手，他在夕阳下的剪影立即让人想到了那些著名雕塑。他的行为礼仪，闪耀着一系列宏大的文化，从古代希腊、罗马，到十八世纪启蒙运动。

对此，我们常常会产生自愧。其实，该自愧的时间不必太长。很久以来，我们一直被称为“礼仪之邦”。这不是自夸，而是有事实根据。我在《中国文脉》一书中曾引述过一位比马可·波罗更早来中国的传教士鲁不鲁乞的一段话，说明在这位欧洲人眼中，当时的中国是什么样的：

一种出乎意料的情形是礼貌、文雅和恭敬中的亲热，这是他们在社交上的特征。在欧洲常见的争闹、打斗和流血的事，这里却不会发生，即使在酩酊大醉中也是一样。忠厚是随处可见的高贵品质。他们的车子和其他财物既不用锁，也无需看管，并没有人会偷窃。他们的牲畜如果走失了，大家会帮着寻找，很快就能物归原主。粮食虽然常见匮乏，但他们对于救济贫民，却十分慷慨。

——《中国文脉 · 乱麻背后的蕴藏》

这位外国人的记述使我们清楚了，“礼仪之邦”，并非虚言。

礼仪一走几百年，有没有可能回来？

我本来是悲观的。为此我要说得远一点儿。

礼仪的消失，初一看与兵荒马乱的时局有关，但这并不是主要原因。在兵荒马乱之中，人们越来越企盼着和平秩序的重建，而和平秩序的重要因素就是礼仪。因此，战后，人们往往比战前更讲究礼仪。第二次世界大战之后，很多家破人亡的欧洲人走进了还没有来得及完全修复的音乐厅，用贝多芬、巴赫、莫扎特来修复心灵。这些人中的大多数，成了当代社会的礼仪载体。连我们熟悉的日本，在第二次世界大战中践踏了多少亚洲国家，自己也挨了两颗原子弹，从精神面貌到城市面貌都是一片废墟。但很快，他们在废墟上建立起了让别国民众吃惊的礼仪。

我们今天礼仪消失的主要原因，既然不是兵荒马乱，那是什么呢？是文化误导。

明清两代在极端皇权主义和文化恐怖主义下滋生的鹰犬心理、咬人谋术本来还不敢明目张胆地登上大雅之堂，等到现代从西方歪曲引入的极端思维、实用主义等与本土惰性一结合，一些优秀传统中的文化礼仪迅速荡然无存。在这个过程中，一批“知识分子”起到了关键的负面作用。他们嘲谑天下大道，颠覆文化等级，甚至直接提出“宁要真小人，不要伪君子”的小人逻辑，而且发表的大量文章用语刺激，遣词恶浊，对很多年轻读者产生了极大诱惑。这正证明了一个道理，文化的最大敌人，在文化内部。

看到一位长住中国的西方学者写的评论，说中国社会的种种乱象，是一批自称文化精英的人在传媒上恶劣示范的结果。

不管这个外国人说得对不对，我还是要建议市长们在讨论城市文化建设的时候，尽量不要多找那些看起来最有资格参加讨论的人。

突然由悲观而转向乐观，倒是因为北京奥运。据反复调查，这么一个重大的国际盛典，给外来客人留下最深刻印象的，居然不是开幕式，不是赛场比分，不是北京古迹，也不是运作效能，而是那群年轻的志愿者。这些从全国各高校报名参加的年轻人，经过适度训练，学会了表达友善、乐于服务的一整套行为礼仪，又用自己的青春热情把这种行为礼仪滋润得熠熠生辉。各国远道而来的客人，从他们身上直接感触了中华文化。或者说，他们成了中华文化的简要读本。

设计一座城市的集体礼仪，可以多层次、多方位齐头并进，然后经过实践比较一一筛选。但是不管哪一种，都需要遵循一些共同规范，例如：

第一，礼仪，只是善良和大爱的表现形式。坚守这一点，能使全部礼仪动作充溢着真诚，这是任何人一眼就可以看出来的。

第二，设计时应该尽量自然合度，简单易行，把握分寸。否则，集体礼仪就会成为一种脱离生活自然程序的僵化存在，很难被自觉地广泛采用。

第三，集体礼仪在现代需要符合国际规范，又要融入中华风格和东方风格。据我全方位的实地考察，目前在行为礼仪上值得我们借鉴的亚洲国家有日本、伊朗、韩国、以色列、新加坡。

第四，集体礼仪的推行，应该以年轻人领头。年轻人的生命感、创造力不仅能使这些礼仪增加审美感染力，也能展现礼仪的现代性和延续性。不能让老气横秋的一套，替代当代城市的集体礼仪。我从大量婚礼和节庆典仪中看到，当代年轻人对于集体礼仪非常渴求。只不过，到处都缺少高明的设计。

这又是市长的事了。

（在澳门科技大学管理研修班及国家人事部主办的市长研修班上演讲，根据录音整理）

余秋雨文化大事记

1946 年 8 月 23 日出生于浙江省余姚县桥头镇（今属慈溪），在家乡读完小学。

1957—1963 年，先后就读于上海新会中学、晋元中学、培进中学至高中毕业。其间，曾获上海市作文比赛首奖、上海市数学竞赛大奖。

1963 年考入当年最难考的上海戏剧学院戏剧文学系，但入学后以下乡参加农业劳动为主。

1966 年夏天遇到“文革”灾难，家破人亡。父亲余学文先生因被检举有“错误言论”而关押十年，全家八口人经济来源断绝；唯一能接济的叔叔余志士先生又被造反派暴徒迫害致死。1968 年被下放到 27 军军垦农场劳动，每天从天不亮劳动到天全黑，极端艰苦。

1971 年 9・13 事件后，周恩来总理为抢救教育而布置复课、编教材。从农场回上海后被分配到各校联合教材编写组，但自己择定的主要任务，是冒险潜入外文书库独自编写《世界戏剧学》，对抗当时以“八个革命样板戏”为代表的文化专制主义。

1976 年初，编写教材被批判为“右倾翻案”，便逃到浙江省奉化县大桥镇半山一座封闭的老藏书楼研读中国古代文献，直至此年 10 月“文革”结束，下山返回上海。

1977—1985 年投入重建当代文化的学术大潮，陆续出版了《世界戏剧学》、《中国戏剧史》、《观众心理学》、《艺术创造学》、*Some Observations on the Aesthetics of Primitive Theatre* 等一系列学术著作，先后获全国优秀教材一等奖、上海哲学社会科学著作奖、全国戏剧理论著作奖。其中，独自在灾难时期开始编写的《世界戏剧学》，出版至今三十余年仍是全国在这一学科的唯一权威教材，直到 2014 年一年内还被三家不同的出版社再版。

1985 年 2 月由上海各大学的学术前辈王元化、蒋孔阳、伍蠡甫等资深教授联名推荐，在没有担任过副教授的情况下直接晋升为正教授，是当时全国最年轻的文科正教授。

1986 年 3 月，因国家文化部在上海戏剧学院举行的三次民意测验中均名列第一，被任命为上海戏剧学院副院长、院长，为当时全国最年轻的高校校长。主持工作一年后，即被文化部教育司表彰为“全国最有现代管理能力的院长”之一。与此同时，又出任上海市咨询策划顾问、上海市写作学会会长、上海市中文专业教授评审组组长兼艺术专业教授评审组组长。被授予“国家级突出贡献专家”、“上海十大高教精英”等荣誉称号。

1989—1991 年，几度婉拒了升任省部级领导职位的征询，并开始向国家文化部递交辞去院长职务的报告。辞职报告先后共递交了 23 次，终于在 1991 年 7 月获准辞去一切行政职务，包括多种荣誉职务和挂名职务。辞职后，孤身一人从西北高原开始，系统考察中国文化的全部重要遗址。当时确定的考察主题是“穿越百年血泪，寻找千年辉煌”。在考察沿途所写的“文化大散文”《文化苦旅》、《山居笔记》等快速风靡全球华文读书界，被称为“印刷量最大的现代华文文学书籍”。他也由此成为国际上最具影响力的华文作家之一。

1991年5月，发表《风雨天一阁》，在全国开启对历代图书收藏壮举的广泛关注。

1992年2月开始，先后被多所著名大学聘为荣誉教授或兼职教授，例如复旦大学、上海交通大学、同济大学、上海大学、中国科技大学、西安交通大学等。

1993年1月，发表《一个王朝的背影》，首次肯定少数民族王朝入主中原的特殊生命力，重新评价康熙皇帝，开启此后多年“清宫戏”的拍摄热潮。

1993年3月，发表《流放者的土地》，首次揭露清朝统治集团迫害和流放知识分子的凶残面目，并介绍不屈的“流放文化”。

1993年7月，发表《苏东坡突围》，刻画了中国文化史上最可爱、最可亲的人格典范，揭示中国知识分子所必然面临的一层层来自朝廷和同行的酷烈包围圈，以及“突围”的艰难。此文被大陆及港、澳、台的报刊广为转载。

1993年9月，发表《千年庭院》，首次用散文方式梳理了中国古代最优秀的教学方式——书院文化。

1993年11月，发表《抱愧山西》，首次向海内外系统描述了中国古代最成功的商业奇迹——晋商文化，为当时正在崛起的经济热潮寻得了一个古代范本。此文发表后一时读者无数，连很多高官也争相传诵。

1994年3月，发表《天涯故事》，首次系统地论述沉埋已久的海南岛文化简史，并把海南岛文化归纳为“生态文明”和“家园文明”，主张以吸引旅游为其发展前景。

1994年5—7月，发表长篇作品《十万进士》（上、下），首次清理千年科举制度对中国文化的正面意义和负面意义。

1994年9月，发表《遥远的绝响》，描述魏晋名士成为中国文化的震撼性记忆。由于文章格调高尚凄美，一时轰动文坛。

1994年11月，发表《历史的暗角》，首次清理“小人”在中国文化中的隐形破坏作用，以及古今君子对这个庞大群体的无奈。发表后引起巨大反响，被公认为“研究中国负面人格的开山之作”。

1995年4月，应邀为四川都江堰题词“拜水都江堰，问道青城山”，镌刻于该地两处。

1996年7月，多家媒体经调查共同确认余秋雨为“全国被盗版最严重的写作人”，他的著作的盗版量大约是正版的18倍。由此被邀请成为“北京反盗版联盟”的唯一个人会员，并被聘为“全国扫黄打非督导员”（督察证为B027号）。

1998年6月，新加坡召集规模盛大的“跨世纪文化对话”而震动全球华文世界。对话主角是四个华裔学者，除首席余秋雨教授外，还有哈佛大学的杜维明教授、威斯康星大学的高希均教授和新加坡艺术家陈瑞献先生。余秋雨的演讲题目是“第四座桥”。

1999年2月，为妻子马兰创作的剧本《秋千架》隆重上演，极为轰动，打破了北京长安大戏院的票房纪录，许多研究生因无票在台侧站立观看，堵成人墙。在台湾更是风靡一时，当时正逢大选，剧场外有二十万人为选举造势，观众很难通行，但还是场场爆满。

1999年开始，引领和主持香港凤凰卫视对人类各大文明遗址的历史性考察，成为目前世界上唯一贴地穿越数万公里危险地区的人文教授，也是9·11事件之前最早向文明世界报告恐怖主义控制地区实际状况的学者。由此入选日本《朝日新闻》评选的“跨世纪十大国际人物”。

2002年4月，应邀为李白逝世地撰写《采石矶碑》（含书法），镌刻于安徽马鞍山三台阁。

从 2000 年开始，由于环球考察在海内外所造成的巨大影响，国内一些媒体为了追求“逆反刺激”的市场效应而发起诽谤。先由北京大学一个学生误信了一个上海极左派文人的传言进行颠倒批判，即把在“文革”灾难中冒险潜入外文书库独自编写《世界戏剧学》的勇敢行动诬陷为“文革写作”，却又绝口不提所写内容，并误植了笔名“石一歌”。由此，形成十余年的诽谤大潮，并随之出现了一批“啃余族”，主要由“文革”残余势力组成。据杨长勋教授统计，全国各地媒体发表的诽谤文章多达一千八百多篇。余秋雨先生对所有的诽谤没有作任何反驳和回击，他说：“马行千里，不洗尘沙。”

2003 年 7 月，由于多年来在中央电视台的文化栏目中主持“综合文史素质测试”而成为全国观众的最高收视热点。有人就趁势做逆反文章，声称《文化苦旅》中有很多“文史差错”，全国有 156 家报刊转载。10 月 19 日，当代著名文史权威章培恒教授发文指出，经他审读，那个人的文章完全是“攻击”和“诬陷”，而那个人自己的“文史知识”连一个高中生也不如。对此，156 家报刊都未予报道。

2004 年 2 月，由于有关“石一歌”的诽谤浪潮已经延续四年仍未有消停迹象，余秋雨就采取了“悬赏”的办法。宣布“只要证明本人曾用这个笔名写过一篇、一段、一节、一行、一句这种文章，立即支付自己的全年薪金”，还公布了执行律师的姓名。十二年后，余秋雨宣布悬赏期结束，以一篇《“石一歌”事件》作出总结。

2004 年 3 月，参加联合国开发计划署《人类发展报告》的设计、研讨和审核。2004 年年底，被联合国教科文组织、北京大学、中华英才杂志等单位选为“中国十大文化精英”之一、“中国文化传播坐标人物”。

2005 年 4 月，应邀赴美国巡回演讲：

1）4 月 9 日讲《中国文化的困境和出路》（在纽约大学亨特学院）；

2）4 月 10 日讲《中国知识分子的问题所在》（在北美华文作家协会）；

3）4 月 12 日上午讲《空间意义上的中华文化》（在马里兰大学）；

4）4 月 12 日下午讲《君子的脚步》（在华盛顿国会图书馆）；

5）4 月 13 日讲《时间意义上中华文化》（在耶鲁大学）；

6）4 月 15 日讲《中国文化所追求的集体人格》（在哈佛大学）；

7）4 月 17 日讲《中华文化的三大优势和四大泥潭》（在休斯敦美南华文写作协会）。

2005 年 7 月 20 日在联合国“世界文明大会”上发表主题演讲《利玛窦的结论》，论述中华文明自古以来的非侵略本性，引起极大轰动。演说的论据，后来一再被各国政界、学界引用。收入书籍时演讲题改为“中华文化的非侵略本性”。

2005 年 11 月，应邀撰写《法门寺碑》（含书法），镌刻于陕西法门寺大雄宝殿前的映壁。

2006 年 4 月，应邀撰写《炎帝之碑》（含书法），镌刻于株洲炎帝陵纪念塔。

2005—2008 年，被香港浸会大学聘请为“健全人格教育奠基教授”，每年在香港工作时间不低于半年。

2006 年，在香港凤凰卫视开办日播栏目《秋雨时分》，以一整年时间畅谈中华文化的优势和弱势，播出后在海内外反响巨大，部分记录稿收入《境外演讲》一书中。

2007 年 1 月，发表《问卜中华》，详尽叙述了甲骨文的出土在中华文明濒临湮灭的二十世纪初年所带来的神奇力量，同时论述了商代的历史面貌。

2007 年 3 月，发表《古道西风》，系统叙述了中华文化的两大始祖老子和孔子的精神风采。

2007 年 5 月，发表《稷下学宫》，对比古希腊的雅典学院，首度将两千年前东西方两大学术中心进行平行比照。

2007 年 7 月，发表《黑色的光亮》，以充满感情的笔触表现了被中国文化史长期冷落的平民思想家墨子的人格光辉。

2007 年 8 月，应邀为七十年前解救大批犹太难民的中国外交官何凤山博士撰写碑文（含书法），镌刻于湖南益阳何凤山纪念墓地。

2007 年 9 月，发表《诗人是什么》，论述“中国第一诗人”屈原为华夏文明注入的诗化魂魄，分析了他获得全民每年纪念的原因，并解释了一些历史误会。

2007 年 11 月，发表《历史的母本》，以最高坐标评价了司马迁为整个中华民族带来的历史理性和历史品格。

2008 年 5 月 12 日，中国发生“汶川大地震”，第一时间赶到灾区参加救援。见到遇难学生留在废墟间的破残课本，决定以夫妻两人三年薪水的总和默默捐建三个学生图书馆，却被人在网络上炒作成“诈捐”，在全国范围喧闹了两个月之久。后由灾区教育局一再说明捐建实情，又由王蒙、冯骥才、张贤亮、贾平凹、刘诗昆、白先勇、余光中等名家纷纷为三个学生图书馆题词，风波才得以平息。

2008年9月，上海市教育委员会颁授成立“余秋雨大师工作室”（此前上海教育系统仅有一所“周小燕大师工作室”）。上海市静安区政府决定为“余秋雨大师工作室”赠建办公小楼。

2008年12月，为妻子马兰创作的中国音乐剧剧本《长河》在上海大剧院隆重上演，成为上海的一大文化盛事。演出受到海内外艺术精英的极高评价，余秋雨的剧本更被评为“一代罕世之作”。

2009年5月，应邀为山西大同云冈石窟题词“中国由此迈向大唐”，镌刻于石窟西端。

2010年1月，《扬子晚报》在全国青少年读者中问卷调查“你最喜爱的中国当代作家”，余秋雨名列第一。“冠军奖座”是钱为教授雕塑的余秋雨铜像。

2010年3月27日获澳门科技大学所颁“荣誉文学博士”称号。同时获颁荣誉博士称号的有袁隆平、钟南山、欧阳自远、孙家栋等著名专家。

2010年4月30日，接受澳门科技大学任命，出任该校人文艺术学院院长。宣布在任期间每年年薪五十万元港元全数捐献，作为设计专业和传播专业研究生的奖学金。

2010年5月21日，联合国发布自成立以来第一份以文化为主题的“世界报告”，发布仪式的主要环节，是联合国教科文组织总干事博科娃女士与余秋雨先生进行一场对话。余秋雨发言的标题为“驳亨廷顿‘文明冲突论’”。

2011年10月10日，写作《一个转折点》一文，以亲身经历为

“文革”十年划分出四个时期，在同类研究中是一个首创。不久，又发表演讲稿《文化之痛》一文，揭示“文革”浩劫的文化本质，严厉批判目前社会上为“文革”翻案的逆流。

2012 年 1—9 月，最终完成以莱辛式的“极品解析”方法来论述中国美学的著作《极品美学》。

2012 年 10 月 12 日，中国艺术研究院成立“秋雨书院”。北京众多著名学者、高官、企业家出席成立大会，并热情致辞。该书院是一个培养博士生的高层教学机构，现培养两个专业的博士研究生：一、中国文化史专业；二、中国艺术史专业。

2013 年 10 月 18 日下午，再度应邀赴美国纽约联合国总部大厦演讲《中华文化为何长寿》。当天联合国网站将此演讲列为国际第一要闻。

2013 年 10 月 20 日，在纽约大学演讲《中国文脉简述》。

2013 年 12 月，完成庄子《逍遥游》的巨幅行草书写，并将《逍遥游》译成可诵可吟的现代散文。

2014 年 1 月，完成屈原《离骚》的巨幅行书书写，并将《离骚》译成可诵可吟的现代散文。

2014 年 1 月 25—31 日，完成《祭笔》。此文概括了作者自己握笔写作的全部人生历程，记述了“文革”时期和“苦旅”时期的艰辛笔墨，更是以沉痛的心情回顾了从二十世纪九十年代以来难以想象的文化遭遇。

2014 年 3 月，发表以现代思维解析《般若波罗蜜多心经》的文章《解经修行》，并表明这是一项重大学术规划的开端。那就是，在已经完成了的“时间意义上的中国、空间意义上的中国、人格意义上的中国、审美意义上的中国”四大研究专题共二十余卷著作之后，继续完成“修行意义上的中国”这最后一个专题。该书名为“泥步修行”，由“破惑”“问道”“安顿”三部分组成。

2014年4月，《余秋雨学术六卷》出版发行。

2014年5月，古典象征主义小说《冰河》（含剧本）出版发行。

2014年8月，系统论述中华文化人格范型的《君子之道》出版发行，立即受到海峡两岸读书界的热烈欢迎。台湾在第一时间再版。

2014年10月，《秋雨合集》二十二卷出版发行。

2014年10月28日，出任上海图书馆理事长。

2015年3月，再度应邀在台湾大学和台湾各大城市进行“环岛巡回演讲”，自台北市、新北市、台中市到高雄市。双目失明的星云大师闻讯后从澳大利亚赶回台湾，亲率僧侣团队到高雄车站长时间等待和迎接。这是余秋雨自1991年首度访问台湾后第四次大规模的环岛演讲。本次演讲的主题是“中华文化和君子之道”。

2015年4月，悬疑推理小说《空岛》和人生哲理小说《信客》出版发行。

2015年9月，应邀为佛教圣地普陀山书写《心经》，镌刻于该岛回澜亭。

2016年3月，应邀为佛教圣地宝华山书写《心经》，镌刻于该山平台。

2016年7月，中华书局编辑出版《中华文化读本》七卷，均选自余秋雨著作。

2016年11月，被选为世界余氏宗亲会名誉会长。

2017年5月25日—6月5日，中国美术馆举办“余秋雨翰墨展”（中国艺术研究院主办），参观者人山人海，成为中国美术馆建馆半个多世纪以来最为轰动的展出之一。中国文联主席兼中国作协主席铁凝说：“这个展览气势恢宏，彰显了秋雨先生令人慨叹的文化成就，使我对先生的为人和为文有了新的感受。”原中国书法家协会主席张海说：“即使秋雨先生没有写过那么多著作，光看书法，也是真正专业的大书法家。”国务院参事室主任王仲伟说：“余先生的书法作品，应该纳入国家收藏。”据统计，世界各地通过网络共享这次翰墨展的华侨人数，多达数百万。

2017 年 9 月，记忆文学集《门孔》出版发行。此书被评为《中国文脉》的现代版，其中有的文章已成为近年来网上最轰动的篇目。作者以自己的亲身交往体验描写了巴金、黄佐临、谢晋、章培恒、陆谷孙、星云大师、林怀民、白先勇、余光中等一代文化巨匠，同时也写了自己与妻子马兰的情感历程。作者对《门孔》这一书名的阐释是：“守护门庭，窥探神圣。”

2018 年 5 月，《境外演讲》出版发行。此书收集了作者在联合国的三大演讲，又汇集了在美国各地、新加坡和我国港澳地区巡回演讲和电视讲座的部分纪录。这些演讲，系统而清晰地阐述了中华文化的优势和弱势，以及当前所面临的问题，发表后都产生过重大反响。此书内容被专家学者评为“打开中华文化之门的最佳钥匙”。

（周行、刘超英整理，经大师工作室校核）